人物叢書

新装版

香川景樹

かがわかげき

兼清正徳

日本歴史学会編集

吉川弘文館

香川景樹画像（『南天荘墨宝』所収）

はしがき

恩師竹岡勝也教授は『史淵』第十九輯に「反復古主義者香川景樹」を掲載され、この論文は『日本思想の研究』（同文書院・昭和十五年）に収められているが、その中で「和歌を古学の目的から解放すると共に、所謂近世風の和歌を完成せしめる事に与って居るものは、小沢芦庵、香川景樹の一派であって」とも「景樹は寧しろ理智的な立場から国学の主張を整頓する地位に置かれたものであった」とも書かれ、全篇を通じてたいへん清新な感動を受けた想い出がある。

戦後私は故郷に帰り岩国高等学校に勤め、暇を見ては市立岩国徴古館で史料を閲覧していたが、ここにはおびただしい岩国藩関係のなまの史料が集積されていて、その中で家老香川家や藩士熊谷家に関するものが私の関心をひいた。竹岡論文が頭のどこかにあったからであろう。

学校の近くには香川家も熊谷家もあった。香川家の当主晃氏や吉川家の井原豊氏や徴古館の桂芳樹氏から、岩国香川家の分家が京都香川家であり、景樹はその養子、景樹の高弟熊谷直好は岩国藩士、それについての史料はこれこれと懇切な指導を受けて直好伝の研究を始めた。

爾来二十五年間、景樹と直好に関する幾つかの小論を発表し小著を公にし、今ようやく景樹伝を執筆するに至った。

もとよりこの近世歌界の巨人を綿密精細に画くにはなお今後の研究を必要とするが、幸いにして景樹についての先学の著書と数多くの論文があり、新しく見出した史料も少なくないので、それらを総合し私見を加えてこの小著をものした。

景樹のいう今の世の歌は今の世の心にして今の世の言葉であり今の世の調べであることの把握がどこまでできたか甚だ危いものであるが、私の理解を抜きにして、本書を読まれる方は景樹から直接に景樹の思いを聞いていただきたい。そのためにできるだけ原文をもって頁を埋めた。

本書が成るにあたって、竹内理三先生をはじめ数えるには余りにも多くの先学や知己のかたがたから受けた学恩に改めて感謝し、併せて史料採訪のたびごとに温顔をもって迎えられ、細かい御指導をいただき、わざわざ景樹旧宅の辺りを御案内下さった故鈴鹿三七先生の御冥福をお祈りする。

昭和四十八年一月

兼清正徳

目次

口絵

挿図

第一　和歌初学

一　生いたち

生誕地鳥取

景樹は明和五年（一七六八）四月十日、因幡（いなば）国鳥取藩（三十二万五千石）の徒士荒井小三次の次男に生まれた。幼名は銀之助といい、兄為右衛門はこの時七歳であった。傑出した人物の誰にでもいわれるように、少年銀之助は「甫（はじめ）三歳、善読レ文写レ書」（『野史』）と伝えられている。

荒井一族

銀之助が七歳の安永三年（一七七四）十二月十九日に父小三次が約四十歳の壮年で没し、母は為右衛門・銀之助・その妹の三人の遺児を抱えて生活の方途を失い、一家離散の悲運が訪れた。母・兄・妹は御船手頭林善太兵衛家に寄寓し、銀之助は奥村新右衛門定賢に預けられた。定賢は銀之助母観心院（名は不明）の姉（深種院）の夫、つまり銀之助の義理の伯父にあたる。奥村家は天明九年（一七八九）には四人扶持、寛政四年（一七九二）に御馬廻りの格式、翌五年に御足米五俵を合わせて二十俵の扶持を得ていた。

定賢には実子がいなかったので、いずれは養子とするつもりで迎えられた銀之助は、名を純徳、通称を真十郎と改めた。

少年純徳に学問の道を辿るよう導いたのは伯父田中美高である。後に景樹は、

此の君（美高）には、おのれみなし子となりしより引きとらせ給ひて、くさぐさの学びの道をも力の限り教へたて給ひしみたまのふゆ、いつの世に忘れ奉らん。

と回想し、寛政十二年（一八〇〇）冬に美高に綿衣を送っての贈答歌がある。

思ひ思ふ千重の一重に足ねども　心づくしのわた衣ぞこれ　　景樹

まことあれば山も海をも貫きて　老をたすくる君がたまもの　　美高（『桂園遺稿』）

享和元年（一八〇一）は美高七十歳を迎えて景樹の賀歌。

夜神楽

榊葉のたち栄ゆとぞ諷ふなる　君が上のみおもふねざめに　（同前）

和歌の学びにおいては、「七歳詠㆓和歌㆒、就㆓清水貞固㆒学㆑之。」（『野史』）とある。貞固（文化四年十一月病没）は通称を伝兵衛と言い、三人扶持二十五石の徒士で、大坂屋敷に勤務し、

荒井・奥村・田中・林家系図

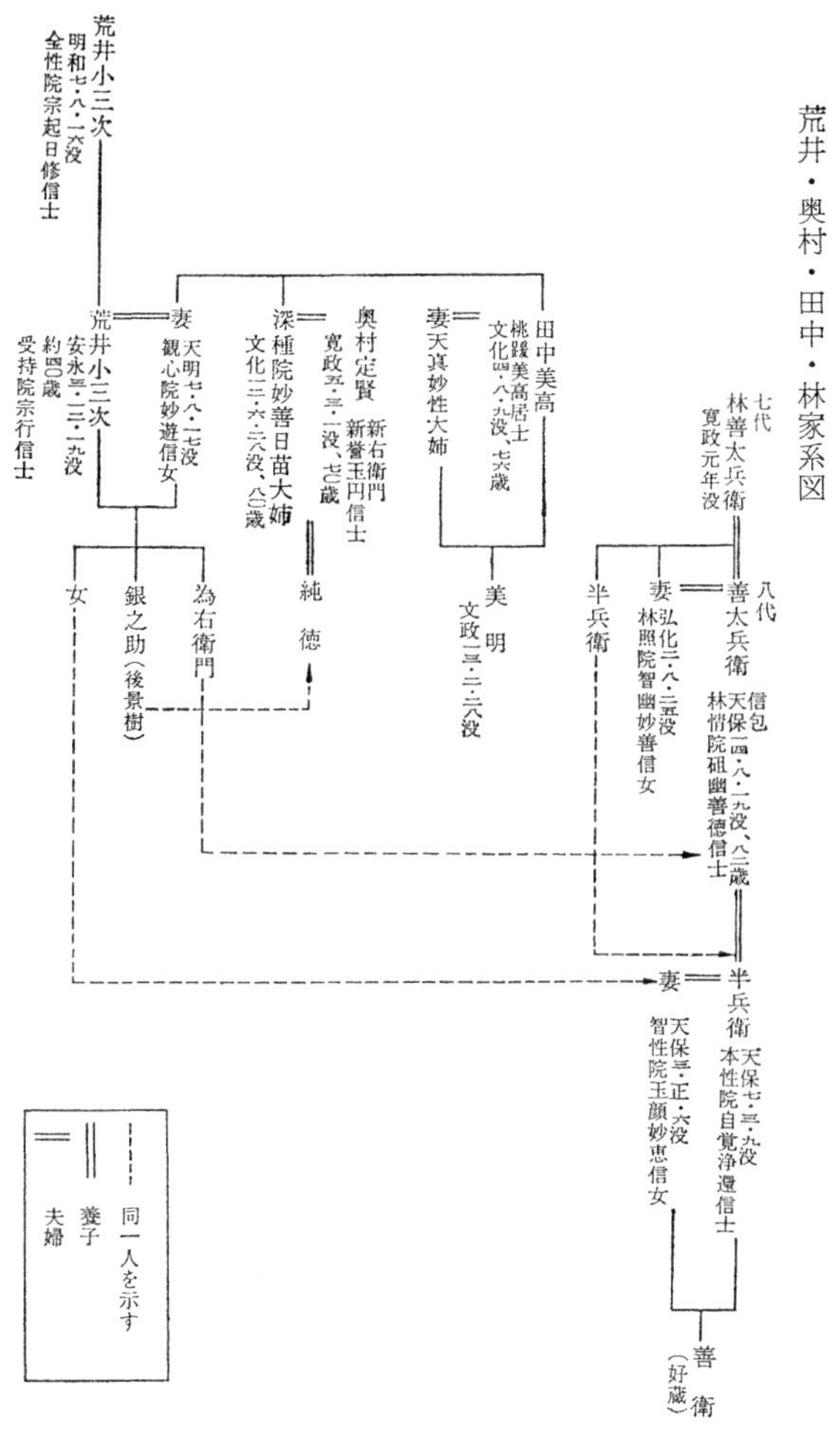

七代
林善太兵衛
寛政元年没
八代
善太兵衛
信包
天保一四・八・一九没、八二歳
林情院砠幽善徳信士
妻
弘化二・八・二五没
林照院智幽妙善信女
半兵衛
半兵衛
天保七・三・九没
本性院自覚浄還信士
妻
天保三・正・六没
智性院玉顔妙恵信女
善衛
（好蔵）
田中美高
桃蹊美高居士
文化四・八・九没、七六歳
妻天真妙性大姉
美明
文政一三・三・二八没
奥村定賢
新右衛門
寛政五・三・一没、七〇歳
新誉玉円信士
深種院妙善日苗大姉
文化二三・六・二八没、八〇歳
純徳
荒井小三次
明和七・八・一六没
全性院宗起日修信士
荒井小三次
安永三・三・一九没
約四〇歳
受持院宗行信士
妻
天明七・八・一七没
観心院妙遊信女
為右衛門
銀之助（後景樹）
女
同一人を示す
養子
夫婦

時には京都に上って歌道を学び、後には『稲葉和歌集』『続稲葉和歌集』を編集している。その歌風は『古今集』もしくは『新古今集』に近かった。

うつすともふでは及ばじ薄霞　かゝる絵島の浪の曙　　貞固

さしくだす川瀬やいづこ筏士の　声さへむせぶ秋の夕霧　　同（『稲葉和歌集』）

百人一首の注解

純徳は「我が師清水貞固」（『百首異見』）に和歌を学びながら、やがて十五歳で早くも百人一首についての私見を記すまでに成長した。文政六年（一八二三）刊行の景樹著『百首異見』の鈴鹿連胤の序文によると、

我師（景樹）……いと若かりし手習に、その（百人一首）しをりめくもの幾十ひら書しるし……

とあり、この百人一首についての見解を師貞固に示した。

貞固不レ終レ巻、擲卻嘆曰、可レ懼可レ懼、我非レ畏二子之才一、子齢僅成童、設令雖二夜光珠一也、黄口児蔑二如大人一、豈不二玷瑾一耶。（『野史』）

『野史』（飯田忠彦 嘉永四年序）の理解の仕方と表現には少しくオーバーなところがあるが、この少年の俊才と後年の景樹の鋭角的な論調と性格はよく捕えられている。

純徳の青年時代の和歌については、『続稲葉和歌集』『類題稲葉和歌集』『藤川百首題詠草』に収められた百十六首の作歌がある。

『続稲葉和歌集』

『続稲葉和歌集』は清水貞固の編集で、序文によって寛政二年（一七九〇）の成立であることが知られ、この時純徳は二十三歳である。収載された作歌は十一首であるが、その初めの三首を記してみる。

関　霞

いつしかに春も越来て相坂の　関路かすめる曙のそら

谷　鶯

淺の戸の明る待えて鶯の　春告げそむる声の長閑さ

梅薫風

こと浦の蜑のたもともにほふまで　吹くや難波の梅の下風

『類題稲葉和歌集』

『類題稲葉和歌集』は中島宜門の編集で、安政三年（一八五六）の刊行であって、ずっと後年の編集であるが、この中に六首（うち一首は『続稲葉和歌集』にも収められている）が収められ、その中の一首。

神　祇

ことの葉はとまれかくまれ思ひいる　まことはかけよ住吉の神

『藤川百首題詠草』

『藤川百首題詠草』は荒尾礼就の編集で、寛政四年（一七九二）の頃に成った。編者の荒尾礼就は藩の家老職の家に生まれ、純徳より四歳年下で、清水貞固門の学友ではないが、和歌の学びによって純徳と結ばれている。『藤川百首題詠草』の作者は十一人で、その中の一人純徳の作歌百首のうちの最初の三首。

関路早春

夜をこめて春やこゆらん逢ふ坂の　関路の鳥の声も長閑き

湖上朝霞

霞つゝ見るめは浪の音ばかり　打出の浜の春の朝なぎ

霞隔遠樹

園原やよそには見えし箒木も　かすむ伏屋の春の曙

林宣義

師貞固について和歌を学ぶ学友には林宣義（輔彦）がいる。純徳と同年齢であって、後年の景樹は、「宣義ぬしはおのが因幡の国よりの友にて、同じ窓にまなびし人なり。」といい、また、「昔因幡にありし時、こよなうしたしく交りし林彦輔、去年より役にあたりて、この難波の邸館にありときゝて」

十年経てむかしの友をあひみれば　かはらずながらかはりける哉（『桂園遺稿』）

と詠んでいる。

この林宣義にあてて後年、享和二年に景樹が『筆のさが』事件（後述）を報じた書簡の中で荒尾礼就（志州）のことにも触れ、

荒尾志州君なども已来は衣川へ御従ひ可ㇾ然と先達而すすめ遣し候へば、定而御入門等追而可ㇾ有二御座一候と奉ㇾ察候。どうぞどうぞ御国中相ひらけ候へかしと祈候事也。

といい、礼就（志州）は京都の景樹に詠草を送って教えを乞うていたようであるが、享和の頃に本居宣長門下の衣川長秋（きぬがわながあき）が因幡に歌道を広めるようになったので、礼就もこれに従学入門するよう勧めている。

宣義・礼就のほか、藩の有力歌人杉村貞倚とも和歌の上の交際があった。貞倚は純徳より四十歳ばかりも年長であるが、『続稲葉和歌集』に、

杉村貞倚

（貞倚母百歳の賀の）同じ時、貞倚のもとに詠て遣しける、寄松祝

長閑しなけふより千代を契置て　花咲春をまつ陰の庵　　純徳

とあって、若い純徳もやはり鳥取歌壇の一員であった。

後に景樹は、享和元年歳末の歌三首と、享和二年正月十一日の妙法院宮御会始歌一首を年始の賀状に書いて貞倚に送っているが、これも在藩時代の両者の交際を物語る一史料であろう。

儒学の学び

純徳は和歌を学ぶと共に「又問二儒堀南湖一」（『野史』）ことがあった。堀南湖（宝暦三年に既没）は堀杏庵（寛政二年没）の誤伝であろうとは時山勇氏の説である。鳥取において医家兼儒者として知名の杏庵に就いて儒学に意欲を燃やした。

三浦安貞

歌人の景樹は始めは儒学を志し、三浦安貞翁に学んとおもひしに、翁已に没故すときゝて、遂に和歌を修すと。熊谷直好の話也。（田能村竹田『屠赤瑣々録』）

豊後国の三浦安貞（梅園）は寛政元年（一七八九）に没しているので、この年に純徳は二十二歳である。この頃の新古今風の作歌をさらに二―三を挙げてみると、

秋風満野

草も木も残る隈なく吹しほる　あらし烈しき今朝の野分に

海辺松雪

風にはらひ波に洗てあら磯の　松には雪の積る間もなし

社頭祝言

民やすく君千代ませと朝な夕な　祈る心は神もきくらん

（『藤川百首題詠草』）

とあって、その歌想・歌情・歌詞の生硬はともかくとして、若い純徳の和歌修学の一道程を示すものであろう。

二　出郷上京

儒学を以て身を立てるか、和歌を以て世に知られるか、そのいずれにもせよ純徳の志は学問にあった。軽輩とはいえ武士の家に育ち武士の家に養われる純徳であるが、武士本来の武芸は好むところでなかったらしい。武技の修業については一言も記されたものがない。藩の物頭役を勤める佐分利氏の若党となっていたといわれるが、それも生活のためである。この文学青年は後年、

物部のわざをいやしみ式島の　みちふみそめし心たがひぬ（『桂園遺稿』享和元年）

と述懐しているが、彼に武を捨てて文に赴かしたものは、一つには虚弱な身体であった。

景樹事は弱年より多病にして、人なみの事はでき不レ申、不レ得レ止の歌三昧（『随所師説』）

というように、「生来多病」で、それは死没に至るまで絶えず続き、この勝れぬ健康は武士としての資格を基本的に欠いていた。

生来多病

このころ、同年齢の学友林宣義は林家を相続して七人扶持四十俵を下給され、その役職も御祐筆を勤めて、ひとかどの武士として自立するようになり、四歳年下の知友荒尾礼就は一万五千石の次席家老職を継いで志摩を襲名し、藩の重臣として政治的責任を持つようになり、若党と家老とでは幾ら知己と言っても封建的な身分上の懸隔が親近を許さず、省みて兄は林家の人となり、自分は奥村の姓となり、一家分散の悲運は家庭的な安定を欠き、純徳は新しい別な道を自分で開く以外には活きる道はなかった。

京都への憧れ

不遇な家庭環境を脱却し、志を立てた文芸を達成する道は学問の府京都への脱出である。寛政五年（一七九三）に純徳（二十六歳）は「むげにわかき時、物ならひに都へのぼらむとて、忍びに故郷を出」（『桂園一枝』）た。

旧鳥取城（鳥取図書館提供）

この「むげにわかき時」とは何時か、「忍びに故郷を出」たとは何を告げているかについては、いろいろな揣摩臆測がおこなわれていたが、山本嘉将氏・黒岩一郎氏によって、その時期は寛政五年二月二十六日、二十六歳の時であることが明らかにされ、人目をはばかって故郷を出た理由は妻包子（かねこ）を同伴していたことと、再び故郷には帰らない決意を秘めていたことにあると指摘されている。

純徳と包子との結婚がいつであったかは明らかでない。包子は藩士滝川某（文化三年一月二十一日没、七十歳）の娘で、純徳と同じ歳である。七歳で父を失い、二十歳で母を失い、他家で若党奉公を勤める純徳と同じ年齢の包子が、いつどのようにして結ばれたか、それは恋愛であり内縁であったのか、正式な結婚であったのかは今となっては窺い知るに足る史料がない。

黒岩一郎氏は純徳の詠んだ、

忍ぶ恋

忍親昵恋

たらちねの守りにそむく身を知れば　忍ぶに外の思ひもぞそふ　（『藤川百首題詠草』）

の一首を挙げて、この歌は題詠であるので、これをこのまま信用するわけにはゆかないが、何か題詠以上に心に迫る真実を詠っているように思えるといっておられるが、純徳としては「忍ぶ恋」であったのであろうか、同じ二十六歳という年齢も不自然であるが、ともかく不自然は不自然としてそのまま認めざるを得ない。

出郷

故郷を出て京都に上る純徳の目的は「物ならひ」である。歌友との袂別に、

まなび得て道をたのしむ折にこそ　今のつらさも語り合せめ　（『稲の嶺』）

とも歌っている。学びの道と出京後の生活が苦しいことは予て覚悟の上である。

いくうき瀬わたらむ末のあやうさを　かけてぞ思ふ今日の川浪　（同前）

覚悟は固いが、それを公言することは慎むべきであり、学びの成就は可能性を秘めて

いるだけである。同年齢の女性も伴っている。石を以て追われて出る故郷ではないが、「日ごろ親しく交はりし友二人三人」だけに見送られて「忍びに故郷を出」た純徳は、因幡と播磨(はりま)の国ざかいを越えた。いつの日にかまたこの山を越えて故郷に錦を飾るのであろうか。

三月二日に明石に出て人丸社に文運を祈り、三日に大坂に着く。滞坂十二日、十五日に高津宮・大坂城を仰いで離坂、十六日の夕暮に京洛三条の旅宿に入る。

三　梅月堂入家

通常の上京修学であれば、すでに在郷の時から然るべき就学の師が前もって決められている筈であるのに、純徳にはそれがない。「景樹は鳥取から京に来るや……鈴鹿連胤を頼って草鞋の紐を解いた。」(『洛味』第二一六号)と言われているが、寛政五年は連胤の生まれる二年前であって、よしんば吉田神社社家鈴鹿家を頼ったとしても、そのかかわりは不明である。ともかくも純徳は師に就く前にまず生活から始めなければならなかった。

京師に来りて所業なきが故に大いに窮す。ここにおいて旦より昏に至るまで苦学し、暮より笛吹して導引をなす。（『近世三十六家集略伝』）

いたくとしわかきほど、さすらへける折、按摩といへるわざをなりはひとしける時よめる。

　ゆふべ〳〵しらべあやしく吹笛の　あなあはれとも聞く人もなき（『桂の落葉』）

折にあひて昔吹きつる笛の音の　身にしみわたる秋の夕暮（文化元年九月二日詠草）

生活の資を導引（按摩）によって得ようとする苦闘である。時には病床に伏して、

　鳥辺山ふもとの野辺の草枕　むすぶや旅のかぎりなるらむ（『桂園聚葉』）

と生命の絶望すら感じられる。人あってか、郷里に帰ることの勧めもある。しかし、

　佗て世にふるやの軒の縄すだれ　朽ちはつる迄かゝるべしやは（『桂園一枝』）

と決意は固い。苦学は続く。

　いとわかき時なりけむ。国を離れて、五条あたりのふせやに隠れ住みて、物学びしてありける。（『桂園一枝』）

鷹司家出仕

　そのうち何かの手蔓あってか鷹司家に仕えて青侍となったが、家令の命によって婦人への進物目録に帚を「はゝき」と書き、家令は「はうき」と書けと譲らず、憤然とその

西洞院家出仕

家を出たと伝えられる（『しがらみ草紙』第六号）。真偽の程は解らないが一挿話として記しておく。

やがてまた公家出仕の念願は叶えられて西洞院家に仕えることとなる。

入道時名朝臣は西洞院風月と申し侍りし。師（景樹）若きほど親しくまゐられたれば、（熊谷直好『古今集正義総論補註』）

明和四年（一七六七）の竹内式部事件に連座して隠居し、風月と号した西洞院時名は寛政五年十二月九日に七十歳で没しているので、この年の三月に上京して苦闘半年ばかりで純徳は風月卿に知られている。

　　入道風月の君のみはかにも花奉りて

今だにもなみだぞおつるいかばかり　ふかめし君がめぐみなるらん　（『桂園遺稿』）

風月卿没後は、その子信庸卿の紹介によるのであろうか、香川梅月堂景柄に就学し、やがてその養子に迎えられることとなる。

香川梅月堂

香川景継

香川梅月堂の始祖香川景継（かげつぐ）（宣阿）は周防（すおう）国岩国藩の家老香川家の出で、父正矩（まさのり）の稿本『陰徳記』の完成のため京都に出て、正徳二年（一七一二）に『陰徳太平記』四十一冊を刊行した。毛利・吉川・小早川の三家の歴史である。景継は二条・冷泉二流の歌学伝授を受け、梅

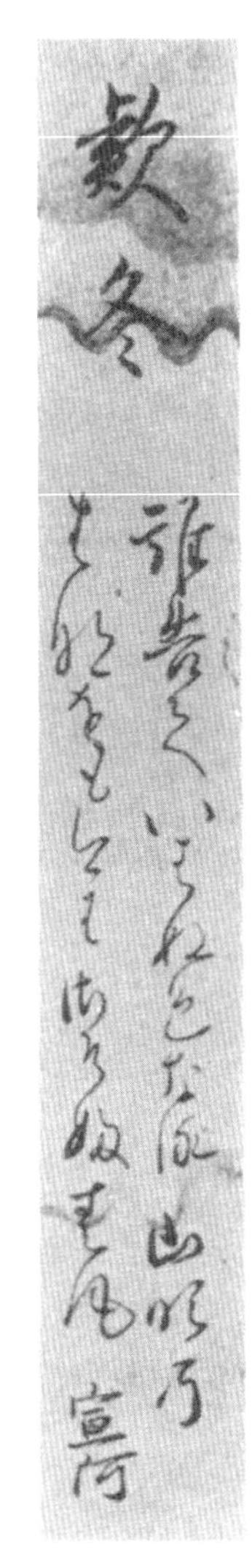
香川景継（宣阿）短冊（『南天荘雑筆』所収）

月堂宣阿と号し、地下の宗匠家として和歌を家業とし、一条烏丸西入町に住んで一条の今西行と称された。享保二十年（一七三五）九月二十二日没、八十九歳。著書に『梅月堂宣阿家集』『梅月堂和歌伝書』『梅月堂随筆』などがある。

景継（梅月堂宣阿）の後を景新（梅仙堂光阿）―景平（梅竹堂蓮阿）―景平（梅雪堂教阿）―景柄（梅月堂浄阿）とあい継いだ。

景柄（かげもと）は延享二年（一七四五）八月二十九日に離宮八幡宮社家松田対馬の子に生まれ、梅雪堂教阿景平の長女路子（歌号を景子または春野と言う）の聟となった。二条派の家学を受けて一家を成し、徳大寺家（今出川烏丸東入北側）に出仕する歌学宗匠であった。

この梅月堂景柄の歌道における地位については、寛政八年（一七九六）の陸奥介任官という

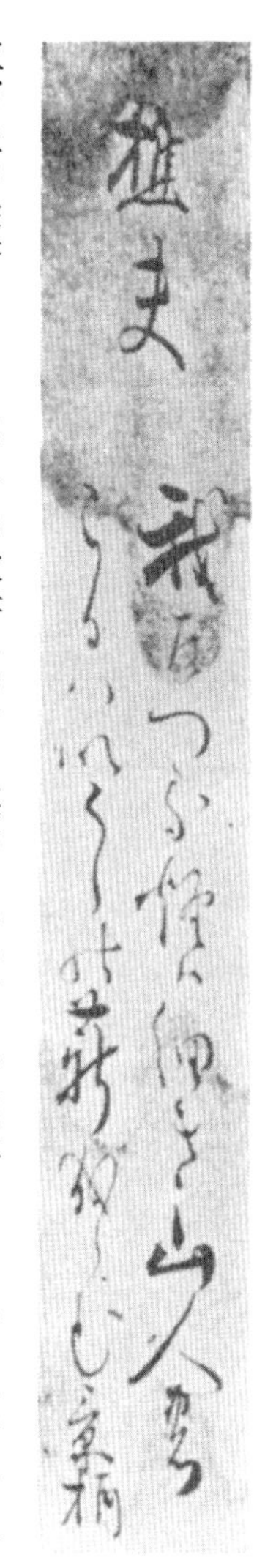
香川景柄短冊（著者蔵）

位官上の栄誉とともに、その歌学における実力についても、同年ころの二月二十五日付桃沢夢宅の書簡に、

去年中も澄月師より御内々被ㇾ仰下ㇾ候我等事、此間も段々御内々御物語有ㇾ之候は、近年和歌も上達に付、当時順を立れば、大愚師（慈延）、次に香川府生（景柄）、次に我等云々、（『桂園叢書』第二集、消息十二）

とあるように、当時の平安四天王の澄月・慈延・小沢芦庵・伴蒿蹊とあい並ぶ歌人として識者に定評のあるところであった。芦庵と景柄とは殊に親しかった。

さむき日にやめるときくぞやすからぬ　さらでもいたく老にける身の
景柄

香川家へ養子縁組

殊更にとはれけるこそ嬉しけれ　病むともよそにきかるべき身の　　　芦庵（『六帖詠草』）

この香川梅月堂景柄と奥村純徳との養子縁組は寛政八年（一七九六）のことであるが（『岩国藩御用所日記』）、後年「都にて名高きうたよみは、景樹の翁、加茂季鷹県主のふたりなり。」（近藤芳樹『寄居歌談』）と言われた景樹も、当時はまだ無名の在野の一歌生に過ぎず、その白面の彼が家系・家名ともに由緒ある梅月堂に入家できたことは望外の喜びであった。

梅月堂入家とともに純徳は景徳と名を改め、ついで景樹と改め、通称を式部と称し、養父景柄の出仕する徳大寺家の家士となった。

梅月堂扁額（香川ミチ氏蔵）

徳大寺家出仕

徳大寺家では景樹をカゲシゲと訓ませているが、彼自らは「かげき」と自署し、このカゲキの方が一般に通用している。景樹には既に妻包子がいるので夫婦養子であり、包子は「山崎祠官松田秀明養女」の資格で入家している。山崎離宮八幡宮社祠松田氏は景柄の実家である。時に景柄五十二歳、景樹・包子ともに二十九歳であった。

梅月堂は始祖景継（阿宣）以来京都御所の西、徳大寺家の西南に当たる一条通烏丸西入町にあったが、景柄の頃は勘解由小路（下立売）に住んでいた。小沢芦庵は、

此花はかでのこうぢに住みなれし　香川の主ぞわれにおくれる（『六帖詠草』）

と詠んでいる。芦庵門人沢監物の手控には「新町上長者町下ルカ、新町中立売下ルカ、徳大寺家香川陸奥介殿」とあって、幾度かの転居があるようである。寛政十二年正月の終りに岡崎に山荘を構えた。芦庵の歌に、

香川梅月堂岡崎別宅

この月（寛政十二年正月）ざかひ陸奥介景柄が此岡ざきに山居すときゝていひやる

君もこの山ずみすとかいざともに　のがれこしよのうさをかたらん（『六帖詠草』）

とある。岡崎の梅月堂別宅は岡崎神社西の丸太町通広道東入ル北側（現在岡崎天王町二四・二五番地、桑山義次氏宅）にあったが、景樹夫婦は下立売に住んでいた。

城崎入湯

こうして、二条派宗匠家香川梅月堂を継いだ景樹は、それから四年後の寛政十二年（一八〇〇）のころには、養父景柄とともに但馬(たじま)国城崎(きのさき)温泉に出かけることもあった（『六帖詠草』）。この城崎入湯のついでに、故郷を出て七年、久しくあい見ない人たちにも会いたくなったのであろう、海路を鳥取に帰り、七月に陸路で大坂を経て帰京したが、この間の詳細についてはよく解らない。

景樹と岩国

養家梅月堂との関係で香川本家の岩国香川家とも文通上の交際があり、享和元年（一八〇一）四月二十六日、

岩国の香川氏に旧年孫の生れたるをいはひやるとて

ふりたれど万代の外珍らしき　君を祝はむことなかりけり（『桂園遺稿』）

と、香川景晃(かげてる)の孫景欽(かげたか)（左金吾）の誕生の祝歌を贈っている。

さらに、この年の十一月九日、岩国香川家の正恒（梅月堂宣阿の兄、元禄十五年没）の百回忌に際しても景樹の追悼歌がある。

香川正恒百回忌

百とせのとしの終の手向草　みたまのふゆぞ思ひやらるゝ（同前）

その岩国には門人熊谷直好がいる。直好は寛政十二年（一八〇〇）十九歳で初めて上京して景樹に入門していた。この直好から、

門人熊谷直好

君が代もわが世もさきくあれとこそ　神を祈るはこのみちのため

と歌が送られ、これに対して景樹は十一月十七日に、

神代よりことあげもせぬ敷島の　やまとかたらひいざふたりせん（同前）

と返歌し、師弟の交情ようやくこまやかなものがある。

堂上歌会

香川梅月堂に入家して後の景樹の名誉は宮家・公家歌会への列席でもあった。出仕する徳大寺家歌会のほか、景樹が出席または出詠した貴顕歌会を享和元年についてみると

正親町家御会始（正月十九日）

海上霞

しほけのみかすむとおもひし能登の海の　ありその上に春日さす也（『桂園遺稿』）

御殿天満宮御法楽（正月二十五日）（以下景樹詠歌は省略する）忍久恋
仙洞御局柿本影供　寄山恋（三月十五日）
御殿柿本影供　花麻（三月十八日）
御殿法楽　待恋（三月二十五日）（以下毎月二十五日は徳大寺家月次歌会につき省略）
妙法院宮御会　新樹・恋（四月五日）（以下毎月五日は妙法院宮月次歌会につき省略）
正親町三条故入道殿二十五回忌　花園殿御勧進　夏神楽（六月一日）
故正親町三条様御一周忌御勧進　藤（八月二十九日）
近衛家より仰せ下されし重陽の御題　秋菊有佳色（九月十八日）

などであって、中でも光格天皇皇兄の妙法院宮真仁法親王（文化二年八月八日没、三十八歳）、つづいて仏光寺宮真乗法親王（文政六年十月十八日没、五十歳）の格別の知遇を得たことは、景樹にとって幸いであった。

本居宣長との会合

この年、享和元年の三月から六月まで、国学者本居宣長は七十二歳の高齢ながら国学普及のため京都に滞在し、五月二十八日の日記に、

香川式部 梅月堂跡養子 対面。因幡鳥取家中の士也。右の人予旅宿（四条通東洞院西へ入町南側中

植松有信

程桝屋五郎兵衛）へ訪来たき由かね〴〵望まるる処。今日此処へ来訪也。

と景樹に対面のことが記されている。

老大家宣長に面会した新進歌人景樹は、「著し給へる御書などは早う見奉りて、御かげを蒙れる事少からず。いとめでたくなむ」と挨拶し、酒宴もあり、宣長に同行した植松有信（宣長門人、名古屋で板木彫刻を業とした。文化十年没、六十歳）を交えて、

涼しさに夏もやどりも故郷に　帰らむことも皆忘れけり　宣長
たゞひとめ見えぬるわれはいかならん　古郷さへにわするてふ君　景樹
ふるさとはおもはずとてもたまさかに　逢みし君をいつか忘れん　宣長
橘の花より実よりいろふかく　にほふ香川の君がことのは　有信

と歌の贈答があった。和学・歌学の大先輩としての宣長を尊敬し、その学恩に感謝する景樹と、景樹の歌がようやく世に認められて来たことを喜ぶ宣長らとの会合は六月七日にもあった。

さが山の松も君にしとはれずば　誰に語らむ千世の古こと　景樹（『桂園遺稿』『桂園一枝』）

宣長はこの年の九月に七十二歳で没し、また同じくこの年の七月に平安四天王の一人

小沢芦庵が七十九歳で没しているが、この両者の歌論がどのような形で景樹に及んで行ったかは後に述べることとする。

第二　景樹の独立

一　岡崎の大天狗

景樹が香川梅月堂景柄の養子となった寛政八年当時においては、彼としては二条派の家学に対しては殊更に異見を立てることはなかった。しかし、二条派の宗匠家を継いで徳大寺家に出仕するその景樹が、やがて彼独自の「調の説」を唱えて、公家歌学の伝統に背反するようになり、この造反が大きな波紋となって、歌界にもまた彼自身の身辺にも重大な問題を起こすこととなる。

飛鳥井家の鞠、四条家の箏、冷泉家の和歌というように、公家は伝統的に家伝の技芸を分業的に独占し、その門に入って正式に伝授を受けた者の外は異端者であり資格の無い者として排斥された。それはそれぞれの芸能の権威のためでもあり、また経済的な理由もあった。しかし、和歌の世界においても、公家が門閥を誇り慣例を墨守して伝統の重みによりかかっているうちに、門閥や因襲や権威を打破しようとする平民歌人の運動が始まった。

下河辺長流や小沢芦庵の「ただこと歌」が提唱され、京都・大坂・江戸の三都を中心とする平民歌人の抬頭によって、歌界にはしだいに和歌革新の活気がみなぎって来た。そして景樹が出るに及んで、伝統的中世歌学の厚い壁を破って、新しく近世歌学が確立される。

新歌論提唱の時期

景樹が従来の家学としての二条派和歌を離れて、別に独自の説を唱えるようになった時期については、門人熊谷直好によると、

師も始の程は異なる考も少なく、其家に伝へきぬる事ども、世とひとし並のさとしなりしが……年月に志深う入立ち給ふに及びて、やゝ其非なる事もいちじるく思ひ決めて、今のやうに教へ聞え給へるは、四十より五十の程なりけむ。（『古今集正義序註追考』）

といわれ、景樹の四十歳から五十歳の間は文化四年（一八〇七）から同十四年（一八一七）の間であるが、景樹自身は文化元年四月に、

去夏已来此道に付、余程存寄りも改り候筋も御座候て、貴翁へも何卒拝話仕度奉

レ存候。（桃沢夢宅宛書簡）

といい、門人児山紀成によると、文政四年（一八二一）に成った『遠山彦』の中で、

千載不伝の説

吾師廿年前千載不伝の説をはじめて唱へあげられたる。

といって、享和元年（一八〇一）景樹三十四歳の頃を新歌論提唱の時期とする。享和三年には未だ入門前の木下幸文も、

調といふ事を専にやかましく言出でたるは実に此人の高才。（『桂園叢書』第二集、消息五）

という。彼此考え合わせてみると、梅月堂に入ってから五年目の享和元年の頃には景樹の脳中には新歌論の構想が生まれ、口にもするようになり、享和三年にははっきりと「しらべ」を説き、その調の説の内容はしだいに深められて、文化四年の頃には明確な形で新歌論を独立させたのであろう。

『二時百首』

新しい主張に対しては必ず他の権威からの抑圧がある。享和二年に小沢芦庵門下の京都真乗院の雪岡禅師は、景樹の『二時百首』の中の作歌十一首を江戸の友人加藤千蔭に送ってこれを批評させた。景樹の作歌は、

秋　夕

ものごとに聞けばかなしみみればうく　独なかるゝ秋のゆふべや

夜　鹿

ねざめする長月のよの明方に　鳴鹿の音は聞かぬまされり

寄衣恋

わぎも子がぬぎてかしつる下衣　わすれぬものゝかへしかねつゝ

など十一首で、これに雪岡禅師は「此歌は都にて今我のみひとり歌よむとて誇りがに言ひ罵るをのこの詠めるなり。」とも言い添えて送っているので、最初から景樹を悪評させようとする意図が露骨に現われている。

国学者賀茂真淵の門流である江戸派歌人加藤千蔭・村田春海は、北隣の翁・橋本地蔵麿の筆名で『筆のさが』を書いて景樹の歌に激しい非難を加えた。すなわち、

『筆のさが』

○初学の人などはかく働なき歌をよみいづとも、理だに聞えばまだしき程の業なりとて許すべけれど、自ほこりがに思へる人のかかる歌を歌なりと思へるはあさましき業なり。

○此歌のいひなしは世に絶てあるまじき事にて言はれぬ事なり。新しき節を言はんと

て人の言はぬ事を言ひて作出でたれど、心の稚きまゝに前しりへをも思ひめぐらさで、理通らぬは笑ふべし。

○かばかりに詞くだけて拙き調なるうたをばすこし歌に口なれたる人はいひ出でぬものなるを、あまりに調といふものを辨へなきはいかにぞや。

○学の業暗くて、かかるみだりなる詞をよみいでおきて、此後万葉など一わたりよみてすこし物の心わきまへたらん時には、このうたぬしも後悔出来ぬべし。

などとあって、六十八歳と五十七歳の江戸派の大家が、三十五歳の新進歌人に対する批評としては、余りにも罵倒に過ぎたこの酷評は、早くも江戸派と桂園派との宿命的対決を思わせる。江戸派の牙城へ乗りこむ景樹の関東下向については後に述べる。

江戸派の景樹酷評

江戸派の酷評に対して、宣長にも芦庵にも学び、景樹に入門していた佐々木真足は、「学の道に入りしよりけふまでかゝる歌ぶみは見たることもあらず。」といい、景樹は、

今世に名高き歌よみの翁たち、そのおしへ子にをしへ給ふる序にかならずいはく、梅月堂景樹といふ者あり、わすれてもかれとなしたしみそ、かれひとり此の道をよみひがめて、おのれよしとのみさかしだちたるゐせもの也、などいと深く戒め給

へることと、ほのぼの伝へ聞くが浅間しうわびしくて云々（『桂園遺稿』）

と記し、また、

うれしとも嬉しかるべき一巻に　かつはつらさの何こもるらむ　（同前）

と慨嘆している。

景樹としては新しく調べの理論を打ち出し、その調べに乗せた清新溌剌の歌は新時代の新しい歌であると自信満々であるのに、反対派は「おのれよしとのみさかしだちたるゑせもの」とし、「自ほこりがに思へる人」として、「あさましき業なり」「笑ふべし」「後悔出来ぬべし」と排斥する。

京都旧派からの悪評

江戸からの罵声はすぐさま京都にも届き、旧派の伴蒿蹊や日枝の社家なども『筆のさが』に賛意を表するなどあって、景樹の進出を阻止しようとする動きには一方ならぬものがあった。しかし、景樹の不屈の覇気は、一たびは、

下拙歌は京都にても一統拙き事に申落され、取上候者は無二御座一候。……江戸などにても下拙歌大不評にて、千蔭・春海と様申大宗匠之両翁愚詠を評せられ候筆のさがと様申小冊子出申候。是等京都にてもひろごり、汗顔至極失二面目一候事どもに御

座候。（林彦助宛書簡）

と落胆しても、

景樹の反撥

命だに候はば、すこし歌らしき事もなどかはと、下にはげみ罷在候。（同前）

と直ぐに敢然と決意を表明する。景樹にいわすなら、江戸はすべて凡調であって、

千蔭・春海などの両先生未熟にして、かの凡調を雅調とこころ得となへられし弊風のいたすところ、（神方升子詠草奥書）

として、江戸大家を「未熟」と反対にやっつける程の意気ごみである。ここに桂園派と江戸派は正面から対立して来た。

従六位下・長門介叙任

年は明けて享和三年（一八〇三）二月二十三日、景樹三十六歳、従六位下に叙せられ長門介に任ぜられた。養父景柄が寛政八年に従六位下・陸奥介に叙任された先蹤に続くものである。故郷をひそかに、しかし燃える希望を抱いて飛び立ってから苦闘満十年、今は香川梅月堂の当主として徳大寺家に出仕し、今日この栄位に輝く。景樹の胸は満ちたりた喜びに溢れた。

こよひいぬ過るころ（徳大寺）殿よりめされたれば、やがてまうのぼりける

に、うちくみさたありし従六位下長門介になされ侍りける宣下のよしに侍れば

位山みねなる月の影なくば　ふもとの道をいかでわけまし（『桂園遺稿』）

このころ、かつての因幡在国時代の歌友林宣義（輔彦）が享和元年から大坂藩邸に勤務することとなり、享和二年十月二日に訪れて久闊を叙し、享和三年十一月二十日にも大坂の宣義の家に泊って「国にありし時よりの古物語にひとめもねず」、酒盃を交わしてお互いの身の上を語り合った。

林宣義との交遊

炉辺閑談

埋火はそこになるまでかたらへど　残るむかしのおほくもある哉（同前）

その後も両者のうち融けた交遊は続き、文化三年三月三日に宣義は木下幸文・斧木・亜元・小泉重明らと景樹宅に集まって桃酒を汲み歌を詠み合い、同年九月十五日に大坂に下った景樹を訪れて児玉孝志らと月を賞で、文化五年五月十六日に大坂桂園社に滞在中の景樹に大鯛一尾を贈るなどのことがあり、天保十四年の一月に宣義が、三月に景樹が共に七十六歳で奇しくも同年に生まれ同年に没した。

さて、歳末、十二月二十八日「雪ふりたり、門の野にいでゝ」景樹の歌、

うかりけることのみつもる年なれど　またおもしろしけふの白雪（同前）

思えば享和三年という年は悲喜こもごもに重なって事多い年であった。前年末から起こった『筆のさが』をめぐる問題は、景樹の新歌風の作歌を「歌の狂なるもの」として誹謗され罵倒され、それに堪えて来るべき反攻のための自己沈潜に歌想を貯え、やがてそれは復古主義否定の書『新学異見』となり、前人未踏の「調の論」の成立へとつながってゆく。

長男茂松

喜びは二月の叙任であり、六月二十六日の長男茂松の誕生であり、悲しみは九月十一日のその児の死であった。景樹夫妻三十六歳で初めて生まれた子に松のように茂れと名づけて慈しんだ甲斐もなく、三ヵ月の短い命を終ってしまった。

子はなくてあるがやすしと思ひけり　ありての後になきが悲しさ

おひしきて取返すべき物ならば　よもつ平坂道はなくとも（『桂園一枝』）

岡崎移居

この頃の景樹は、その住宅も新町通下立売下ルから享和元年十一月二十一日に新町通丸太町西側に、享和三年十一月一日には岡崎道伴屋敷旧宅の辺りに移った（現在岡崎東福ノ川町一四、大河内貴

久男氏宅。大正六年三月京都市教育会の建てた景樹宅跡の石標がある）。

　十一月朔日、岡崎に宿うつりす。夕つかた雪ふる

足曳の山の岡辺に家居して　すめるけふしも初雪ぞふる（『桂園遺稿』）

去る十一月朔日、岡崎道伴屋敷御旧宅の辺へ移居仕候。……岡崎宅は道せつ法師と角合にて、深尾某とか両三年前迄被ㇾ居候屋敷に御座候。（『桂園叢書』第二集、消息十五）

この景樹の書簡には、つづいて、

兎角世上誹謗の沙汰のみ、うるさき限に御座候。其後も処々より愚歌の評書出で、近くは上田余斎（秋成）論の書も出で候て、一寸披見仕候。歌の狂なるものとか申候

香川景樹旧宅跡

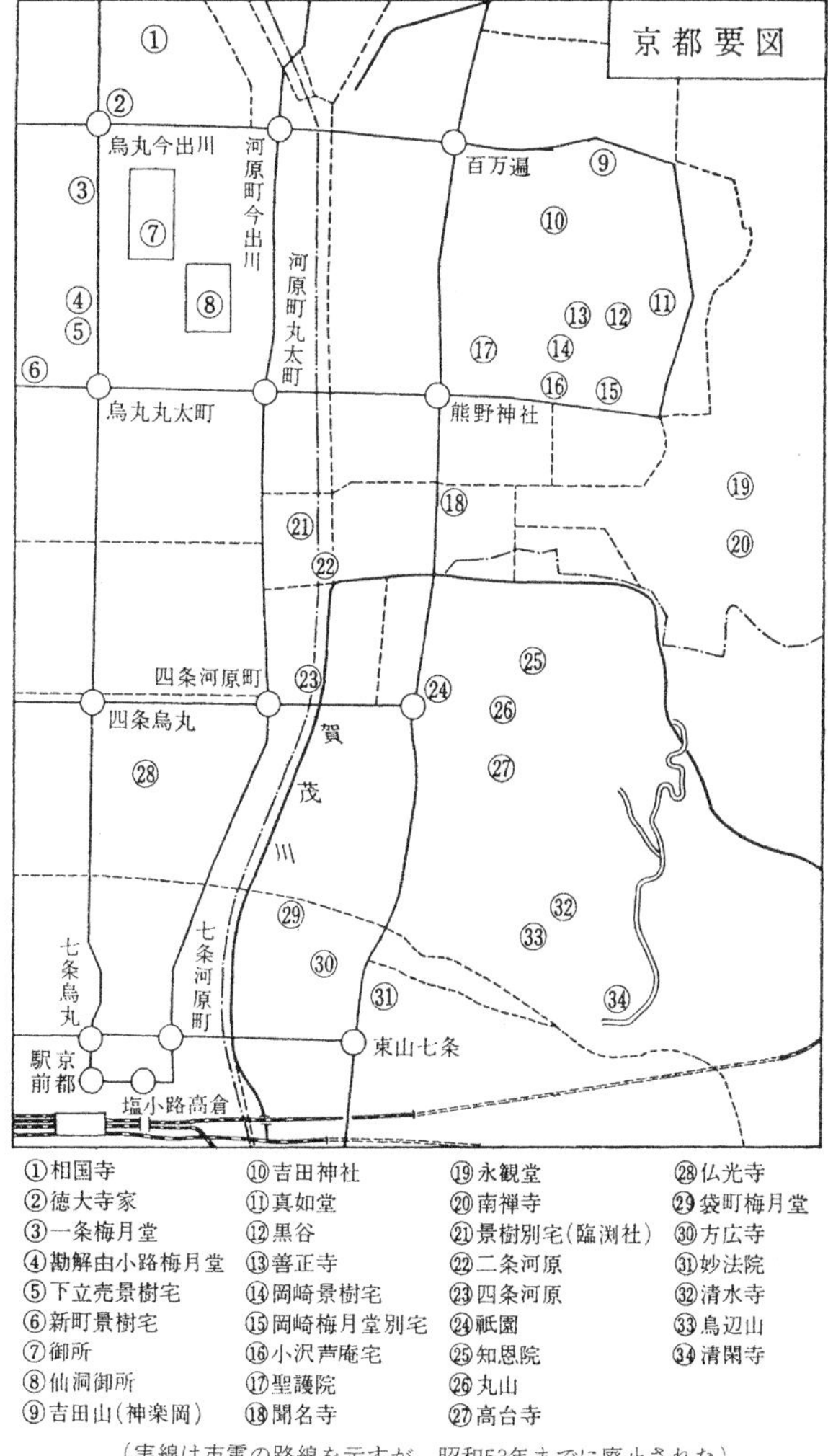

（実線は市電の路線を示すが，昭和53年までに廃止された）

て、大にあばきたる書に御座候。勿論浅識の話、抱腹、千蔭等の鼠類に相見え申候。世中不㆔面白㆒に付引籠、世界へ不㆑出覚悟に御座候。至楽は五六輩の知己に不㆑過と奉㆑存候。殊更愁傷後は（九月十一日長男茂松死亡）弥虚誉の声もうとましく存候。

（享和三年）十二月十二日　桃沢夢宅様　香川長門介景樹

とあって、江戸派を眼中に置いていない。

平安四天王

そしてまた、景樹の梅月堂入家当時の京都の歌界においては、平安四天王と呼ばれる垂雲軒澄月（寛政十年五月没、八十五歳）・吐屑庵慈延（文化二年七月没、五十八歳）・図南亭小沢芦庵（享和元年七月没、七十九歳）・易得亭伴蒿蹊（文化三年七月没、七十四歳）がいて、彼らは伝統的気風の根強い京都の地にあって、老成円熟の作風と、確固とした地盤をもって京洛歌壇に重きをなし、全国にも門人網を張って旧派の勢力を維持していたが、享和三年に至ると澄月・芦庵は没し（もっとも芦庵の「ただ言うた」は旧派の埒外であるが）、残った慈延・蒿蹊の二大家に対しても景樹は少しもおじるところがなかった。

景樹の高姿勢

すなわち、大愚慈延に対しては「大愚などと同日に論ぜらるゝは無㆑術事」と胸を張り、和歌よりも文章をもって誇りとする蒿蹊に対しては「かゝる文章を書かむことは我三十年の前にすべし。かゝる事を書かじとする故に今に文章なし。」(『桂園叢書』第二集、消息四)と昂然としている。

このころ、享和二年に初めて詠草を景樹に送って添削を乞い、享和三年六月に上京して慈延に学びながら、ようやく景樹に親しんで来た備中国出身の木下幸文は、景樹のこの高姿勢を、

大天狗

香川景樹は実に大天狗に御座候。世の褒そしりによりて歌はよまれずと申、つつ立ち居られ候。(『桂園叢書』第二集、消息四)

香川はまことに御推察の如く大天狗にて、よほどコチの腹がよくなくては附合ひにくき人物、乍ㇾ去才気抜群。(『桂園叢書』第二集、消息五)

と評している。

景樹が「大天狗」といわれるのは、もちろんその歌風について絶対の自信を持って「つっ立」っていることからくるものであったが、その風貌からもまた天狗を思わすものがあった。景樹の人相については、

景樹の人相

せい高き方　面長き方　やせがれて色白き方　音声わかりかぬる方　歯はそろひ有

〻之　存之外せじ有人　万事ていねいなる生れ　鼻高き事天狗に似たり（『桂園遺文』）

と記されている。

彼はまた「切支丹」とも仇名されていて、木下幸文の師である慈延は、

木下も此節は上岡崎へ移り居候。切支丹之宅近候故、邪路に落入り候はんと気之毒に御座候。（『桂園叢書』第二集、消息八）

といっている。

大天狗といわれ、切支丹と仇名され、「世の評判の上より聞きては、誠に狂人の如く人思ふは理なり。」（木下幸文書翰）と見られ、その歌は「歌の狂なるもの」（上田秋成）と評され、「才気は絶倫なれども、其才のたゝる事甚しく、論といふ論、大かた世に反する事のみ、歌もどふしても十首に六首はむかふの谷へ落候様子也。……大仏（蒿蹊）・岡崎（慈延）辺にては、かれはほんの気狂にならねばよいがとの評判也。」（木下幸文書簡）「兎角世上誹謗の沙汰のみ、うるさき限に御座候。」（『桂園叢書』第二集、消息五）といった状況にありながら、文化元年（一八〇四）には「切支丹之宅」近くに移った木下幸文をやがて文化三年三月十一日に赤尾可官の紹介で遂にその門に迎え、すでに親交のある桃沢夢宅、岩国に居る熊谷直好、京都で名声を挙げてきて

いる木下幸文の三人を「親友と頼み」、共に新しい歌壇の形成に向かって努力する景樹であった。

二　梅月堂離縁

京都の歌壇に新風を鼓吹する景樹には、文化元年四月中旬に一身上の重大な変化が起こった。すなわち景樹の香川梅月堂離縁である。

元来、景柄が寛政八年に二十九歳の景樹を養子に迎えたのは、公家歌学地下の宗匠家としての梅月堂を継承させ、その家学としての伝統を保つためであった。景樹も「始の程は異なる考も少なく、其家に伝へきぬる事ども、世とひとし並のさとし」であったが、やがて間もなく自説を立てて旧派の歌風を批判し、ここに歌風において父子の間にしだいに溝が深められてくる。そしてまた、景樹の家計処理上にも問題があった。

家計の問題

景樹自ら語るところによれば、

畢竟の所、下拙不経済にて、梅月堂難レ立に付、家と共に亡びむよりは、身退き候へば、又有財の養子も御座候故、家相続可レ仕哉と申所存なり。(『桂園叢書』第二集、消息十六)

とあって、景樹には経済的才能に欠けるものがあった。養父景柄が景樹離縁後に備中国玉島の福武真（まこと）（右近）に出した書簡にも、

御存之通、大炊御門様御損金以来、長門介（景樹）入家後、同人事にも余程無益之費有レ之、松田やしき止り申候砌抔も、私へ引受遣候事抔有レ之、追々他借相重、当時四百金計借財有レ之候。（『桂園消息集』第廿六『めさまし草』巻四十五）

とあって、地下宗匠家としての梅月堂にとって四百金の借財は相当な負債であった。要するに景樹にとって、梅月堂の継承は精神的にも物質的にも負荷に堪えかねるものとなって来た。従六位下・長門介の叙任も、今となっては養家に繫縛される紐帯とも感じられた。次の一連の歌がある。

このごろ思ふこころ有て、つかさ位ときぬべう思ひわづらひて

人うとむ門には市もなさざりき　世をあき物といつ成にけん
名に溺れたからに沈む空蟬の　世の人なみに我や成なむ
敷島の道の長手のながければ　宿かす里もなく成にけり
一筋に思ひたちてもたらちねの　別の道はふまれざりけり（『桂園緊葉』）

義理は義理、主義は主義と割り切るにはなお若干の時日を要したが、景樹の心はすでに梅月堂を離れていた。

家を出て都わたりに住み見れど　うき身はもとのうきみ也けり

今日難波へ行くに、七条あたりまで伴ひ来りて真足（佐々木氏）ぬし

都べは憂事多し難波わたり　すみか求むと行かばたのまん

かへし

まことには住家もとめにゆくものを　知らずて人のおぼめかしける

こは憚るふしにあれば、心のうちにつぶやきつるのみ

けふしも風のはげしきに、いほ崎の浜べに波のいたくたつを見て、思ふ心あれば

岩がねに砕くる浪の真白玉　はなれいづべき時はきにけり

さいつ頃より家のわたらひの事によて、かやかくわづらはしければ

物部のわざをいやしみ敷島の　みちふみそめし心たがひぬ

定豪（富山氏）明日古郷へ帰るときゝて

此頃はいとど都の住憂きに　いざわれもやと思ひたゝまし（『桂園遺稿』享和元年）

と憂悶の日が続いている。

「道の友の長だつ人々」は景樹を諫めて、「人にのみ家の事を打ちまかせ、宝をさへ出さ せつつ、身は思ふまにまに道のみさをゝいさぎよげにいひたてゝむことかは。」（『桂園遺稿』享和元年）と反省を求めているが、家を離れた景樹の心や足は、花の嵐山に時鳥の鞍馬に赴き、またその愉悦とする酒杯は祇園や島原の紅燈の街で酌まれている。

こよひ人にともなはれて新町といふ楼にゆく。万世たいふといふを人のさしこして、名の如く契れといふ。（『桂園遺稿』享和三年）

祇園のほとりにかよひ戯れしころ、いとよく琴引く子のありければ、しばしばひかせてきゝ遊びけり。（『桂園遺稿』文化二年）

新歌論を提唱して歌界の反逆児となり、その生活においては奔放であり、また生来多病の身であって、内外ともに多事多難のうちに、景樹はついに文化元年四月十八日、香川梅月堂離縁のことを桃沢夢宅に報らせるに至った。香川家に入ってから足かけ九年である。

仔細御座候て当家破縁の事、家父（景柄）へ相願候所、聞届相済、御殿（徳大寺家）へ相達、解官の事に及候所、去年仕官仕候て当年直に解官の事いかが、且思召も御座候由にて、不縁の事御殿向迄相達、禁裏へは不ㇾ達候。依て香川名乗候へども内縁は切れ申候。乍ㇾ去、和睦の上の破縁に付、師弟の約は其儘に御座候。尤、門人は大方下拙へ附属の事に御座候。これも梅月堂にてとり候弟子の事に御座候故、直様梅月堂へ譲り候て退き候様申入候へども、門人梅月堂へ残り候ものも無ㇾ之事故、家父より附属の振に相成り申候。右に付、近日家父は京都へ引越被ㇾ申候。下拙は此家に留り候積に御座候。御存被ㇾ成候通、入家候節空手にて御座候故、此度も家財等残候物なく、夫婦身計に相成申候事、一社中にて気毒に被ㇾ存候て、種々策も相聞え候へ共、於二下拙一困約は何とも不ㇾ存、却て道に進む楷梯と存明め居申候事故、何事も断申入候て、却て相楽み罷在候事に御座候。（『桂園叢書』第二集、消息十六）

この書簡に見られるように、歌論上の問題は別として、景樹の離縁は一応は「和睦の上の破縁」であった。もっとも、それも表面上の理由であって、景樹の反堂上新歌論によって、その禍が二条派宗匠家の養父景柄に及ぶことを考慮に入れ、また自らの新歌論に自信をもって独立を計るための離縁であったと解することもできよう。

離縁の後も、徳大寺老公前内大臣実祖の斡旋で香川の姓を許され、従六位下・長門介の位官もそのままであり、景柄と景樹との仲は決して不和ではなく、翌文化二年（一八〇五）正月十八日には、梅月堂の会始に景樹は、

梅月堂との関係継続

早春風

宮人の子の日する野に吹きおろす　大内山の春のあさかぜ（『桂園遺稿』）

と詠歌を送り、また八月十九日に「あすなん梅月堂にて京極黄門の影供し給ふとて組題の当座おこし給へるに」送る歌などがあって、従前と少しも変わらず親密である。

文化八年正月十六日に陸奥介を辞任して落飾し黄中と称した「父の君」から、

人はみな花と見るとも白雪の　ふりにし身には春も覚えず

とあった歌の返しに、

仙人の春ともしらぬ春にこそ　花ともいはぬ花は咲くらめ（同前）

と老いてなお栄えんことを願っている。

この頃の景柄は東六条袋町（現在大黒町）に隠居していたらしく、文化十年の『平安人物志』

には「平景柄　号梅月堂　東六条袋町　香川黄中」とある。

景柄に対する心遣い

かつての養父景柄に対する景樹の心遣いは、文化七年に入門した贄川勝己（にえかわかつみ）への書簡の中にも、

六条家父……下拙とは流義かはり候へども、又々外には無二比類一候へば、宜敷宗匠家也。下拙門下と此道異端等起り不レ申候様、是又相願ふ事に候。無二争論一同門同知に有度候。……歌は物之哀をしる道也。何ぞねたみ争ふ事有べき。ねたみ争ふ腹よりはよき歌は出こぬ事を覚悟すべきに御座候。（文化十一年九月三日付贄川勝己宛書簡）

と見えている。

景柄一周忌

文政五年（一八二二）十月二日「亡父一周忌」には、

新玉のとしの一とせめぐりきて　今年もこその時雨ふるなり（『桂園遺稿』）

など時雨十首の追悼歌が捧げられる。

この時、「題しらず」として、

我やどの庭の訓にそむきても　むかふ誠のしきしまのみち（同前）

とあるのは、昂然として我が道を行く景樹の心をこの一首に凝結したものであろう。

三　歌学研修

東塢亭・桂園・臨淵社

香川梅月堂と離縁したとはいうものの、依然として香川の姓を名乗る景樹の住居は岡崎道伴屋敷の辺りにあって、この本宅を東塢亭（とうてい）あるいは桂園（かつらその）といい、文化五年冬のころからは寒暑のわずらいを避けて二条加茂川西岸の木屋町（樵木町松原上ル）に笠着屋の座敷を借りて（のち買得した）別宅とし、ここを臨淵社あるいは観鷺亭（かんぼくてい）・一月楼・万水楼ともいった。

景樹の勉学

これらの本宅・別宅において、景樹は新歌壇樹立への意欲を燃やして、ひたすらに歌学に打ちこんだ。彼の日常は、

勉強する事も亦人に勝れて、毎夜九つまでは、あるは歌文を草し、あるは書を読み、あるは門人のために講説しなどして、さて一酌して眠につく。（『歌学』二号）

といった努力精進の日々である。

燈の影にてみるとおもふまに　文の上しろく夜は明けにけり（『桂園遺稿』）

門人の指導にも誠意がある。

いつにても一座の詠草をひとつ〳〵傍の人に相談して直す。其代加筆大かたわが歌

よむ斗の辛苦。さて人のを評し終て、自身の書入に評ぜさす。いかほどわろくいふても、さらに腹をたてぬやうす也。われはかゝる心にてよみしが、さは聞へずや、しからばかくせん、是にてはいかゞなどやうに、こまかにたゞすなり。其所においては我意さらに見へず。是天狗第一の大幸たる所也。（木下幸文書簡）

主な門人

こうして歌学一筋に生きる景樹の周囲には多くの新人たちが蝟集してくる。すでに文化三年の頃までに景樹に入門あるいは教示を乞うていた人びととしては、

赤尾可官・熊谷直好・佐々木真足・常楽寺恵岳・的場健・亜元・玄如・浄勝寺丹山・早川紀成・木下幸文・宮下正岑・斧木・岸本方忠・小泉重明・青木行敬・柏原栄寿・山田直誠・山本昌敷・茶室実寿・柏原齢子・桃沢夢宅

その他多くの名を挙げることができる。

桂門十哲

これらの下級武士・農民・商人・僧侶・宮侍、出身地も京都を主として周防・備中・伊勢・越前などの東西の各地にわたる歌人群のうちで、やがて桂門の十哲と称せられる人たちが著名となってくる。この十哲は研究者によって挙げ方がまちまちであるが、私は初期の門人、中期の門人、晩年の門人で選び方を変えるべきであると思う。初期の門

人としては、熊谷直好・木下幸文・菅沼斐雄・高橋正澄・早川紀成・亜元・玄如・斧木・桃沢夢宅・赤尾可官を挙げたい。中でも直好・幸文・亜元・正澄は四天王と称され、さらに直好・幸文は双璧と称される俊才であった。

熊谷直好

熊谷直好（くまがいなおよし）は周防国岩国の藩士で、通称は八十八のち助左衛門といい、岩国香川家と京都香川家との関係を通じて寛政十二年（一八〇〇）十九歳で三十三歳の景樹に入門した。爾来景樹からは「志合候人とては……西国にては熊谷八十八」（『桂園叢書』第二集、消息四）と信頼され、同門の友人たちからは「防州熊谷は実におそろしき才子なり」「天下の上手は此人成べし」「直好の歌、いつにても耳を驚かし、腹をでんぐりかへし候。にくき奴也。西河の峠にて雪の歌よみけん時、狼など出てくひころしなばよかつたにと存候御事に御座候。」と敬服・感嘆されている。

木下幸文

木下幸文（たかふみ）は備中国浅口郡長尾村の農民の出身で、通称は民蔵といい、享和二年（一八〇二）二十四歳の時に初めて詠草を景樹に送り、景樹は「同じ道に志し候身は外ならず大悦仕候。」（小野正笋宛書簡）として指導を加え、翌三年に京都に出て岡崎の朝三亭に住んで景樹と親しんだ。幸文は初めは景樹を「大天狗」であると警戒していたが、やがて、香川の人物、主の詞のついえ、世の評判の上より聞きては誠に狂人の如く人の思ふは理なり。おのれこの人をとかくにしたゝめ不レ得、うかゞひ足にして交る事たゞ此比までなり。近比其腹のどんぞこを見抜きたり。実に世に稀なる人物なり。歌のよみ口に於ては世に防州（熊谷直好）あれども、真に歌ずきの稽古ずきは此人にならぶものあるまじく候。交って実に益ある人物なり。（『桂園叢書』第二集、消息七）

と理解し、「近比はまことに水魚の如」き仲となり、文化三年（一八〇六）に正式に景樹に入門した。

以上の熊谷直好・木下幸文の歌学修業について、景樹が備中国浅口郡長尾村の小野猶（なお）吉（きち）に宛てた文化二年十二月九日付の書簡がある。

熊谷助左衛門（直好）哥風大変り、日本紀再註と云述作之書出来、四冊物也、中々面白し、其外無事、此来年宿題会始青柳風静に候、御詠出可レ被レ下候、木下宗匠へも御頼可レ被レ下候、早々。

二白、桃沢夢宅百首此間到来、抜群の上達驚目候事に御座候、木下御氏百首此間拝見、扨々乍レ憚御上達、一統とりはやし申候、よめぬものはわれひとり、いかゞす

小野猶吉

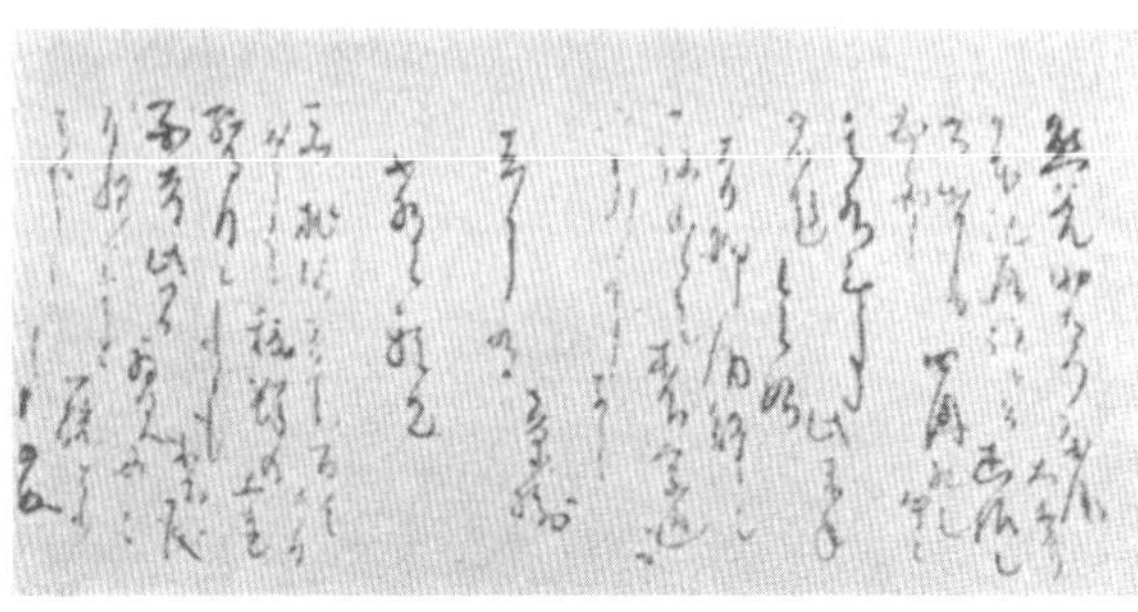

小野猶吉宛香川景樹書簡（小野移山亭蔵）

べきかと存候、あはれみ給へ。（小野移山亭蔵）

岩国在国中の二十四歳の直好の勉強を賞揚し、備中在郷中の幸文二十七歳を「木下宗匠」といい、「御上達一統とりはやし申候」と讃辞を送るのも、景樹としては「存のほか世辞よき方」の社交的態度を示したものであろう。この景樹の誘引に応じて、やがて幸文は四回目の上京をして景樹に入門するようになる。

なお、この書簡にある文化三年会始青柳風静の歌題の景樹の歌は「正月十五日初会宿題青柳風静」として、

我やどのしだり柳のしたにのみ
木かくれてこそ風は吹きけれ　景樹（『桂園遺稿』）

と詠まれている。

菅沼斐雄（すがぬまあやお）は備中国小田郡吉浜村の庄屋北村賢親の子で、通称を此面・頼母、号を芦渚・桔梗園という。景樹が梅

月堂を離縁となった後、文化二年に二十歳で梅月堂養子に推薦されたが不成立に終った。大坂城士菅沼武八郎の養子となって菅沼姓に改めた。文化八年以前に景樹に就学した。

備中国浅口郡長尾村の小野務は、

菅沼斐雄を香川大人のもとにはじめてつれ行きて

是も尚細谷川の水なれば　吉備の中山恋しくばくめ

おのれと同じ吉備人にて、木下うしのをしへ子なりけるに、大人木下のうしへ

立かへり今年も夏に成りぬれば　木下かげぞ恋しかりける

といふ歌よみて、おのれにことづけやられたる頃（文化九年）なりければなむ（『柿園拾葉』）

と入門のことを記している。文政年間以後は江戸桂園社を差配した。

高橋正澄

高橋正澄は京都室町に生まれ、通称は元右衛門、号を残夢・清園・塵室といい、備中国笠岡の大庄屋高橋氏の養子であったが、親戚に家産を奪われて大坂に出、直好とともに在坂桂門歌人として重きをなした。

赤尾可官

赤尾可官（よしたか）は滝口の官人で、林丘寺宮家司を勤め、従六位上・左兵衛大尉に叙任された。

通称を左内、号を柏園という。享和二年三十九歳の時以前から景樹と親交のある桂門の長老で、木下幸文も可官の紹介で入門の手続きをとっている。

早川紀成

早川紀成（のりしげ）は伊勢国鈴鹿郡庄野村の早川直記の三男で、幕府御徒士児山平三の養子となって児山姓に改めた。享和三年以前の入門で、景樹に次の歌がある。

（享和三年正月）十二日、紀成ぬしの詠草の奥に

いつのまにいかなる君はしをりして　分ならしけむことのはの道　（『桂園遺稿』）

文政元年に景樹が江戸に赴いた時は、まず音羽町の紀成家に足を留めている。

亜元

亜元（阿元とも書く）は浄土真宗の僧侶で、京都岡崎の景樹の隣宅に居る時は小竹園（ささその）と号し、また自在庵ともいい、のち江戸に出て築地本願寺に勤め、本所原庭に住んで葵園と号した。

斧木

斧木は近江（おおみ）国甲賀郡の人で、初め諏訪義明といい、信濃（しなの）国善光寺大勧進の用人であったが、天台宗の僧籍に入って斧木といった。京都岡崎の桃沢夢宅の垂雲軒の後を継いだ。文化元年以後の垂雲軒歌会などとあるのは斧木の垂雲軒である。

玄如

玄如は備前国岡山に生まれ、若林秋長といい、京都に出て景樹の下僕となった。享和

元年九月十三日夜、景樹は秋長を伴って東山に鹿を聞きに行き、

　しげりあふ紅葉はいまだ染ぬとて　今宵の月の影のみぞみる　　秋長

「此をのこ、けふはじめて歌よむにしあれば、よくよみえたりなどほめさゞめきつ」（『桂園遺稿』）と記している。木下幸文は享和三年に秋長を「おそろしき歌よみなり」と賞めるまでに進歩した。のち出家して玄如といい、晩年は岡崎・嵯峨・宇治に住み、紫野大徳寺で没した。

桃沢夢宅

桃沢夢宅は信濃国伊那郡飯島本郷村の名主で、和歌を初め垂雲軒澄月に学び、その後を継いだが、のち景樹に学んだ。景樹より三十歳も年長であるが、その交わりは深かった。文化七年に七十三歳で没した。

これら桂門歌人たちと景樹との交遊・研学・競詠の様子の幾つかを挙げてみよう。

文化三年三月十日、景樹（三十九歳）・幸文（二十八歳）は柏原栄寿の家に遊ぶ。

　昨日けふ花ざかりなる山畑の　大根（おおね）がうへに春雨ぞふる　　景樹

　のどかにもかたりくらせとおもふらん　けふしも雨のふりてをやまぬ　　幸文（『木下幸文日記』）

『桜十番歌結』

同年三月十五日、景樹・幸文は桜二十首の題を分けて詠み、これが『桜十番歌結』となった。評は赤尾可官である。そのうちの一番。

左　山中桜　　　幸文

よぶこどりなく山中のさくら花　さかりすぎたり見る人なしに

右　嶺上桜　　　景樹

かつらぎの山のたかねは高けれど　まがはぬものは桜なりけり

呼子鳥のみうらなきくらす奥山に、盛過ぎたる花の見えたる、心も調もいとあはれに承り侍り。されど春の始にはや盛過ぎたる花の侍ること、すこし本意のなきやうにも侍るに、葛城の山の桜は物にもまぎれず、すが〱しく見え侍れば、こなたへぞ心うつり侍る。（『桂園叢書』第二集）

玄如の来訪

三月二十日、門人玄如が景樹を訪れた。この玄如は前に記したとおりもと景樹の下僕であったが、出家して善勝といい、さらに玄如と改名した。彼は「をとつとし（文化元年）三宮寺をぬけ出でしのち、ゆくへも知らざりし」有様であった。彼が恩愛を受けた師景樹のもとを去って脱寺するにはそれなりの理由があったのであろう。彼は「大人の御もとにまうでゝ、年ごろふかき御うつくしみかうぶりし事どものいやもきこえません」と木下幸文に伴われて訪れ、景樹も「我にもあひてむかしの罪をわび、昔のめぐみをも今思ひ知りにし事をいはんとて来たれり」と不義理を詫びに来た理由は了解しながら、「寺の掟にそむきていで行しこともかさなりて、にくむべきものなれば」として面会せず、幸文が仲介しても和解せず、玄如は空しく備前国の母の許に去った。一徹な景樹の性格を示す挿話である。

景樹の一徹

あま雲の行へしらずとみな人の　いひし君にもあひにける哉　幸文
めづらしき君みることもあしびきの　山に入たるかひこそ有ける　亜元
思ひきやむかしの里にかへりきて　なれにし友とかたるべしとは　玄如
たらちねの母を恋しといふ事は　偽ながらまことなりけり　景樹
(『木下幸文日記』『桂園遺稿』)

法界寺参詣

四月一日、景樹は木下幸文・小泉重明・亜元と四人連れで日野の法界寺薬師仏に参詣する。道中の知恩院・高台寺・鳥部山・清閑院・勧修寺の里でそれぞれ歌作を競い、法界寺に至って「下の帯に銭そへて奉りおく。こはいつもむ月十日余に此の寺にて裸踊といふことありて、千歳に及ぶわざにして名こそあれ、いとなつかしき名残也。その料のさゝげものなり。」(『桂園遺稿』)と民俗的な賽を奉り、さてここでの歌。

山しなの日野の奥までけふこずば　はつ夘花の色をみましや　景樹

うへよりも下すみたりや池水に　うつれる花のかげのさやけさ　幸文

賀茂神社競馬の歌

五月五日は賀茂神社の競馬(くらべうま)。この時の歌が『二十五番くらべ馬歌結』(『桂園秘稿』)となった。詠者は景樹・山本昌敷・青木行敬・小泉重明・斧木・亜元・茶室実寿・柏原齢子・岸本方忠・木下幸文の十人で、判者は景樹である。その中の第十七番。

左　負　景樹

いにしへのまゆみのしをりしらねども　思ひ出ぬる駒くらべかな

右　勝　方忠

乗こえていくなる駒を見るひとの　こゝろさへにもいさみける哉

おもふかたののりこえたらんは、げにさこそ有けれ。おもひ出ぬる駒くらべなど心ゆかぬよみさまなり。また古のまゆみも引いづべきことかは。とかく此よみ人はめのまへのことはおきて、かたはらにもとむるわろくせ有けり。

各人の点は、斧木（勝四持一）・行敬（勝三持一負一）・幸文（勝三負二）・実寿（勝三負二）・方忠（勝二持二負一）・昌敷（勝二持一負二）・齢子（勝二持一負二）・重明（勝一持二負二）・亜元（勝一持二負二）・景樹（負五）であって、この採点は景樹の自遜であり、評言も自己批判である。

桂園月次歌会

この頃、毎月十五日が桂園月次歌会で、この日の兼題・当座に一門の人びとは歌作を競い研修を重ねた。

八月十一日、景樹・斧木・幸文の三人は日枝の麓の赤尾可官を訪れ、「ひねもす道のあげつろひにてくれぬ。」（『木下幸文日記』）とある。桂園一門の人びとは、月次歌会に臨時歌会に、野に山に歌作の技を競いながら、歌作の基盤となる歌論の確立について厳しい検討を重ねている。幸文が終日歌論を戦わしたというように、景樹も「八月十八日。こよひ例のうしみつ頃より起て、学びのまどにうちむかふ。」「夜もくけて語らふ」「夜ふくるまで歌のことかたらふ」とその研修のさまを告げている。（『桂園遺稿』）

『都鄙五十番歌結』

十月には『都鄙五十番歌結』（『桂園秘稿』所収）が成った。この歌結は景樹が三年ばかり前から全国の門人に「月前時雨」の通題で歌作を命じ、これを纒めたものである。一人が一首、一番で二人二首、五十番で百人百首、そのうちの三十二番を例にとって景樹の評言の一端を示そう。

左　勝　　　　　　　　　　　　俊克

音たてゝ時雨ふれども久かたの　月の影にはさはらざりけり

右　負　　　　　　　　　　　　玉芝

しぐれふるかつらぎ山のうき雲に　まだみえやらぬよはの月影

こもいづれあしうは侍らぬに、右よはの月かげととまりたるぞいさゝかしらべあひがたきやうにや侍らん。

この歌結に名を連ねる百人の桂門歌人については、姓・生国の不明な人たちも多いが桂園社発展の一様相として記してみよう。

岡本保考（京都）・林宣義（因幡）・叙胤・美明・季政・原周・中川長詮（京都）・篠沢隆寿（武蔵）・西村正邦（京都）・早川紀成（伊勢）・淡川康民（京都）・熊谷直好（周防）・山本昌敷（京都）・元篤・大原政徳（京都）・勝善・青木行敬（京都）・坂上寛（摂津）・谷口重遠（京都）・大塚寛柔（摂津）・八木原安綱（京都）・中村民一（摂津）・赤尾可官（京都）・大塚寛愿（摂津）・位田義勇（京都）・常素・真野敬勝（京都）・山本重英（摂津）・清継・重治・光浦・

山本重嵩（摂津）・有延・富山定豪（伊勢）・小林景静（京都）・小野務（備中）・直良・平岡克忠（備前）・小泉重明（京都）・那須資韶（備前）・武夷・岸本方忠（京都）・木下幸文（備中）・森元古（備前）・山田直誠（京都）・正徳・茶室実寿（京都）・滋賀重直（京都）・柏原慶章（京都）・児玉孝志（大坂）・斧木（京都）・桃沢夢宅（信濃）・観阿・光福寺宗達（摂津）・一空・光専寺義肇（大坂）・臨阿・円隆（近江）・常楽寺恵岳（京都）・日東・阿元（京都）・梁岳（大坂）・俊克・溝口玉芝（大坂）・伯雅・光雲（備後）・了一・寛量・基永・円鏡・的場健（備中）・文成・寿子・元利・千枝子・岩井弓子・左遠・雅野・通・三枝・柏原齢子（京都）・兼野紀伊子（摂津）・伊賀野恵子（備前）・横山儀貞・大塚崎子（摂津）・広瀬当子（摂津）・是月・左知子・隆真・知謙・泰・知休・知紗・宗明尼・大塚知晴尼（摂津）・井上恵信尼（京都）・信教尼（摂津）・奥村嘯月尼（摂津）・山本寿性尼（摂津）

荒井小三次
三十三回忌

十二月十九日は父荒井小三次の三十三回忌で、「友どちつどひて歌よみしけるに」。

女郎花

思ふことありてゆく野の女郎花　見れど心はうつらざりけり

枇　杷

常磐にて宿に立てれどびはの木は　花さく頃の哀なる哉　（『桂園遺稿』）

文化四年（一八〇七）正月十日は仏光寺御殿御歌会始。

春風解氷

打解てけさ吹風の心をば　池のこほりぞまづは知るらん　景樹（前同）

十一日は梅月堂景柄家月次会始。

梅花告春

梅の花咲てつげたるやま里の　春ぞはるなる雪は降れども　景樹（前同）

十二日は常楽寺恵岳初会。

家梅始開

芦がきの梅の初花咲にけり　けさ我宿のはるや立らん　景樹（前同）

十五日は東塢亭初会。

山家早春

鶯は春となけども山ざとの　庭しろたへにゆきはふりつゝ　景樹（前同）

十六日は垂雲軒斧木の初会。

文化四年正月の月次会始

竹間鶯

わがやどの竹の林をあらためて　はるになしたる鶯のこゑ　景樹(前同)

二十二日は安住台御初会。

鶯馴

山ざとはきのふもけふも鶯の　こゑのみきゝて暮しける哉　景樹(前同)

と一息つく間もなく詠歌の日々が続く。

式の会

三月二十四日、青木散位行敬の主催で黒谷の上雲院で「式の会」が開かれる。出席者は行敬のほか、景樹・山本駿河守昌敷・西村勘解由判官正邦(欠席)・大原兵庫大允政徳・磯田種正(欠席)・木下幸文・小林景静・木村高敦・小泉重明・垂雲軒斧木・自在庵亜元が会し、公家では徳大寺大納言公廸・徳大寺三位中将実堅・清水谷権少将実揖などからは懐紙が下され、行敬が講師となり、亜元が読師となり、当日の兼題は鶯声誘引来花下である。

鶯の鳴なる宿に来てみれば　雪とのみちるやまざくらかな　景樹(前同)

景樹四十歳の賀

四月十日、景樹四十歳の賀会が双林寺で催される。斧木と木下幸文が世話人となり、多数の桂園社友が参集した。兼題は「新竹」で亜元が奉行となり、青木行敬が読み上げた。

新玉のことし生出しわか竹の　ながきはちよのしるしなりけり　幸文（『木下幸文日記』）

おのが世はたけたるものを若竹の　わかしとばかり思ひけるかな　景樹（『桂園遺稿』）

花園三位入道実章から松の大枝に短冊一包をつけて賜わり、赤尾可官からは丈四尺廻り三寸余りの虎杖（いたどり）の黒杖を、的場健（斎復）からは若竹の画に漢詩を添えて送られ、西村正邦からは亀童筆亀図に百一歳翁の賛のある扇を松の小枝に載せて贈られ、景樹の感激は限りなかった。

景樹と直好と幸文

五月中旬、周防国岩国に居た熊谷直好は二回目の上京をし、京都において景樹・直好・幸文の師と双璧は手を取り合って交わりを深くする。五月二十四日、幸文の岡崎の朝三亭で三人の師弟は三十首の題を分けて十首ずつ詠み合う。

さみだれは今朝晴たつと河つらの　里の垣根は波高くみゆ　景樹（『桂園遺稿』）

さみだれの夜の明がたにねざめして　山ほとゝぎすきゝてけるかな　幸文（『木下幸文日記』）

（直好の歌については記されたものがない）

その後六月十二日にも三者は十五首の題を分けて詠み、七月二十四日には景樹・直好・亜元の三人で百首を分けて詠み、幸文に点をさせ、その中の景樹の、

橋上秋夕

秋の風寒き夕に津の国の　さびえのはしをわたりけるかな（『桂園遺稿』）

の一首は後に光格天皇の叡感を蒙ったことは天保十二年の項で記すこととする。

師弟同友の睦びはいよいよ親しいが、親しい友もあれば、友でない敵もいる。十月三日、亜元を伴って大坂に下り、浪花桂園社を中心として東西に忙しい景樹は、十一月二十六日に「今宵風早ぬしかたらく、おのがことを、このごろ難波のちまたにて、都あたりの歌狐などうたふよしのたまふをきゝて」、

京都の歌狐

狐河玉藻がしたの蛙子の　てもなき道をいかがはからん（同前）

と詠んだ。具体的にはどういうことか明記されていないが、京都の大天狗・切支丹は大坂では歌狐と悪口され、景樹の行くところ敵もまた多かった。敵ばかりではなく、景樹の身辺にもトラブルがあった。それは文化四年の後半から翌五年の半ばにかけての幸文の離反である。

文化四年六月の夏の盛り、幸文は「この月になりては大方山里(岡崎の朝三亭)に居らず、あくがれあり」く日が続いていたが、二十三日に樵木町に居を移した。幸文が景樹の宅に近い岡崎の朝三亭からなぜ市中に居を移したかについては、幸文自身は「こはふかきゆゑあることなれど、今こゝにかくべきことゝもおぼえず。」と日記に書いているが、景樹は「おもひよらるゝ筋もうちくにあめれば、唯にひきこもりをらんよりは、あまねく人にも教へんとなり。」(『桂園遺稿』)という。理由はともかく、親友とまで頼んだ愛弟子が去るのは羽根をもがれたようだと景樹は嘆く。

近ければ君がわかれは何ならで　遠ざかるらん道ぞ悲しき　(『桂園遺稿』)

九月一日になると幸文は樵木町の仮寓から「いさらゐの家」に移った。この家がどこにあったかは解らないが、景樹から「ひさしく病にさへわづらひをるに、おとづれざりける人のもとへ」として、

まれにだに君がとひこずなりしより　山里いたくあれにけるかな　(『桂園遺稿』『木下幸文日記』)

と歌が送られ、不義理な思いの幸文は在京中の熊谷直好に託して、

数々につもりはてたるおこたりは　筆のこゝろにいかでまかせん　(『木下幸文日記』)

幸文の詫び

と疎遠を詫びる。十一月になると、伊丹に赴いている景樹のもとへ、去年共に歌行を楽しんだことを思って、

しながどりゐなの嵐のふくたびに　こぞの事をば思ひいづらん

常とてもうとくて過し君なれど　旅にしませばこひしかりけり　（同前）

と歌を送る。

幸文の反省

年は明けて文化五年四月二十八日、大坂に下る景樹を幸文は八木原安綱・亜元らと東寺の鳥羽屋まで見送り、この時幸文は、これまで景樹に対して抱いていた心情を卒直に告白する。

こはいひ出んもはぢかはしく、あせあゆるものから、悔言はほとけも許し給ふとか云へば、そもく去年山里を離れし事のはじめは、みじかき心にいたく思ひあやまれることのありてなり。一あしのたがひ千里といへらんやうにて、はてくはひがみにひがみて、我ながらものくるをしきまで侍しを、ひろくふかき御心には、いたくしも責め給はで、月ごろにさへなりぬるに、いさゝか思ひしることども侍るにつけて、浅ましういみじくて、いくべき心地もせねど、いかゞはせん、たゞうち泣き

て、先つ日の罪をなげきまつるに、もとよりおほどかにきゝいれ給ひて、ありしよりげになつかしうをしへなどし給ふ。(『木下幸文日記』)

深い後悔と反省の後に詫びを入れ、これを許す師と門人の心は晴れ、見送る幸文も見送られる景樹もすがすがしい。

うちなびく藤のうらはのうらなくて　わかるゝ心すゞしかりけり　景樹

かきつばたへだつとすれどむつまじき　色はかはらぬ物にざりける　幸文(同前)

ただ、芦庵から「才の走りすぐる」といわれる景樹と、慈延から「心高い男」といわれる幸文とは共に圭角の多い性格である。この二人がある時は離れある時は一緒になって歩みを共にするには落し穴が幾つもあったことは明らかである。

直好と幸文の書簡

五月十日、大坂に居る景樹の許に岩国の直好と京都の幸文とからの書簡が届いた。この直好・幸文二人の書簡について、

直好は歌に秀で、幸文は文に長ず。或時、幸文は浪華(マヽ)に、直好は岩国に赴き(マヽ)をりしに、二人の書、同じ頃に桂園にとゞきぬ。然るに咫尺の浪華(マヽ)より来れる書は其長さ

実に一尋にあまり、天涯の岩国より来れるは殆ど尺に満たず。而してともに其言はんと欲する所を尽せり。景樹笑つて傍人に謂て曰、二人の歌相距ること正に斯の如しと。（『しがらみ草紙』第二号）

との解説があるが、事実に間違いがあると同時に、直好・幸文に対する景樹の信頼度をここまで差をつけるのはどうであろうか。景樹自身は、直好は岩国に帰ってからの初めての書簡であるので、「くさぐ〳〵かくべきことおほくあらんを、たゞ国のみけしきよし、するぐ〳〵此の道の学びもたのもしうとのみあり。」とし、幸文のは東寺で見送った時のことを書き、

まどはずばまことの道もしらじかし　おろかなるこそ嬉しかりけれ
世の中の耻といふもの捨てゝこそ　やすき道にはいるべかりけれ
くがにてもすまるゝものと思ひしは　魚の心のまどひ也けり

と歌があり、これに対して景樹は、

このぬし天の下の歌よみにてかくよくもよみませり。ふと思ひ違へたまうけることの有りてかくはよませり。……此のぬしこたびそのまよひたる道をたゞぢにふみか

へし給ひし……なほかの子心あるべし。(『桂園遺稿』)

と記し、決して直好・幸文の二人に懸隔をつけてはいない。しかし、直好に対してもまた幸文に対しても景樹は言うことがあればずばりといったことは後に述べるとおりである。

景樹の参禅

景樹は参禅による精神修養にも努めた。禅学の師は初め東福寺の拙庵禅師である。文化三年五月、景樹は「さきつ日より南禅寺の僧堂にて東福寺の拙庵という禅師の碧巌録かうじ給へるを、日々にかよひて聞きけり。」(『桂園遺稿』)と記している。

文化五年九月十三日に拙庵が示寂し、隻手の声の公案を示されたことを思って、

よしやわれ聞き得たりとも山彦の　むなしき声をたれにこたへん(同前)

と詠んでいる。拙庵没後は天龍寺の誠拙に就いた。

誠拙

誠拙は伊予国高串村の生まれで、臨済宗の僧となり、名は周樗、無用道人と号した。初め鎌倉の円覚寺に居り、禅風を改革して中興の大徳と仰がれた。享和元年夏に南禅寺に招かれて上洛し、天龍寺、のち相国寺に僧堂を建てて住んだ。

文化十一年十一月に景樹は「誠拙大徳の梅花帳に書つく」として、

つるは鳴梅はにほひて世中に　しらぬ千年の春ぞこもれる(同前)

と書き、文化十二年四月に天龍寺誠拙との応答の歌がある。この頃は景樹は誠拙に禅を誠拙は景樹に和歌を学んでいる。

わが宿の清き河せに鳴蛙　よに有人はきかで過らん　　誠拙
なくよひもなかぬ朝もおもひやる　心はひとつ聞ぬまもなし　　景樹（同前）

誠拙七十歳の賀

この年文化十二年は誠拙七十歳の賀である。四月下旬に景樹は賀歌を捧げ、直好・幸文にも賀歌がある。

限なき限はなにと人とはゞ　きみがよはひをさして答へん　　景樹（同前）
生死の外なる君をいはふには　千世も万世もかずならぬかな　　直好（『桂園雑書』三）
あくまでに君が齢をながかれと　思ふは人の為にざりける　　幸文（『木下幸文日記』）

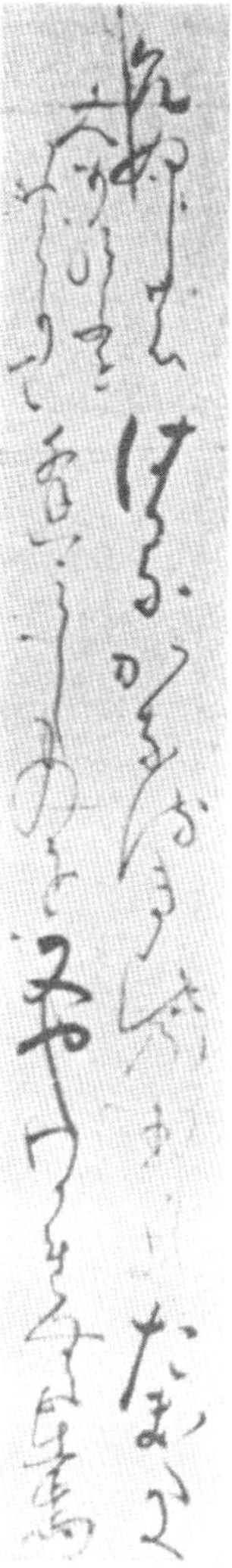

香川景樹（在焉）短冊（著者蔵）

この三人は誠拙に参禅して、景樹は在焉（ざいえん）、直好は不識庵香一、幸文は無庵の居士号を授かっている。

誠拙が直好に与えた不識庵の心を歌った歌に、

心とはこゝろもしらぬこゝろなり　しらぬ心をしりてこそしれ　（『誠拙禅師歌集』）

とあり、幸文は文化十二年二月十日に、

いかにしてくみしるものぞ水くきの　流の外の法の心は　（『木下幸文日記』）

と不立文字の禅意を詠んだ。

文政三年六月二十八日、相国寺の心華院で七十五歳で示寂した誠拙大徳を悼む景樹の弔歌。

君がます大空よりは降くれど　悲しかりける今日の雨かな

何ぞこの形みがほにも空しくて　とまらぬ物を遺し置けん　（『桂園遺稿』）

第三　桂園歌学の本質

一　小沢芦庵と景樹

契沖・荷田春満・賀茂真淵・本居宣長と継承され発展して来た国学は、その学問研究の対象を古代に求め、古典として『古事記』『万葉集』を選んで復古主義を唱導し、同時に中世文学を否定し、また儒教的教学を排除しようとしたが、この国学者の主張と並んで中世文学を否定するものに戸田茂睡（一六二九―一七〇六）・下河辺長流（一六二六―八七）・小沢芦庵（一七二三―一八〇一）・香川景樹と一つの系譜につながる近世歌学の発生と発展があった。

戸田茂睡は『梨本集』において中世歌学を否定する歌論を展開し、下河辺長流は下級武士・農民・商人・僧侶の歌を集めた『林葉累塵集』の序文で和歌を公家の手から開放することを主張し、『万葉集管見』において中世歌学を批判し、『古今余林抄序』において中世歌学の口伝秘授を斥破した。小沢芦庵は『古の中道』において、歌を詠むには法なく師なく、心のままを詠むことに和歌の本質を明らめた。

芦庵は景樹の直接の師ではないが、景樹は「先師芦庵」として歌道の先達と仰いでおり、芦庵のいわゆる「たゞこと歌」すなわち、

歌はこの国のおのづからなる道なれば、よまむずるよう、かしこからんとも思はず、けだかからんとも思はず、面白からむとも、やさしからんとも、珍らしからんとも、すべて求めて思はず、たゞ今思へる事を、わがいはるゝ詞をもて、ことわりの聞ゆるやうにいひいづる。これを歌とはいふなり。(『あしかび』)

の所説に開眼している。

この芦庵は、同じ平安四天王と呼ばれる中の澄月・慈延・蒿蹊が伝統的歌風を堅持しているのに対して、「たゞこと歌」を提唱して歌界に新風を吹きこんでいる。伝統的二条派の澄月と、新歌風の芦庵との対比を見よう。

小沢芦庵つねに澄月の歌はむつかしとのみいはれけり。澄月ある時一首の歌をよむ。その姿詞常に異りていとやすらかなり。ある人芦庵に語りければ、澄月かくよまんにはよろしかるべきといはれけるを聞て、かやうによまむは心やすかるべし、さて

はなにの事もなければさはよまぬなりと。（伊藤義足『篠舎草紙』）

すなわち、芦庵にとって澄月の歌は難渋であり、澄月にとって芦庵の歌は平易に過ぎた。澄月は伝統を守って旧体に従い、芦庵は平明を主張して新体を鼓吹し、共にあい拮抗し論争しながらも共存しているところに近世歌界の動向が示されている。

故澄月歌はあまりにたくみにたくみて、いかにぞやとおもふもあれど、たくみおほせたる歌は、こと人の又およぶべきにあらず。芦庵（『六帖詠草』）

ながめてはなにを心におもふこと　ありもあらずも秋の夕ぐれ　澄月（小野招月亭蔵短冊）

大井川月と花とのおぼろ夜に　ひとりかすまぬ浪の音かな　芦庵（『六帖詠草』）

芦庵と景樹

景樹はこの芦庵に追随した。香川家入家の二年後の寛政十年に養父景柄と芦庵との交遊を通じて芦庵を知った景樹は、翌十一年の夏に芦庵から直接の指導を受けるようになり、その翌十二年の新春には両者の賀歌の応答がある。

とし越てけふはとたゆむねぶりこそ　まづをこたりのはじめ也けれ　景樹

たゆみつとおもふぞやがて行末の　みのおこたらぬ初なるべき　芦庵（『六帖詠草』）

しかし景樹は芦庵と正式の師弟関係を結んだ訳ではない。それは梅月堂の歌学的立場が許さなかったからである。正式の師弟関係ではなくても、景樹は芦庵を心の師と仰いだ。実質的な師弟関係である。芦庵は景樹を激励する。

小沢芦庵がもとへよみて遣しける

身はつかる道はたとほしいかにして　山のあなたのはなは見るべき

景樹

かへし

小沢芦庵旧宅跡（左京区丸太町通岡崎通上ル）

としをへし我だにいまだ見ぬはなを　いとゝく君はをりてけるかな

芦庵（『桂園一枝拾遺』）

芦庵に女郎花にそへて一首を呈し、その贈答の歌

老らくの身につきなしとをみなへし　すてばすてなん一めみてのち

景樹

老ぬればたをらぬのみぞ女郎花　何かはよそに思ひすつべき

芦庵（『六帖詠草』）

歌学上の啓発とともに、人間としての大成にも助言を受ける。景樹は述懐していう、

己れいと若き時、ある夜小沢芦庵の許にまかりて物語せしうち、かの翁曰はく、そなたは才の走りすぐるが患なりなど、其外も心得申聞けられ、翌日ついでありて

千里をもかけれと鞭はうちながら　あはれとみらんしこのはやうま

と申遣したるかへし

鞭うつは海をこえよと思ひきや　あな〳〵あやぶしこのはやうま

と申し来り候。此諫大に感心いたし候て、其心得もはらに候ひし。（天保七年二月詠草奥書）

と。まことに芦庵は景樹の心の先師であった。

小沢芦庵初月忌（享和元年八月十一日）

親しきはなきがあまたに成ぬれど　をしとは君を思ひける哉　景樹（『桂園遺稿』）

小沢芦庵翁の歌八首、こは大人（景樹）歌の道をしめし給ふときをり門下にきかし給へば、ここにしるす。

言の葉は人の心の声なれば　おもひを述るほかなかりけり
思ふことといはでやまめや心なき　草木も風に声たてつなり
鳥すら思ふおもひのあればこそ　かたみに声を啼かはしけれ（以下略）（『桂園聚葉』）

芦庵のほかに蒿蹊からも景樹に賞讃の言葉が送られていたが、これは梅月堂の若宗匠として将来性のある景樹を自分の側に近付けておこうとする誘引のための讃辞であろう。

伴蒿蹊と景樹

次の両者の言葉から何を汲み取ることができるであろうか。

（享和元年一月）六日、去し冬、易得亭（蒿蹊）の翁より、やつがれが歌のふり、ふるくみやびにたり、かゝるさまよみいづる人もいできにけれ、同じ道に思ひ入りし身のうれしさにたへぬ事をしもふりはへいひつたへてよと恵岳法師をしてその事のみいひおこされたるに、図南亭（芦庵）の翁よりも、ふみのたよりに、今の世に歌よむわざは誠にそこひとりにこそあらめなどあり云々。（『桂園遺稿』）

二　桂園歌論の造反

「異見」の書　すでに早く享和三年（一八〇三）に芦庵門下の前波黙軒から歌界の「謀叛人」と言われた景樹が、文化元年（一八〇四）には二条派宗匠家香川梅月堂から独立し、歌論的にも「千載不伝の説」である調の説を立てて独自の道を歩み始めていた。既成歌壇から言わすならまさに謀叛人の仕業である。

景樹は文化元年四月に桃沢夢宅に宛てて「去夏巳来此道に付余程存寄も改り候筋も御座候て、貴翁へも何卒拝話仕度奉レ存候」（『桂園叢書』第二集、消息十六）と胸中を述べているが、この反伝統的新歌風をもって近世和歌の新しいサークル造りをする景樹に対して、京都の旧派歌学家が圧力をかけたのが、文化八年（一八一一）のことである。

旧派歌学家の景樹排斥

景樹が早川紀成・僧亜元に宛てた十二月十一日付の書簡によると、冷泉・外山・風早の旧派三家が申し合わせて、武者小路家が景樹の新歌風に親しむことを排斥し、これを閑院宮に訴えている。伝統歌学家の権威によって新歌人を抑圧しようとする策動である。

これに対して景樹は、

勅勘も辞せず

> 若し下拙歌風、邪路など被レ及二沙汰一候様成事にも相成候へば幸の事、いづく迄も罷出、正路の風を解立候覚悟に御座候。たとひ強ひて勅勘蒙候共、幼年の志に候へば、申抜候て一歩も不二引退一、道の為に死に至候とも不レ悔所、尤左様相成候へば道は開け候事所定に候へば、却て此上の讒奏相待候事に御座候。（『桂園叢書』第二集、消息十七）

と語気も荒く、一途に自己の歌風の方が「正路」であると確信し、公家歌学に反撃している。

この旧家たちの提訴は、景樹の有力な後援者である仏光寺宮などの側面からの援護もあってか、閑院宮の判断は景樹に有利に下り、「弥景樹方へ出精可レ致旨、内々被レ仰候。」と決定された。

ここにおいて、長らく伝統的権威の上に立って和歌の世界に君臨して来た旧歌壇は、この事件をもってその時代的限界を示し、桂園歌壇の存在と価値を認めなければならなくなった。和歌史、はたまた近世思想史の上において、この事件のもつ意義には極めて大きいものがある。

『新学異見』の成稿

この年の秋、景樹は『新学異見』を脱稿した（刊行は文化十二年）。熊谷直好が書いた文化十年付の序文によると、

> 吾師をとゞしの秋、かも河の一月楼（臨淵社ともいう）にやまひをいこひいませし時、命のきはもはかりがたし、さる方のけぢめいさゝか弁へおきてんとて、彼翁（賀茂真淵）のかける「新まなび」といふ書は、もはら其道とする心をしるしたれば、その一章を論じて、なほ細かなる誤はさておかれぬ。

とあって、この『新学異見』は賀茂真淵の『新学』（寛政十二年刊）を論破の対象として成立している。すなわち『新学』が刊行されてから十一年の後、真淵が没して四十二年の後であるが、景樹は自著を公にすることによって、国学と対立する桂園歌学の在り方を世に問うものであった。この書は文化十二年に至って刊行されるが（嘉永二年再版）、それまでの数年間は『新学考』の名で門人たちの間に筆写されていた。

論破の主旨は国学の復古主義の否定にある。

> （真淵は）大御世の平言をばひたすら俗語といやしめて、たゞ古き世にのみ反らんと

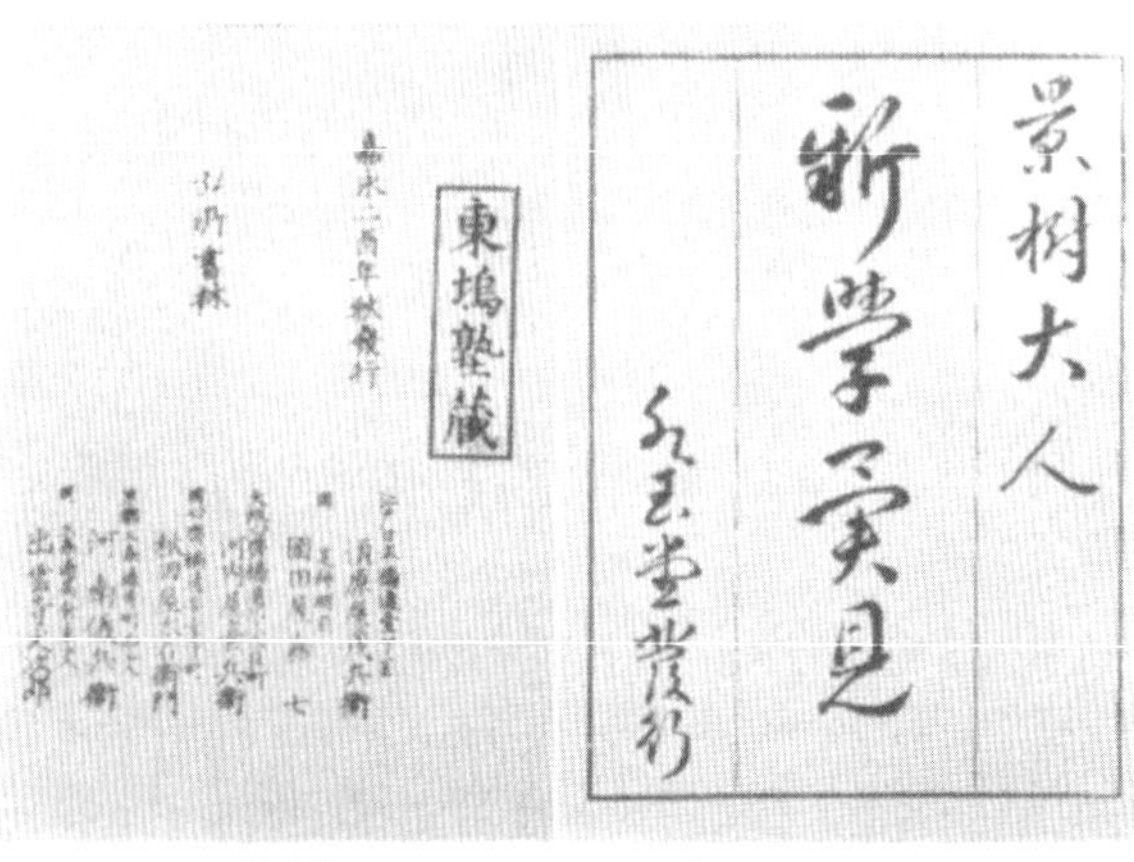

同奥付　　『新学異見』表紙見返

す。この学一たびおこなはれて、やうく其害（わざ）はひ人の身におよぶものあり。言の正しからざる罪おほいならざらんや。およそ言の葉のみやぶりひなぶりは、もはらしらべのなしのまゝなる事をしらず。かつ神世の歌は神世の俗言、万葉、古今の歌は大泊瀬の宮より今の延喜の御世までの俗言なることをわきまへざるのあやまちなり。

と用語の現代的性格を指摘し、真淵の所説を十四箇所にわたって論破し、かくて、

今の世の歌は今の世の辞にして、今の世の調にあるべし。

と強調する。

さらに景樹は翌文化九年（一八一二）に『百首異見』

の稿を終えた。景樹はすでに少年時代から百人一首の註釈に手をつけていたが、今やそれを集大成する時期が到来した。

『百首異見』の熊谷直好の序文によると、文化四年六月のころ、直好は契沖の『百人一首改観抄』と賀茂真淵の『百人一首初学』の可否について質問したところ、景樹は、

歌といふ道の一すぢ、我見る所よりみれば、大よそ差(たが)はざるもの少なからず。さればいふべき事なきにしもあらざるなり。いざかたみに調べがてら一わたり読試みてむ。

として、一日に二首ずつ研究して、五十日余りで終り、これを直好が筆録し、文化九年の秋に景樹は更に筆を加え、香川景晃の漢文序、鈴鹿連胤・熊谷直好の和文序、著者奥書、菅名節(すがなみさお)の漢文跋を付して文政六年に刊行した。

『百首異見』の内容について木下幸文は、

釈趣は、「うひまなび」を以て世の中大かたすまし候事をなげき、真淵の解一切名利中のねなしごとにて、とるべき事なきよしを、一首〳〵いと明らかに弁じられ候事也。（小野務宛書簡）

「異見」の開陳

『百首異見』表紙

景樹に対する非難

東塢塾蔵
文政六年癸未七月刻成
弘所書林
江戸 須原屋茂兵衛
浪華 秋田屋太右衛門
京師 勝村治右衛門
同 天王寺屋嘉兵衛
同 河南儀兵衛

同奥付

とし、以上の『新学異見』と『百首異見』の両書の成立によって、旧派歌学および国学派歌学に対する桂園歌学の立場は明確化された。「異見」という書名に対立的な意図がはっきり示されている。

この二書は言わば景樹の独立の書であった。景樹はすでに早く備中国に帰国中の幸文に、「今都方の敵は己引受けて防ぐなり。随分に西国方をぬかり給ふな。」と書簡を送って、旧派から「謀叛人」と指弾されているが、契沖・真淵の所説に対しても正面から対決を迫り、この独立の書によって景樹の進路は決定された。人からは「大天狗」「気違ひ」と悪評されようとも、その歌を「歌の狂なるもの」と非難されよ

うとも、あるいは、

香川景樹ぬしといへるは、看籍に秀でたる事はきかねど、歌はしらべゆるやかに、めづらしき筋をのみむねとし、おのづから一つの姿をよみいでゝ、よにすぐれたる聞えある翁ながら（マヽ）、惜むべし、自負驕慢のみつよく、……強て先達の説に犬牙し誇らんとする癖あり。（相川功垂『弊のよる瀬』）

とそしられようとも、「京地も甚此道発達の様子に御座候。しかれども妬心を抱候方不㆑少、口舌絶不㆑申」（『桂園叢書』第二集、消息十七）といった状況にあろうとも、歌学的には業合大枝（なりあいおおえ）の『新学異見弁』による批判を受けようとも、「いづく迄も罷出、正路の風を解立候覚悟に御座候。」と景樹の態度は毅然としている。彼の歌う、

敷島の歌のあらす田荒れにけり　あらすきかへせ歌のあらす田（『桂園一枝』）

言の葉の道の奥なる浅香やま　影だに見ずてやみぬべきかな（『桂園一枝拾遺』）

の歌は何れも彼の歌道に対する信念を示しており、この意欲と努力と自負によって景樹は自らの道を堂々と歩いて行った。

伝統の否定　中世において否定されたのは古代であった。中世武士の封建社会は古代

藤原定家

古今伝授

木下長嘯子

戸田茂睡

貴族の律令社会を否定して成立したが、中世和歌は古代和歌の秀峰である『万葉集』を否定して成立した。中世和歌の偶像的存在となった藤原定家（一一六二―一二四一）は、「詞不レ可レ出二三代集一」（『詠歌大概』）として、『万葉集』に代わるに『古今』『後撰』『拾遺』の三勅撰集を歌学の典拠とした。その定家を頂点として完成された二条派を主体とする中世歌学は、細川幽斎（一五三四―一六一〇）によって近世に伝えられた。

近世の堂上歌学家には烏丸・中院・三条西・冷泉・飛鳥井などの諸家があり、これらの歌学家は、中世以来の伝統である古今伝授と禁制の詞などの制約・法則を守って門派を保持していた。近世和歌によって否定されなければならないのは、このような中世和歌の伝統であった。

近世初頭の伝統派歌人の中でも、木下長嘯子（一五六九―一六四九）は、その取題の清新、作歌の潑剌、用語の自由をもって伝統の框を破り、その歌集『挙白集』（慶安二年刊）は「先達の制を破り、古き新しきぬしある詞」を自由に用いることを非難（『難挙白集』）されているが、続いて戸田茂睡（一六二九―一七〇六）は、中世歌学の伝統である古今伝授を否定し、禁制の詞に反論を加えて、和歌を中世的束縛から近世的開放へと大きく転換させた。

歌は大和言の葉なれば、人のいふことばを歌に詠まずといふ事なし。さるを、いづれの頃よりか、歌の詞に制といふ事を書き出して、……詞に多くの関を据えて、人のおもむきがたきやうに道をせまくする事は、歌の零廃すべき端なるべし。（寛文五年文詞）

下河辺長流

作歌における用語の自由を叫んだ茂睡と同時代の下河辺長流（一六二六―八七）は、庶民の歌を集録した『林葉累塵集』（寛文一〇年刊）において、

やまと歌は、おほよそわが国民の思ひを述ぶる言の葉なれば、上は宮柱高き雲居の庭より、下は葦葺の小屋のすみかに至るまで、人を分かず、所を択ばず、みる物によせ、聞くものにつけて、みなその志をいふこととなん。

として、和歌を公家の特権的伝統から解放することを主張した。

契沖

茂睡・長流に続いては、国学の祖といわれる契沖（一六四〇―一七〇一）は『和字正濫鈔』（元禄八年刊）において、伝統歌学の定家仮名遣いの誤謬を指摘することによって、中世歌学の権威を打破しようとした。

津の国大坂の僧契沖といふ者、万葉・古今より始めて若干の歌書を釈す。その説なほ十に一二甘心し難きことありと雖も、博く古書を考へて千載の感を一時にひらけ

り。……かの定家卿の信ずべからざることを悟る者あり。歌学漸くその本に復せんとす。

荷田在満

と契沖を称揚した荷田在満（一七〇六―五一）も『国歌八論』（寛保二年成）において和歌の階級的権威を排斥して、

歌は堂上の詠むものにして、地下の知るべからざることゝ称す。たとひ堂上・地下といふ差別往古よりあることにもせよ、歌に於いて祖とし宗とし仰ぐ所の人麿・赤人をいかばかりの人とや思へる。

と万葉歌人の超階級を明らかにし、また古今伝授を軽視して、

かの伝授を得たりといへる宗祇が古今集を釈せる、細川幽斎の伊勢物語・百人一首・詠歌大概を解せる書どもを見るに、巻首より巻尾に至るまでの間、一言も信じて取るべき説なし。……見るべし、古今伝授を得たる人の歌を知らざることを。

と明言している。

賀茂真淵・本居宣長

この和歌の封建的性格を払拭する主張は、賀茂真淵（一六九七―一七六九）の「ひたぶるになほい」心（『歌意考』）、本居宣長（一七三〇―一八〇一）の「もののあはれ」（『石上私淑言』）の主張につながっていて、

古代の復活、人間性の解放の思想運動となって発展する。彼ら国学者にしても、また続いて桂園派歌人たちにしても、自らの歌論と作歌を通じて新しい学界・歌壇を形成することによって近世社会に生きる道を見出すためには、まず彼らによって打破されなければならないのは従来の堂上歌学であり、その伝統の壁であった。

ただこと歌

下河辺長流に続いては小沢芦庵（一七三—一八〇一）が現われた。彼は、「此歌もと法なし。……歌もと師なし。」（『ちりひぢ』）、「人に習ひてよまず。作例によりてよまず。」（同前）、「たゞ今思へる事を、わがいはるゝ詞をもて、ことわりの聞ゆるやうにいひいづる。これを歌とはいふ也。」（『あしかび』）と説いて、「たゞこと歌」を提唱し、自由な和歌の表現を叫んだ。師の冷泉為村から破門されたのもこの故であった。

以上みて来たような中世歌学の否定の歴史と、芦庵の「たゞこと歌」の新歌論を受けて、十九世紀の近世歌論に新しい展開を与え、桂園歌壇を形成したのが香川景樹であった。

伝統の排除

芦庵の中世歌学の伝統を否定する「伝授口伝などいふ人あり。歌は此国の道にて、古へはつゆにもなき事なり。まどふべからず。」（『あしかび』）とする立言を承けた景樹の主張の幾つかを聞いてみよう。

和歌に制の詞などいふは、いとも後世の私にて、古へ更になき事なり。さる狭き事にて、いかで思ひを述得べき。我が思ひをわが言葉をもていひ出むに、誰にはゞかり、何をさまたげん。(『歌学提要』)

歌詞といふもの、更に有るものにあらず。只其御代々々の言葉をもて、誠実の思ひを述るのみ。(同前)

歌は……心の趣くにまかせたれば、法もなく式もなく……(同前)

この二―三の主張を聞いただけで、景樹が伝統の無意味なことを指摘し、その無意義な伝統を否定することによって、新しい時代の新しい歌論を提唱しようとするその志向を知ることができよう。

和歌の教学性

教学の否定　中世においては、『源氏物語』のような古典文学も狂言綺語の戯れとされ、僅に讃仏乗の縁となることによってその存在を許されていた。和歌という文芸もまた同様であって、「歌は教誡の端ともいふなるべし」(烏丸光栄『聴玉集』)といった和歌プロパーではない教学的価値づけだけが認められていた。従って、和歌に更に仏教的価値を与えようとすれば、「大日経の三十一品も、おのづから三十一文字にかたどれり。世間出世の道理を三十一文字の中につゞめて、衣裏の珠と心得ぬれば、神明仏陀の感応ことにあらはれて、往生の素懐をとげずと云事なし。」（堯憲『和歌深秘抄』）とまで説かなければならなかった。そうしてこそ初めて「和歌仏道全二なし」（『正徹物語』）という詠歌即菩提観をもつことができたのである。

こうした和歌の教学観は、景樹直前の澄月においても、なお、「抑々本朝には神儒仏の学あり。此三道の大旨を得て、あらゆる事実、道理の詠ぜられざるなきを歌道とす。」として、和歌は教学振興のために存在するものとされていた。

このような中世的歌学の教学観に対して契沖は、「歌ははかなきようなるが感情ありておもしろきなり。議論を好めるはなさけおくるゝなり。」（『万葉代匠記』）と批判し、荷田在満は、「歌のものたる、六芸の類にあらざれば、もとより天下の政務に益なく、又日用常行にも資くる所なし。」（『国歌八論』）と断言し、賀茂真淵は、「凡物は理りにきとかかる事は、いはば死たるが如し。天地とともにおこなはるおのづからの事こそ生きてはたらく物なれ。」（『国意考』）と、天地とともに生きてはたらく人間の自然の心を尊び、次いで本居宣長は、「ただ善悪教誡のことにかゝはらず、……おもしろきことはたれもおもしろく、かなしきことはたれもかなしきものなれば、只その意にしたがふてよむが歌の道なり。」（『あしわけ小ぶね』）、「真心とは、善くも悪しくも、生れつきたるまゝの心を云ふ。」（『玉かつま』）として、人情の肯定、「ものゝあはれ」の主張によって、封建教学の道徳律を「いとどせまき儒の道」として拒否した。

人情の肯定

この故に、景樹も倫理道徳の窮屈な教訓を離れて、悲しみ喜び怒り笑う生身の人間の「誠実（まごころ）」を尊重し、

真心の尊重

後世歌をおほやけ物とおもひ謬り、勧善懲悪の道なりと思へるより、かれを去りこれを制し、何家風くれの格とあらぬ法則をかまへ世人を惑はしむるものなり。（『歌学提要』）

詠歌ハ修学ノ道ニテハナク、思フ事ヲノブルノミナレバ、自己ノ物ナランコト中スモ更ナリ。古人モ思フ儘ヲイヘバ自然ニ秀歌ナリトイハレタルガ如シ。（『随所師説』）

（内山）真弓ガ真心トハ道理ヲハヅレタルモノ也トイヘルヨシ。実ニサル事ニ侍リ。……即義理ニ拘ハラヌヲ云リ。（同前）

として、中世以来「詠歌」は「修学の道」とされて来たことへ反撥し、歌の基調となる

「真心」「誠実」は「道理」をはずれたもの、すなわち漢意の「義」や「理」と全く対立するものであるとする。ここに桂園派の新歌論は教学否定の立場においても省られなければならない。

和歌の反道徳性

まことに和歌は真情・人情の発現であり、反道徳的ですらある。

淫欲もとより実情の外ならんや。実の実なるものか。景樹（『桂園遺文』）

そもく飲食男女と言語とは天下の三大事なり。同（『歌学提要』）

間島冬道

幕末・明治期の桂園派歌人間島冬道も言っている。

歌は道徳・法律の外なり。何をかいひ、何事をかうたはざらむ。物に感じて情のうごくは、道をも理をも撰ぶべからず。……世のおきて、徳義の規を出でむも憚るべきかは。（『間島冬道翁全集』下）

復古主義の否定　中世歌学の伝統的権威を否定し、中世仏教・儒学の和歌教学論を否定した桂園派歌学の第三の歴史的意義は、近世国学の復古主義歌論を否定して、現代主義的歌論を確立したことにある。

近世における人間開放の思想運動の先駆をなした国学において、その中世否定、近世

的人間開放の思想的立場は、「ひたぶるに直くなむありける」(『歌意考』)古代の心を復活することにあった。賀茂真淵は、

真淵の「しらべ」

古への歌は調を専とせり。うたふものなればなり。その調の大よそは、のどにも、あきらにも、さやにも深遠(おく)らにも、おのがじしの得たるまに〳〵なるものの、つらぬくに高く直き心をもてす。且つその高き中にみやびあり、直き中に雄々しき心はあるなり。(『にひまなび』)

と考えて、古代精神の凝集された『万葉集』の歌の本質を「調」にありとし、その純真な古代の調に復古することによって、中世的抑圧によって失われた自由な人間精神を回復しようとした。この故に本居宣長も、

宣長の「古へ心」

ひたすらに古へに心をそめて年月を重ぬれば、まのあたり古へ人を友として、まじらひむつぶもおなじ事にて、おのづからそのおもむきにうつりつゝ、まことの雅やかなる心もいできて云々。(『石上私淑言』)

と、ひたすらに古学を主張する。こうして、国学派はその和歌による人間回復の道を復古に求めるのであるが、しかし、同じ国学者の中にあっても、例えば沢田名垂(一七七五―一八

沢田名垂

四五）が、

今時、古学を唱候もの共の内にては、只管（ひたすら）古代めきたるをのみよろしきこと丶心得、古にも今にも叶ひ申さざる事を作為いたし、……是等の事は、今の世にすら何の事とも聞取兼候程の事とて、……是は古学を尊信致候あまり、今をば棄却致候ものと被レ存候。（『国学者伝記集成』）

と反省しているように、そこには復古主義が陥った非現代的な矛盾が反省されてくる。

景樹の反復古的主張

このような、余りにも復古的であり非現代的な国学の主張を批判して、景樹の反復古的主張がなされてくる。すなわち、

深遠（とおしろく）見ん人は、その古へに変らぬ物と、その古へに優れることを知り、浅近（せまり）てみる人は、その古へに変らぬものを遺（のこ）して、其古へに劣れる事をいはんのみ。（『新学異見』）

と国学者の浅見を指摘する。この、真淵の『にひまなび』を批判した『新学異見』において、景樹の反復古主義的歌論は余すところなく展開される。真淵の「万葉集を常に見よ、且わが歌もそれに似ばやと思ひて年月によむほどに、その調も心も、心にそみぬべし。」（『にひまなび』）とする教えに反駁しては、

> こはゆゆしき妄論なり。歌は情のゆくまにまにひとり調べなりて、思慮を加ふべきものならねば、いにしへに擬似むとするの遑あらむや。もしこれを似せたらむは、やがて飾れる偽のみ。又似せむとして似べきものならむや。これを似せて似たりと思ひをらむは、いと無慙し。（『新学異見』）

万葉調の排除

とする。この万葉集第一主義と古語復活への反論は、

> 愚老など生若き時、専ら古文をたとびて万葉ぶり詠み侍りしに、……人笑へなるものに候。……口ふさげなるしれ事に候。（『随所師説』）

ともあって、『万葉集』における古代日本の言葉と心とは、擬古和歌のうちに観念的には復原されても、それは真に自己の歌として、自己の生活感情を活々と詠うものとはならない。人間の偽りのない心情は、その人の感情を率直に詠い出すことによって生きて働き、それを聞く人々の共感を呼びおこすものである。

古語の排除

> 己れだに解得ぬ遠御世の古語を聚めて、今の意を書きなさんには、違へる事のみ多く、誰かはうまく聴わく人あらん。されば苟且にも今を捨てゝ古風の文をかく事なかれ。（『新学異見』）

国学が『万葉集』において古代の心を発見し、この心を通じて封建的中世思想に代わるに古代思想を回復しようとし、そこに国学の社会的・思想的立場があり、時代精神があったのであるが、木下幸文も『亮々草紙』の巻頭の「四大人の論」において、国学の四大人として契沖・荷田春満・賀茂真淵・本居宣長を挙げ、その国学・和歌の特質を明確に論評し、近世思想史上における四大国学者の業績を高く評価しながらも、景樹の説を承けて、国学の復古主義を忌憚なく批判する。

> 県居翁は……上つ世の調てふものをあぢはひ得て、歌に文にめでたかりし事は、又双ぶ人なんなかりける。しかはあれど、何の上も好む筋にはひがめる習はしにて、中頃あまりに古へをねがはれたる極み、たゞ古調に古言もてつゞくるを高き事とせられしなん、今の世の古体家といふもの〻弊とはなれりける。（『亮々草紙』）

宣長が『源氏物語玉の小櫛』において展開した古代憧憬に対しても、『亮々草紙』の中の「櫛のあか」において批判する。

> 今のまことの情をおきて、古人のかたをのみまねぶといふ事はなき事也。いさゝかも古へをまねび、人にへつらふ心なくて、たゞその感ずるまごころのかぎりをよみ

出べき也。（『玉勝間』）

古人に学び、古語に学ぶのは、古人に似せ古語を使用することではなくて、古人の真情に触れ、古代精神の何であったかを知るためであり、古代に復帰しようとするそのこと自体が矛盾であり、所詮は古代は古代であり、現代は現代であり、現代の心は現代の言葉によってのみ表明できるものであった。

三　調の論

本居宣長の「しらべ」

景樹の歌論の中心に座を占めるのは「しらべ」であり、「歌は調のみ」といわれるのであるが、この「しらべ」については、すでに和歌興隆の道を復古に求めて中世和歌を否定した真淵においても説かれており、復古論においては真淵を継承したが、歌論においては真淵につく以前にすでに一家を成していた宣長は、歌学の系譜においては万葉主義の真淵を継承せず、新古今主義を唱えており、その宣長においても、

歌は、思ふ心をいひのぶるわざといふうちに、よのつねの言とはかはりて、必ず詞にあやをなして、しらべをうるはしくとゝのふる道なり。（『石上私淑言』）

とのべられている。しかし、宣長の「よのつねの言とかはりて」「詞にあやをなして」「うるはしくとゝのふる」のが「しらべ」であり歌であるとするその「しらべ」は景樹のいう「しらべ」ではない。

調は誠情の声に候へば……筋なくてもあはれと聞ゆるを歌とは申し侍るなり。（『随所師説』）

景樹のまこと

景樹は「調はあはれ」であるという。しかしその「あはれ」と宣長の「もののあはれ」とは誠実の心情という共通した基盤の上に立ってはいても、「あやをなしてうるはしい」宣長の調べとは異なっている。

景樹は「調は誠のみ」といい、調べが成るには必ず誠が内包されなければならないとするが、その誠とは何であろうか。

「まこと」とは「まごころ」である。真心あるいは実情とは、人の心の中に内在する自然の心である。この自然の心は本来天地に根ざした情であり、それは時の古今、地の東西を問わず不変の情である。このいつの時もいずれの人にも共有される誠・真心を詠むが故に凡ゆる人を感動さすことができるのである。

この「まこと」をそのまま素直に表明するとき歌は「しらべ」を持ち、永遠の生命を持つことができる。

いにしへの歌の、調も情もとゝのへるは他の義あるにあらず。ひとの誠実（まごころ）より出ればなり。誠実より為（な）れる歌はやがて天地の調にして、空吹く風の物につきて其声をなすが如く、あたる物として其調を得ざる事なし。（『新学異見』）

誠をのきて調をいふは、木によりて魚なるべし。（『随所師説』）

いつはらず己が性情をのべんとするうちに調はひとりはらまるゝなり。（『新学異見』）

「ことわり」の否定

したがって、真心を素直でそのままに表現せずに、「ことわり」をもって飾った歌は歌ではない。理りは自然の心の虚飾である。理りは誠と対立する。

歌はことわるものにあらず、調ぶるものなり。（『随所師説』）

歌は調のみにて、辞理（ことわり）は第二義也。（同前）

理なき歌は詠むべし。調なき歌は詠むべからず。（同前）

彼の理（ことわり）より入るものは其感浅くして、調より入るものは其感深き。（『古今集正義総論』）

調さへとゝのひ候へば、よし理りはなくとも歌にて候也。（『随所師説』）

意をすてゝ調ぶる事、此道のかなめに侍る也。（同前）

この「まこと」「しらべ」と対立する「ことわり」とは、別の言葉で言えば「道理」であり「筋」であり「義」であり「理屈」であり「智慧」であり「意」である。景樹が「論語は歌学第一の書」「論語ずきにて、いと若き時より座右をはなたず」(『随所師説』)と言うのも、論語の「理」ではなくて「誠」「感」を認識した上での共感である。

賀茂真淵の「まこと」

この理智的・道徳的な心の働きである「ことわり」と対立する「まこと」「人情」は、真淵においても「歌は人情を言ひ出すものなれば、凡その理にはたがふもあれ」(再奉答金吾君書)と説かれている。しかし理とは氷炭あい容れない「人情」「まこと」を歌論の中心問題とする真淵ではあるが、その「まこと」とは何であったか。

真淵においては、古代精神の精華である『万葉集』の中に見出すことのできる「其高き中にみやびあり、直き中に雄々しき心」(『にひまなび』)が「まことのこゝろ」であり、この「ますらをぶり」を歌いあげる万葉調の歌が和歌の理想とされている。景樹の考えはこれを斥け、万葉の昔に帰る復古調も要するに心の偽りであり飾りであり誠実・真心ではないという。古人によらず今人にも倣らず、わが心にてわが歌は読むべきであるとする。

江戸派の歌

この意味においては、国学派の中でも江戸派にあっては、万葉調の古風よりも「己が姿」といわれる現代調の歌を説いて、「権門貴族より下花街の婦女に至るまで争ひて翁(加藤千蔭)の門に入り、教を受くるもの頗る夥し。」(『近世三十六家集略伝』)といわれる盛況を呈し、江戸町人の間に広く歌風を拡げることができたが、「詞あやありて言ひ様ののどかにあでなる」歌が「みやび」のある歌であり、歌の理想であるとする行き方も、景樹の側に立っていえば俗歌であり飾った歌である。むしろそれは遊びの歌であって真心の歌とはいえないであろう。

巧なる歌は俗調凡調にして感なし。故に誠を本として智慧を棄てよと云へり。是禅定の本のみならず、天地の感動こゝにあり。(『桂の下枝』)

真心・誠実の歌には感動がある。感動とは何か。

新古今の歌、又定家卿の歌の感は芝居の感なり。この芝居の人を泣かしむるものなれども、実事実景の感とはいたく異り。芝居中の日月を見ずして、四条大路の日月を見るべし。(『桂の下枝』)

これは宣長の新古今派和歌を意識に置いての発言であろうが、景樹は作られた感は感ではなく、自然の感が真実の感であり、人為的・技巧的・「ことわり」的な感は感ではないとする。

凡そ物一たび感じては再び忘るゝことあたはざる是人情也。感じて忘るゝものは真に感ずるものに非ず。（『古今集正義総論』）

その最上の感といふは端的の感なり。深くさぐり幽玄を求むるを云ふにあらず。（『歌学提要』）

見るものきくものにつけて或は悲しび或ひは歓びその事に物に望みたらん折、打付にあはれとおもふ初一念をよみ出づるこそ歌なるべけれ。（同前）

ここにおいては、「まこと」が事に触れて一つの感動として表現されるとき、それは感であり調であり歌であり、真心は感動となり調べとなり歌となるものであった。このようにして、歌とは「まこと」と「感」とが「しらべ」をなして歌い出されたものであるが、更にいえば、それは姿の「うるはし」いことでもあった。

景樹の「姿」

調と申すは姿に候。（『随所師説』）

調第一に候。調は即ち姿に候。姿うるはしく上品なる歌の歌たる本質に候。（同前）

しかし、姿とはスタイルではない。

姿は声の調子なり。いかにめでたきことも泣声にて云へば悲しく、いかに悲しきことも笑声にて云へば悲しからぬは勿論に候。唯々声の調の第一に候。（同前）

姿とは声の調子であり響である。誠実が感となり、感が律動して声となり、それが調べであるが、もとよりこの真心と感動と感動の律動的音声と調べとは不離一体のものである。

畢竟、調は誠実の声に候。（同前）

このようにして、景樹は歌の根本を「しらべ」に置き、調べの基底に誠実・真心を置き、それはおのずから感をなし姿をなし、そのまま調べとなり歌となるとすることによって景樹を景樹たらしめた「調の説」を確立した。

歌は調の名なり。（同前）

調は誠のみ。（同前）

実物実景に向ひて、わが調にて、今の詞にて、誠をのべ試み給ふべし。（同前）

ここに景樹は中世的伝統をも、中世的教学をも、近世の復古思想をも超克して、近世歌学・近世思想の歴史的展開を見事に示した。門人小野務によると、香川大人……文化の人は文化の風を詠めとて、岡部の翁(真淵)の古になづめるをやぶられたるはいみじき功なり。(『柿園随筆』)

と歌論史上に景樹を位置づけているが、要するに、近世中期における真淵の国学は、古学復興の波に乗って古典を発掘することによって一つの歴史的展開を示し、近世末期における景樹は、古代・中世・近世の非歌学的思想を排除した上で更に古代・中世・近世に普遍的に存在する「まことのしらべ」を再発見し、歴史降下の観念に代えるに歴史発展の理念を強調して、歌論史上・思想史上の近世をより発展せしめたのであった。

第四　歌風の昂揚

一　江戸遊説

伊勢参宮

文化十三年（一八一六）四十九歳の景樹は山田昌言・川北政和らを伴って伊勢大神宮参拝に出立する。四月八日に石山、九日に夏見・横田の里、十日に鈴鹿山、十一日に長尾山を過ぎる。

ながる尾山高根の小松折りしきて　阿漕ヶ浦の月を見るかな

十六日に五十鈴川にて、

五十鈴川清きながれを[字欠]　心のうちに神風ぞ吹く

宇治久守

二十三日に伊勢神宮宇治久守（五十槻園）から月餅を贈られる。

もち月のそれにはあらぬ月餅も　君しめで見ば光そはまし　久守

郭公声さへそへて久かたの　月もちいなんことぞうれしき　景樹

二十五日に足代弘訓・宇治久守の二人と長歌の贈答があり、五月五日に逢坂の関を過ぎて、やがて京に帰る（以上『伊勢記行』）。

この旅行において、景樹は久守と歌論上の応答をおこなったり（『しばくり』）、神都の歌人西山龍太夫の蓑庵の歌会に招かれ（西村天囚『今古歌話』）たりして歌名を高めているが、ともかくも国学者とも膝をつき合わせて話せば、歌学上の自分の立場は了解してもらえるとの自信を持つに至ったのであろう、やがて景樹の江戸下向が決行される。

景樹五十歳の賀

文化十四年（一八一七）四月十日、景樹五十歳の賀宴が催される。

寄山祝

けふといへば我すむ山の山彦も　千世を答ふる声聞ゆなり　景樹（『桂園遺稿』）

同

吉田山かみのしめたる万代は　やがても君がよはひなりけり　小野務（『柿園詠草』）

同

遙なるちよの空にも仰ぐべき　君こそふじの高ねなりけれ　高橋正澄（『清園日記』）

贄川勝己（にえかわかつみ）・小坂道賢らの信濃桂園社友からは、祝儀として「黄金七百匹」が届けられた。

文化十五年(文政元年・一八一八)二月十四日、景樹は門人河野重就(しげなり)・菅名節(すがなみさお)・菅沼斐雄を随えて江戸遊説の旅に京都を発った。この時までに江戸においては、文化八年当時には早川(のち児山)紀成およびその門下の「社中三四十人に及ぶ」桂園派歌人が生まれていて、この基盤の上に立って新歌論を鼓吹し、江戸歌壇を席巻しようとする景樹のねらいである。

景樹によると、当時の国学派の歌人には「古学者」と「近学者」とがあって、古学者は『万葉集』『古今集』の歌詞を歌調とし、近学者は『千載集』『新古今集』のそれであるとする。江戸派は近学者であり、加藤千蔭・村田春海の一統であり、景樹にとっては『筆のさが』以来の宿敵であった。

出発に先立つ正月二十八日、景樹は児山紀成に、

此度下向之事、社中不受之事に候。付ては種々論評いたし候。二三百金もこしらへかへるつもりなりと申もあり、帰京候節は百金計京より持参して迎へにゆかずばなるまいとも申候。……此度之下向左様之事にては無レ之候。(『桂園叢書』第二集、消息十八)

と出発前の様子を告げ、歌学出稼ぎに江戸まで出かけるのでもなく、遊山浪費に行くのでもない、目的は唯一つ、江戸歌壇の制覇にあることを告げている。

東下する景樹を見送る人びとは、山本駿河守昌敷・朝山治部少輔常清・丹羽出雲守正高・三宅右近将曹意誠・村田左近将曹武備・竹内有岑・有年篤広・鈴鹿保利・松岡帰厚・横田昌孝・小泉重見・上原清樹・波多野親民・伏春樹・大田樹徳・菊岡言興・栗林貴林・河北成之・光福寺宗達・常楽寺恵岳らである（河野重就『袖くらべ』）。

隅田川さくらさきなばまづつげよ　君がたまづさはなとのみ見む　昌敷

この壮途を聞いた木下幸文・高橋正澄にも一首がある。

敷島の道の草木もことやめて　靡きまつらん旅にやはあらぬ　幸文（『桂園遺稿』）

武蔵野の果のはてまで敷島の　道ひらくべき時は来にけり　正澄（『清園日記』）

三月十日、僧亜元・朝岡泰任・木村敏樹・本田以時・堀内照房・富山秀資の出迎えを受けた景樹は、音羽町目白台三丁目の児山紀成の愛松軒に入った。景樹に随従した菅沼斐雄や江戸在住の桂門歌人たちは、師景樹のために幕臣たちに働きかけた。斐雄は、

此地大人始大丈夫に在府候。御安意可レ被レ下候。此ころ大人は児山（紀成）方、おの

れは浅草元鳥越三筋町東町朝岡伝右衛門（泰任）方止宿罷在候。これ宗匠、遠方故、此辺社中はからひ也。宗匠古今講三八、目白より出勤。聴集御旗本・御家人・諸家藩中二十余輩。昨日も信州松本家老（林良本）入門、かの屋敷にても一会相立度との事。漸次此節に至り諸方大動に候。（九月二十四日付高橋正澄宛書簡）

と報告し、二十余人の幕臣・諸藩士が景樹の古今集講義を聴講したことを告げている。

夕踰館

こうして、目白台の紀成の愛松軒、本所原庭の亜元の葵園、ほかに浅草今戸かはら町の伊勢屋某の家を借りて夕踰館と名づけた紀成の塾を根城として景樹の活動が始まった。夕踰館は「待乳山の下、隅田川の辺にて、京木屋まちのおもかげ御座候て、けしき無双也。二階座敷十五畳・十二畳・四畳半、下座敷十五畳・十畳・八畳の大楼」であった。

景樹に対する悪評

このころ江戸では、景樹を非難した加藤千蔭・村田春海らはすでに没しており、その後を継ぐ清水浜臣・一柳千古（ひとつやなぎ）らも表面的には景樹の活動を積極的には阻止しないかに見えたが、景樹に対する抵抗はいろいろな形をとって景樹を突き上げた。

香川、歌は天下一なれど此説云々、或は貪慾也、或は邪佞也、或は放蕩也。（菅沼斐雄書簡）

近年香川（景樹）また（加茂）季鷹罷下られ候て、両人とも京師の名をくだし申され候。

……香川は季鷹とはちがひ実に上手なれど、吉原かよひ過、あとくらまし帰られ申候趣にて、不評判〳〵。（『村田春門日記』）

「歌は天下一」な「実に上手」な歌人景樹であることは一応認めながらも、性格が嫌だ、放蕩が過ぎるという子女的な排斥の形をとって景樹を江戸から追い出そうとする運動である。

吉原がよい

放蕩に例をとれば、景樹が三月十八日「吉原にあそびて」の「吉原がよひ」は当時の文人なら極めて一般的なことであって、本居宣長や頼山陽の京都における「島原通ひ」も周知のことであり、江戸における吉原は文人の社交機関でもあった。敢て弁護する訳ではないが、当時の文人の日記には堂々と吉原通いが記されている。桂門歌人の内山真弓は天保十一年三月十六日に、

雲龍居士・松本藩西郷庄左衛門・同貞蔵きませり。……みな〳〵と共に角田川に棹さして吉原へと行。……くるわのさかんなる、夜桜のけしき中々筆に尽し難し。五丁町長門屋と云茶屋に入、酒酌、芸者おしか・おはな、夫よりみな〳〵引つれて佐野槌と云へ上る。佩蘭（オヒラン）四人、ことぶき・菊浪・初汐・きよ浜なり。歓楽を尽して、

朝まだき船にて上原にかへる。（『吾孀紀行』）

と記し、誰も問題にする人はなかった。それが何故景樹には許されないのであろうか。

景樹歌の贋作

誰が作ったのか戯作の歌が景樹の作歌として市中に流された。

大江戸のちまたにおほきいぬのくそ　ふみみるたびにたぐりこそすれ

たび人の腰に下げたる毛どうらん　いきしてあらばねをや鳴らん

うつばりの上より落し鼠の子　ねこにとられて哀也けり

反対派の暗殺者の黒い手が忍びよることもあったという。失望し憤慨した景樹は、

当地官辺に連り候もの滞□相成処に無レ之、心外の至に御座候。藤樹先生の、生涯関東へ向け足を不レ被レ出と申事骨に徹して覚え候。（『桂園叢書』第二集、消息二十一）

四面楚歌

という。その上「金銭の方不便利故、江戸・京とも社友は不機嫌」であり、四面楚歌のうちに、同行の門人重就は五月に帰京し、節は身を引き、亜元も疎遠となり、紀成と朝岡泰任とが「必死の出精」で頑張るだけであった（『桂園叢書』第二集、消息二十）。

九月二日、景樹は記していう。

秋風しみわたる此夕、都恋しう袖の上たゞならぬ折しも、……いとゞあは

れに悲しくて、思へるまゝを

我岡にひるがへるらんくずの葉の　あなうらめしの旅のやどりや

そのほか、

世の中を恨みしこともなかりしを　人情なき秋のゆふぐれ

ことの葉のしげみも見えずむさし野は　涙はてなきところなりけり

思ひ入る心の道しひらけなば　とほらざらめや世々はへぬとも

ことの葉の道なかりせば此たびの　うきかずくをいづちやらまし　（『桂園遺稿』）

などの歌が当時の心境を示している。

景樹の失望

かくて、ついに江戸遊説を失意のうちに、斐雄ひとりを江戸に留めて夕蹤館の講座をまかせ、十月二十三日に景樹は帰途についた。もっとも、景樹はその理由を、尾張国の氷室長翁の強い招聘の要請のためとか、『百首異見』の刊行を急ぐためとかいっている。

景樹の帰京

江戸を発つ景樹に紀成は来春の再来を希望して、

事をへ給ひなんには、春はひと日も早く帰りきませ、今は世の中もそしりつかれて口すくや成けむ、あなかまとうたてかりしさへづりも、やうやく静まり侍りて、しふねきねたみ草もかれやうに成ゆきて、思はぬあたりさへうごき立ち侍るは、なかく時またせて、いとたゆらに誠の道のおこりくるきざしにぞ侍るめる。（『中空の日記』）

と景樹を慰撫し激励するが、事態はそう簡単ではなかった。北川真顔は、

昨年景樹と申先生家、京都より下られ、半年程罷居候へ共、甚不受にて、むなしく帰られ、京都にても評判よろしからずなど承候。（『歌学』一書簡）

と帰京後の景樹にまで追い討ちをかけている。

景樹は失意のうちに十一月二十九日に尾張国海部郡津島村の神官で門人の氷室長翁（ひむろちょうおう）の宅に着き、その後十二月中旬に京都に帰った。

ますらをと何ほこりけんかひつくり　よゝと泣きける秋の夕暮

大かたは雪と雲とに埋もれぬ　あまりに高き富士の山かな

世の中に我を知らぬと思ひしは　われ世の中をしらぬなりけり（『中空の日記』）

景樹の江戸遊説は結果において失敗であったが、ただ後年海野幸典（うんのゆきのり）（遊翁）が景樹に向かって、

其かみの隅田川の辺の御旅館にて、終日御物語申承候時分、此の道の事さまぐ御

氷室長翁

海野幸典

物語有レ之、其時調べの事に及びてのたまふやう、……今我いひし一言、必ず後々に思ひ出でたまふべければ、必物語耳にとゞまりて、終にはさとりうべきなりとのたまひき、……折につけ事に触れ、彼の一言如何と思ふ心絶ゆる事なし。（『櫨園随筆』）

と述懐しているように、景樹の悪評が放たれる半面では、こうした遺産もまた江戸の地に残ったのであった。

再度の江戸下向企図

なお、翌文政二年（一八一九）に景樹は是が否でもと再度の江戸下向を志し、熊谷直好は、

足たゆくはこびていたる道ならず　都のうちなはなれ給ひそ（『熊谷直好日記』）

と止めたが、景樹は、

箱根山はこぶるかひはなけれども　ふたたび行も世の中の道

と敢行の意図を述べた。しかし景樹の意図に賛成する者は誰も居なかった。内輪をいえば、前年の江戸遊説を前にしても社中は大反対であった。それがそのとおりに失敗した今は賛成者を一人も得られないままに再度の江戸下向は立消えとなった。景樹としては紀成との約束もあり、心に残るものは多かったであろう。

『万葉集捃解』

次に、文化末年のころものした『万葉集捃解』（一名『万葉集愚案』）について記しておく。

もっとも本書は未定稿であって、『万葉集』巻四の途中までの註解である。

景樹は、青年時代は専ら古文を尊び、万葉振りの歌をよく詠んだが、人笑いになるようなものであり、『桂園一枝』に入れた歌も誇れるものではない、と言っているが、『万葉集』の研究については、享和三年の頃に研究会を開くことも考えられていた。木下幸文・富士谷御杖・榎並隆璉（たかてる）の四人で万葉集輪読会を持つことを企てた。しかしこれは幸文が当時の師の慈延への遠慮があって実行されなかったが、景樹の万葉研究の成果は、その後の著書の至るところに光っている。

万葉歌人の中ではことに柿本人麻呂について研究し、これは文政二年夏に『香川景樹 柿本朝臣人麻呂歌師説』（『斎藤茂吉全集』第三十二巻所収）として成った。

中川自休は『大ぬさ』（天保四年成 天保五年刊）の中で、

師の万葉捃解・古今正義近く世にいでば、山・柿の調のいよ〱高く、凡・紀の心ます〱深きもあらはれて、青雲を開き白日をみるが如けん。仰て待べし。

という。景樹が『万葉集』をいかに見たかについては、後の『古今集正義』の項で記すこととする。

二　身辺多事

長女孝子の嫁婚

文政二年（一八一九）景樹五十二歳。八月に長女孝子（改名して誠子）を門人の九条家諸大夫芝伯耆守寛寧に嫁がせる。思えば文化三年十一月十八日にこの児二歳の「髪おき」を祝って、

　願くばつくもとなりて百年に　あまれとぞ思ふ黒髪の末（『桂園遺稿』）

と詠んだその児は十五歳となり、今その花嫁姿を見て、

　うれしさを包みかねたる袂より　悲しき露のなどこぼるらん（『桂園一枝』）

と、父としての感慨を禁じ得なかった。

正六位下に昇叙

八月十九日、位一級を進められて正六位下に叙せられる。

この年の冬、大坂で病にかかった妻包子は木屋町の別宅に帰って療養につとめたが、文政三年正月を迎えても快方に向かわなかった。

かねてから清水寺の観世音菩薩を信仰していた景樹は、「大悲の御名百枚を書て、賀茂川にながしまゐらせはてゝ、清水寺を遙拝し」

春にさへあひぬるものをまだかれぬ　梢に花の咲ざらめやは（『桂園遺稿』）

と平癒を祈願する。門人山本嘉之も「観世音の名号を千枚の紙に書奉りて、御命あらば救ひ給へと高瀬川の末にたち」（『またぬ青葉』）て毎日のように流しもしたが、病はつのり、三月十二日の明け方に五十三歳で死去した。

妻包子の死去

いろ〳〵の花見る事もこれ限り　青葉をまたぬ我身なりけり（『またぬ青葉』）

の一首が包子の辞世となった。

十四日に葬儀がおこなわれ、門人三宅意誠・熊谷直好が差配し、時宗聞名寺（もんみょうじ）（左京区東大路仁王門上ル）の香川家累代の塋域の隣りの竹藪を切りひらいて埋葬した。法名は観水院生一蓮上大姉。

香川包子墓（京都，聞名寺）

包子墓碑

墓碑正面に「香川長門介配松田氏墓」とあり、向かって左側面に「松田氏名包子、因幡鳥取滝川氏之女、山崎祠官松田秀明養以為レ女、適ニ於長門介香川景樹一、明和五年戊子六月三日生、文政三年庚辰三月十二日没、享年五十又三、葬ニ于二条東聞名寺一」とある。

愛妻を失った景樹の悲しみは深い。

玉となりてあまがけるとも蓮葉の　上にこゝろは結びとめけん（『またぬ青葉』）

いかなれば浅ぢが原にゆく人の　つゆなる我をのこしおくらん（同前）

芝家に嫁いでいる誠子からも、

よべもねられずありしが、うつくとまどろみけるあひだ、母の君と花みにまかりける夢をみてよめる。

たらちねとともになぐさむはなみこそ　さめてはかなき夢にはありけれ（『桂園遺稿』）

と亡き母を偲ぶ歌が送られてくる。

大吽

熊谷直好の弟大吽（だいうん）は包子没後の臨淵社の留守をしていたが、包子の月牌を「世々宿坊とたのみまつる全光院におさめ」るため、二十四日に高野山に帰った。

高野山おとにのみきく玉川の　たまくあへるえにこそ有けれ　景樹（『またぬ青葉』）

誠拙・景柄・幸文の死

この年前後に景樹は多くの知己を失っている。文政三年六月二十八日に禅学の師誠拙大徳を、翌四年十月三日にかつての養父香川景柄を、同年十一月二日に門下双璧の一人木下幸文などである。

誠拙大徳の初月忌によみて手向奉る

君がます大空よりは降くれど　悲しかりける今日の雨かな　　景樹（『桂園遺稿』）

梅月堂の相続

香川景柄没後の香川梅月堂については、いわゆる扶持米事件が起こっているので、その経緯を述べなければならない。

文化元年に景樹が香川梅月堂を離縁となった後の十二年間は、景柄が元どおりに香川家を家督していたが、文化十三年に正親町三条家の西尾立叔弟雅楽を養子とし、これも五年後の文政四年に「歌道心得違有レ之、家伝不二相守一候付」（『岩国藩御用所日記』）として離縁となり、この年の秋に油小路家の伏田右衛門の子の清三郎が養子となり、名も景嗣と名乗った。景嗣が入家してまもなく、十月三日に景柄が七十七歳で没した後、景嗣と景樹との間に起こった紛争が梅月堂扶持問題である。

梅月堂の扶持

もともと、香川本家の主君の岩国藩主三代吉川広正の長女夏姫が寛永十一年（一六三四）に徳大寺大納言公信に嫁した関係によって、梅月堂始祖香川景継（阿宣）は徳大寺家に出仕し、爾来、京都香川家は代々和歌の士として徳大寺家に仕えていた。

景樹の扶持米支給申し出で

この香川梅月堂に対して岩国藩から毎年扶持米が三十荷ないし十荷与えられていたが、景嗣の梅月堂継嗣と共に、この扶持米も景嗣が正式に受け継ぐこととなった。しかるに、この時、景樹は徳大寺家家司を通じて扶持米を自分の方に支給するよう岩国藩に申し出た。

岩国藩としては、

十八年前（文化元年）に景樹は「追々多病罷成、別テ不ニ相勝一、相続難ニ相成一付テ、御勤向相断」っており、「夫以来長門介（景樹）ヨリハ勿論書音等も無レ之、当方ノ儀手筋相離」れているので「黄中（景柄）令ニ死去一候迚（トテモ）、御扶持米長門介エ相拘候儀者無レ之」（『岩国沿革志』）

として、景樹の要求を拒絶した。

河野重就の岩国藩訪問

こうした岩国藩の決定した態度にもかかわらず、文政五年二月七日夜、徳大寺家使者河面蔵人、実は景樹門人河野重就が岩国藩を訪れ、六月二日まで滞在して扶持米支給の

交渉をおこなった。もとよりこれは成功せず、

扶持米の停止

あしからずよしときゝつる一ふしに　なには忘れてたちまたれつゝ（『桂園遺稿』）

と鶴首する景樹を失望させ、翌文政六年八月に蔵人の再度の岩国訪藩も感情を悪化さすだけの結果となり、ついには扶持米は景樹にも景嗣にも支給されないこととなった。

景樹離縁の問題

景樹がなぜこのような強引とも思える要求をおこなったかは確かに問題であるが、「黄中（景柄）初景樹ヲ養子戻シ時、京都ニテ官ヘ届出ザル事手後レモアリ、是徳大寺ノ威ニ圧レシナランカト云」（『熊谷直好略伝』）といわれている言葉の中には多くの暗示が含まれている。離縁の届出のないままに景樹は依然として香川姓であり、徳大寺家に元どおり出仕し、官位も進められ、また例えば文化二年八月十九日に「あすなん梅月堂にて京極黄門の影供し給ふとて組題の当座おこし給へるによみて奉る」歌（『桂園遺稿』）などがあって、常に景柄と歌の応答が続いており、しかも景樹自らも「岡崎梅月堂」「梅月拝」「洛東の居士梅月堂のあるじ」（『桂の雫』『桂園遺稿』）と梅月堂を自称しているなどあって、景柄と景樹と徳大寺家との間には複雑な事情が介在することを想定さすものがある。

二つの梅月堂

景嗣が養子に決まった時、「景樹之ヲ聞テ大ニ驚キ徳大寺家ヘ告訴フ。寺内ニ二人ア

岩国藩家老香川家表門

リ、景樹ヲシテ必ズ梅月堂ノ後裔タラシメント謀ル。」（『岩国沿革志』）とあるのも理解できそうである。岩国においても、「何年ノ事ニヤ、香川琴山翁江戸ヨリ帰途京都ニテ黄中ヲ訪ヒ、河面蔵人ナル者ニモ逢ヒ、琴山少シ口ノ過タル事アリシ由」（香川景逸談話）ともいわれていて、家老香川琴山（景晃）が周旋役を買っていたふしもある。

しかしともかく、岩国藩当局は景樹の梅月堂継承を全く認めず、扶持米の支給も停止し、この事件に関係があるとして香川景晃・熊谷直好に謹慎を命じて一件を落着させた。

後日譚として、天保十三年（一八四二）に香川景晃七回忌に景嗣が西下し、この時、改めて扶持米復活を申し出たが、もとより聴許されなかったという。

香をとめて昔の跡を来て見れば　涙こぼるゝ梅の下蔭　景嗣（『岩国沿革志』）

梅月堂扶持問題に関連して、年次は前後するが、ここで景樹の経済状況に触れてみよう。景樹の生計維持の苦しさについては、

門人の謝金は一年に百匹なるが最上なりし上に、三千の門人の中にて終始撓まぬは数ふるばかりなりき。されば、おのが料にはすべて質素にものして、平生用ふる飯碗の如きは十三ケ処のやきつぎありしと云う。（『歌学』第二号）

などと伝えられている。もっとも、門人謝金最上百匹は、門人泉徳寺正聴の日記天保十一年十二月二十六日の条に「香川へ至り歳暮祝儀弐百匹」とあるので、百匹以上の者も何人かは居たであろう。

景樹自身も「当年苦熱中帷子未レ出、単物にて打臥居申候。」「当夏は炎熱に被レ焦候。飢渇の貧は若年の時因果算用相済み候事と歓喜此の事に候。」とか「今日米二升拝借仕度……もし御ふつてゐに候はゞ一升にてもよろしく候。」

飯にうゑて今はと家をいづるこそ　やがても死出の旅路なりけれ

と嘆息している。収入を挙げるために短冊は一朱、懐紙は一分で余りにも濫筆したため、反って門人熊谷直好の短冊が二朱で売れる珍現象を呈したこともあった。

文政五年に国学派の衣川長秋（きぬがわながあき）は、

香川も此節大坂へ聚財に下り居申候由に候。京師書林共咄しには、御国（因幡国）の評判とは相違いたし、格別行はれ候様子にも無レ之由、江戸下向已来弥々不レ行の由、貧窮いたし候よしに候。（山本嘉将氏蔵書簡）

といっていて、江戸遊説の失敗は経済的にもひびいている。また、香川景樹、嘗て貧困骨に徹す。歳除親ら和歌一首を詠じ、玄関の楣間に掲示して曰く、

みそぎ川身をそぐほどに思へども　罪よりほかに払ふものなき

督債諸客、之を一閲して責めずして去る。（『雪窓清話』）

との逸話もある。

借金取りの撃退

いま一つの具体的な例を挙げると、天保十一年八月にお柳との間に生まれた四女楽子が十歳で没し、次女楊子も病中であり（同年十一月没）、長女のぶ子は発狂していて「宗匠

物入」であるので、桂園社友六-七十人が一両・二両と出し合い、「山田五両・柴田三両・泉徳寺正聴五両」を世話人桜本坊快存が集め、そのほか、景樹筆短冊五十枚などを商人に渡し、短冊二匁三分、竪詠草・ちらし書五匁、長歌・前書物十匁の価格で、短冊は二十七枚が売れることなどによって急場を凌いだこともあった。

ただし、景樹の生活の苦しさは絶対的な窮乏ではないことはことわっておかなければならない。次のように言われている。

平生諸客来る毎に、燭を取て嘉肴座にみてり。実に其体大青楼の如し。其間にも翁依然として古人古歌を論じ、高談人意をひしぐ。嗚呼また盛なりといふべし。（『近世三十六家集略伝』）

嘉肴座に満ちて大青楼の如しとは漢文調の表現であるが、景樹の『桂園遺稿』の中にはしばしば来客に酒肴のもてなしをする記事を見出すことができる。彼もまた愛酒家であった。「夕つかた酒にゑひしれ」「夜一夜日ひと日酒のみ」とか、

あなたのし梅の花見て酒のみて　大和歌さへうたひけるかな（文化二年正月十七日）

敷島の道のそらにてたふるとも　今宵の月に呑まざらめやは（文化十四年八月十五日）

とあり、当時の文人の共通的な生活相を示している。

木下幸文の貧乏

景樹にくらべると、桂門の木下幸文の生活は真実に苦しい。

人のいふ富は思はず世の中に　いとかくばかりやつれずもがな（『亮々遺稿』）

などと、『万葉集』の山上憶良にならった一連の貧窮百首は幸文の貧困の心からの嘆息であった。同じく熊谷直好も大晦日の苦しさを、

熊谷直好の貧乏

あら玉の　年の終の年月の　月の極みと商人の　きいり集ひてあきもの丶　価はたればかくみゐて　吾をせむれば土にかも　入てかくれん天にかも　飛てにげんとおもへども　しかもなりがたみ若草の　妹が着せてし下衣　ぬぎて与えつ銭米をなみ

金米をもたらん人はけふもかも　やすくあるらんうらめしの世や（『宇具比寿』）

と詠んでいるが、この藩士生活の苦しさも八十五石取りの武士のやりくりの苦しさであって、武士の体面を保つための苦しさである。

近世歌人の貧乏

旧派歌人垣本雪臣の苦しさは幸文と同じ苦しさであろう。衣食に窮して某富豪から白米五升を恵まれて、

くれし人誰としらねどしらけよね　いつばかりにかよろこびいはん

と歌い、歌界の一匹狼的存在である大隈言道（おおくまことみち）は「世間に劣りては産を破りて、六十迄片時出精せし甲斐もなく残念の事なれば」、歌集の一冊も出版できればこの上もない幸福と嘆息し、同じ文人でも篠崎小竹（しのざきしょうちく）が「儒者中の鴻池」と羨望されるのと対照的な文人の一群れであった。驕らず卑下せず、文人の境涯は景樹の「心の先師」小沢芦庵の生き方にあるのであろうか。

　この人（芦庵）常に清貧に安んじ、壁おつるとも繕ふことなく、草滋れども刈ることなく、心緩かにわが国の古書ども読み、時にふれ折に当りては、自詠を高らかに吟じられける。（『魏鑿草書』）

木下幸文の病没

　次は文政四年における木下幸文の病没であるが、幸文はかつては景樹を「大天狗」と批判し、やがて「腹のどん底まで見抜」いて入門し、その後一時はまた「ふかきゆゑ」があって景樹から離れ、文化五年には「先つ日のつみをなげきまつ」って詫びを入れるなど、鋭角的な両者の間にはとかくトラブルがあった。

景樹の幸文評

　景樹は幸文を「兎角人に負けて我に勝つことを御励み可レ被レ成候。我にだに勝ち候へば天下の宗匠に候。……幸文など我に勝つ事を忘れ候故、五十年の勤学夢に相成、さや

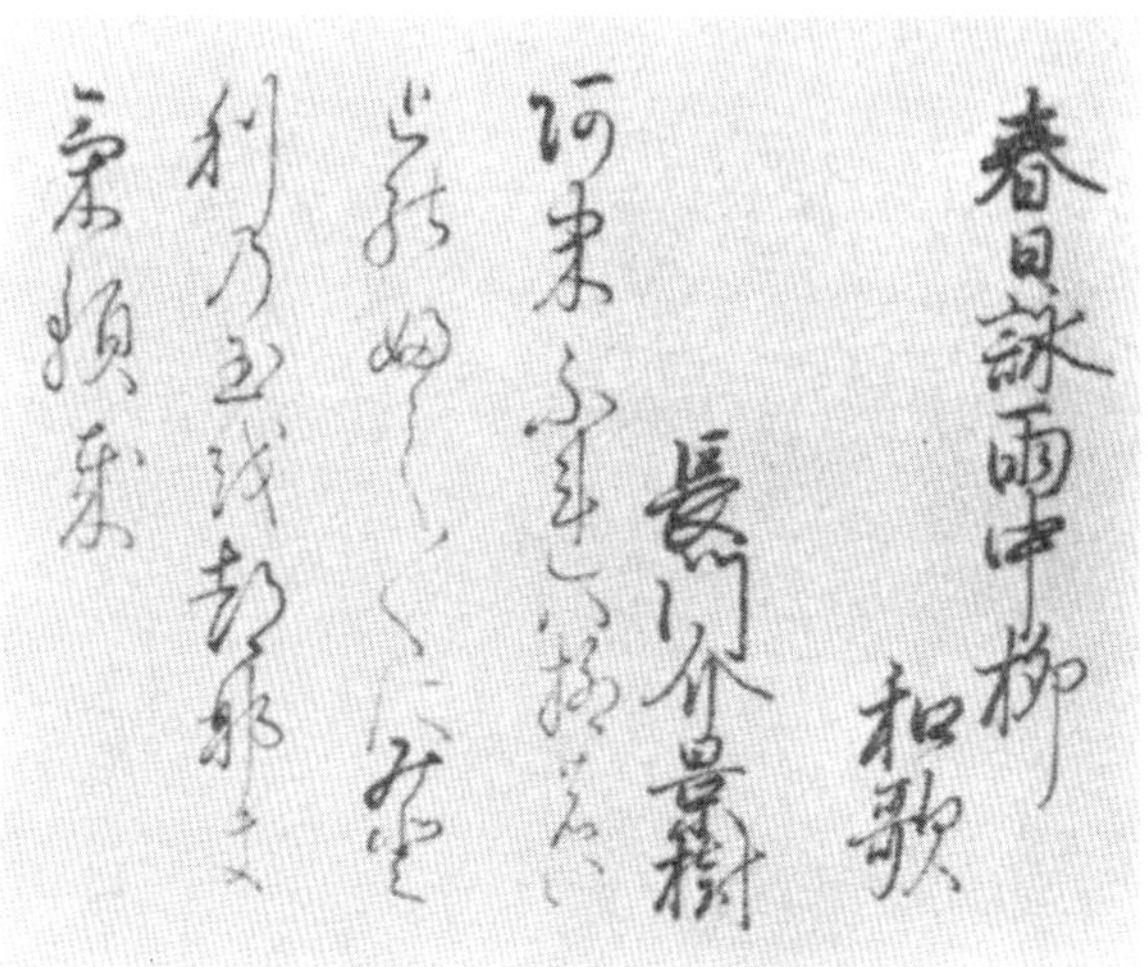

文化5年2月8日木下幸文月次歌会　兼題「雨中柳」景樹懐紙
（『南天荘墨宝』所収）

く草紙に汚名を残し候。」（菅沼斐雄宛書簡）と非難しているが、後には「歿前差越候書翰は真面目にて、少しく酔も覚め候様に被レ存候。再び東塢塾に入りて執行致し度申越候。」と氷解し、「貧窮百首」の絶唱を残して前途ある四十三歳の壮齢で病没した今となっては、「死なんとする時いふ事よしにや候はん。其書翰に歌数首有レ之、幸文にあらず東塢の眼目にて面目候に付、表具致し常にかけ置、形見と見申し候。呉々痛惜、時に思ひいで申し候也。」（『随所師説』）とその死を惜しんでいる。同郷の歌友高橋正澄に追悼歌がある。

大かたもさだめなけれど世の中に　おしむ人こそみじかかりけれ（『清園日記』）

文政六年（一八二三）景樹五十六歳の二月十六日に『土佐日記創見』を摂津国住吉の光福寺で成稿した（刊行は天保三年）。

『土佐日記創見』の成稿

刊本の巻頭に頼山陽の漢文の序がある。

今長門介亦以レ善レ歌名震二一世一。吾察三知其心所レ嚮乃在二於此一。所三以眷々二於注解一焉。而作レ解大旨蓋亦不レ外二於此一。此前注者之所二感未一レ知。而其実所レ謂万世猶二旦暮一。不レ難レ知二其解一者則八百年。何足レ言哉。襄儒生也。瞶二於歌一者。然土佐守亦儒者。不レ可下専以二歌人一目上レ之。而長門介亦非二以レ歌為レ歌者一。所三以徴レ序而不レ辞也。

頼山陽との交遊

文豪頼山陽と景樹との交わりについては、

（景樹）翁山陽頼氏と友とし善して、常に和漢詩歌の義を論ず。山陽は翁に歌の義を聞き、翁また山陽に詩の論をきゝて、かたみに交易し其術を精細にす。（『近世三十六家集略伝』）

といわれていて、文化七年八月「頼氏より吉野の釣瓶鮓をえたりとて、あまたゝびわれをまねかれ」「八月十八日の夜三本木なる頼氏のもとにて」（『桂園遺稿』）などの景樹の記述があり、山陽には文政十年三月二十九日「御短冊懐紙ども被レ下忝落掌仕候。願は母も短冊に仕度と申居候。」（『山陽全集』）とある。これは山陽母静子（梅颸）が文政二年に景樹に入門している経緯があるからである。後に山陽自身も文政十年三月十三日に入門する。ただしそれは叔父頼惟柔（杏坪）の詠草の添削を受ける便宜のためでもあった。

『土佐日記』についての見解

山陽序につづいて高橋正澄の和文の序があり、次に著者の小引がある。景樹は、『古今集』の撰者であり歌聖と仰ぐ紀貫之の『土佐日記』は、その文章の雅調であることは古今集序よりも優れているとし、あるいは女性の日記の体裁をとったのは稚い愛児を思う情から出たものであるなど独自の見解を示し、「此の書の大むね、亡児の悲しみを主とし、下に海賊の恐りをふみ、是をかすむるに全文俳諧をもてす。此三つの大事を遺して古来此日記を説来れるは、足を擭ひて鼎を置也。竟に其説たつ事なけん。」という。

この年、文政六年三月二十一日、幼名鎌倉太郎、後の景周、また改め景恒が生まれた。亡くした包子の後に家に置いて「家内」といったお柳（りゅう）との間に生まれた二番目の子供である。ここで景樹の子女について記しておく必要がある。

景樹の子女

景樹・包子の最初の子は、三十二歳の寛政十一年に生まれたが、うぶ声をあげただけ

茂松　孝子　お柳　のぶ子　景周　景枝

で死亡し、次に三十六歳の享和三年に長男茂松が生まれたが、この逆子も間もなく没し、次に三十七歳の文化元年九月二十六日に長女孝子(こうこ)が生まれた。彼女は清水観音に願をかけて生まれた子で、十四歳の時に仏光寺宮に宮仕えした。菅沼斐雄は「香川むすめ大せいじん、うつくしきもの也。三味大あがり也。」(『めざまし草』第五十一号)と才媛ぶりを賞めている。十五歳の文政二年八月に芝寛寧に嫁した。

包子が文政三年に五十三歳で没した後に、摂津国住吉勝間生まれのお柳が「家内」となった。妾ともいえ後妻ともいえる彼女については知られるところが少ない。性質温順でなく、晩年は家を去り、景樹逝去の時は枕辺にいなかった(『しがらみ草紙』第五十六号)。お柳との間に文政五年にのぶ子が生まれ、この娘は天保十年に門人荒川義章の子義喩に嫁した。

文政六年景樹五十六歳、三月二十一日に景周(かげちか)が生まれた。のち景恒(かげつね)と改名し、桂門の中川自休の子の長経の娘章子(ふみ)を妻とした。

翌文政七年(?)に景枝が生まれ、彼は東本願寺家来で六条の島田家の養子となって掃部と称した。文政七年十月に景樹は、

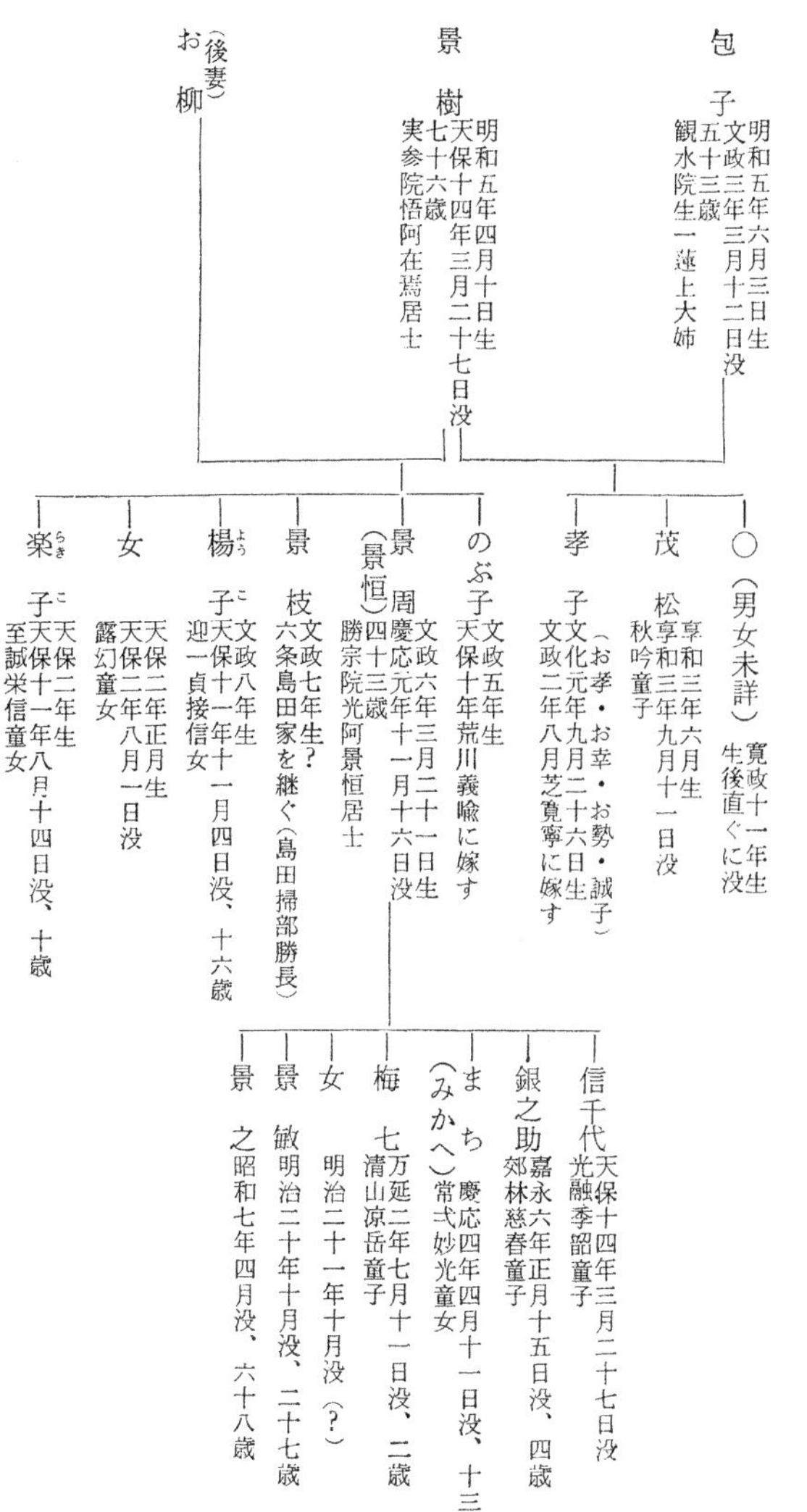

香川景樹子女系図
包子 明和五年六月三日生
文政三年三月十二日没
五十三歳
観水院生一蓮上大姉
景樹 明和五年四月十日生
天保十四年三月二十七日没
七十六歳
実参院悟阿在焉居士
(後妻)お柳
○(男女未詳) 寛政十一年生
生後直ぐに没
茂松 享和三年六月生
享和三年九月十一日没
秋吟童子
孝子 文化元年九月二十六日生
文政二年八月芝寛寧に嫁す
(お孝・お幸・お勢・誠子)
のぶ子 文政五年生
天保十年荒川義喩に嫁す
景周(景恒) 文政六年三月二十一日生
慶応元年十一月十六日没
四十三歳
勝宗院光阿景恒居士
景枝 文政七年生?
六条島田家を継ぐ(島田掃部勝長)
楊(よう)子(こ) 文政八年生
天保十一年十一月四日没、十六歳
迎一貞接信女
女 天保二年正月生
天保二年八月一日没
露幻童女
楽(らき)子(こ) 天保二年生
天保十一年八月十四日没、十歳
至誠栄信童女
信千代 天保十四年三月二十七日没
光融季留童子
銀之助 嘉永六年正月十五日没、四歳
郊林慈春童子
まち(みかへ) 慶応四年四月十一日没、十三歳
常弌妙光童女
梅七 万延二年七月十一日没、二歳
清山凉岳童子
女 明治二十一年十月没(?)
景皦 明治二十年十月没、二十七歳
景之 昭和七年四月没、六十八歳

此方一統無異。……鎌倉太郎も無難に成長、此節専ら奔走実に邪魔之至、其外奇女奇童共無異。（内山真弓宛書簡）

といっている。

楊子　楽子

次いで文政八年生まれの楊子（ようこ）、天保二年正月生まれの娘（法名露幻童女）、同年末生まれの楽子（らきこ）がいる。子女の生まれた数は多いが無事に成長したのは孝子・のぶ子・景恒・景枝で、その中ののぶ子も天保十一年には発狂し、景樹は子供運に恵まれていない。

熊谷直好の脱藩上京

文政八年（一八二五）九月に熊谷直好が岩国を脱藩して京都に出た。直好の岩国脱藩の原因として考えられるのは、藩の歌学は京都の香川梅月堂によって指導される二条派のそれであり、反二条派の景樹の門人直好は歌学的立場において藩の主流と背反するものであり、加えて文政五年・六年の香川梅月堂扶持問題によってその立場はますます苦しくなり、ついに意を決して、

世の中を思い定めし朝より　雲と水とにゆく心かな

の一首を残して、一子鉄之助・妾お春と三人連れで出奔して京都に出た。

景樹がその故郷鳥取藩を出て再び帰らなかったのは、藩内における軽輩の身分と生活

を不満とし、高い理想を求め、充実した人生に活きたい二十六歳の鬱勃たる強い希望を抑えることができなかったのにあろう。

景樹の先師小沢芦庵は大坂に生まれ、足軽の家を継いで、文武に励んでも仕官の道がなく、和歌ひとすじに生きる境涯に身を投じた。

高橋正澄の上坂

桂門の高橋正澄は他人の讒言によって備中国笠岡の大庄屋を追放されて文政五年に大坂に出て和歌に専念した。

人しらぬなみだぞそでにかゝりけれ　こぎわかれ行古郷のうみ　正澄（『清園日記』）
さえわたる月の外にも悲しきは　遠ざかり行ふるさとの山　同
故郷のおどろまじりの蓬生に　なにの道てふことかあるべき　直好（『浦の汐貝』）
世中のうきに逢はずば心ゆく　野べのいほりにすまひせましや　芦庵（『六帖詠草』）

故郷を追われて他国に去るのは悲しい。しかし直好が移り住んだ京坂の地は活気に溢れた新しい世界であった。

文政八年は景樹五十八歳、高橋正澄五十一歳、俊才木下幸文は四年前に大坂の亮々舎（さやさやのや）で病没していたが、後に明治の御歌所に拠った八田（はった）知紀（とものり）は二十七歳のこの年に鹿児島から上京して京都藩邸に勤務しながら桂門に加わり、重鎮・新進群れ集って桂園歌壇は華々しかった。当時の著名な景樹門人を生年の順に記してみよう。

氏名	家号	生没年	文政八年当時の年齢	生国	身分等	桂園入門年	歌集・著書
古田重興		一七五五 宝暦五年 一八三二 天保三年	七一	信濃国諏訪	諏訪藩士		
頼静子	梅颸	一七六〇 宝暦一〇年 一八四三 天保一四年	六六	大坂	安芸国広島 頼山陽母	文政二年以前	
佐々木真足	青峯 鼓聖堂	一七六一 宝暦一一年 一八三八 天保九年	六五	京都		享和元年以前	東さとし
赤尾可官	柏園	一七六四 宝暦一四年 一八五二 嘉永五年	六二	京都	林丘寺宮家士	寛政一二年以前	田舎問答
恵岳		一七六〇 宝暦一〇年 一八二七 文政一〇年	六六	京都	常楽寺住職	享和元年以前	
栗林貴林		一七六八 明和五年 ?	五八	京都		文化一三年以前	
斧木	浮木	一七七二 安永元年 一八二五 文政八年	五四	近江国甲賀郡	天台僧	文化元年以前	
多久敬		一七七二 安永元年 ?	五四	京都	雅楽寮伶人	文化一一年以前	
的場健	復斎	一七七三 安永二年 一八三五 天保六年	五三	備中国都窪郡早島	医師	文化二年以前	
亜元	葵園	一七七三 安永二年 一八四二 天保一三年	五三	京都	本願寺僧	文化三年以前	亜元集・六帖題和歌

山本　清樹	亀　園	? 一八三六　天保　七年	?	尾張国		文化　八年以前	
小幡　徳義		?	?	京　都	出　羽　守	文化一〇年以前	
宮下　正岑	自然亭 朗解主人	一七七四　安永　三年 一八三八　天保　九年	五二	信濃国上伊那郡飯島村	豪　農	文化四年	峰の若葉・農夫論語
高橋　正澄	清園 残　夢	一七七五　安永　四年 一八五一　嘉永　四年	五一	京　都	備中国笠岡大庄屋	文化一〇年頃	残の夢・清園日記
児山　紀成	梅園 愛松軒	一七七七　安永　六年 一八四〇　天保一一年	四九	伊勢国鈴鹿郡庄野村	幕府御徒士	享和　三年以前	松の落葉・遠山彦・天満宮影前百首
天春　度		一七七七　安永　六年 一八五九　安政　六年	四九	伊勢国朝明郡中野村	代　官		岡崎日記
玄　如	孤桃軒	一七七八　安永　七年 一八三三　天保　四年	四八	備前国岡山	禅　僧	享和　元年以前	
中川　自休	望南亭	一七七八　安永　七年 一八四一　天保一二年	四八	京　都	有栖川宮諸大夫		中川自休歌集・大ぬさ
鈴鹿　正路		一七八一　天明　元年 一八四七　弘化　四年	四五	京　都	吉田家雑掌	文化一三年以前	
山崎　道忠	祖　竜	一七八二　天明　二年 一八五八　安政　五年	四四	信濃国北安曇郡七貴村	寺小屋師匠		山崎祖竜歌集
熊谷　直好	長春亭	一七八二　天明　二年 一八六二　文久　二年	四四	周防国岩国	岩国旧藩士	寛政一二年	浦の汐貝・同拾遺・よみうたの論
森川　定見	夢の舎	一七八二　天明　二年 一八五九　安政　六年	四四	伊予国萩生		文政四年頃	
朝山　常清	蔵六堂	一七八三　天明　三年 一八四六　弘化　三年	四三	京　都	九条家諸大夫	文化八年以前	

柳原　安子		一七八三 一八六六	天明三年 慶応二年	四三	京　都	柳原権大納言均光妻		桂芳院遺草
氷室　長翁	椿　園	一七八四 一八六三	天明四年 文久三年	四二	尾張国津島	津島神社神官	文政元年	氷室長翁全集
丹　山	希　芳	一七八五 一八四七	天明五年 弘化四年	四一	越前国丹生郡糸生村	浄勝寺住職	文化二年	浄勝寺丹山歌集
菅沼　斐雄	桔梗園	一七八六 一八三四	天明六年 天保五年	四〇	備中国小田郡吉浜村	庄　屋	文化　八年以前	斐雄歌集・道のあない
内山　真弓	聚芳園	一七八六 一八五二	天明六年 嘉永五年	四〇	信濃国安曇郡十日市場村	庄　屋	文化七年	歌学提要・東塢亭塾中聞書
朝岡　泰任	栗　園	一七八七 一八四五	天明七年 弘化二年	三九	江　戸	大番与力	文化一五年以前	
小野　務	柿　園	一七八七 一八五四	天明七年 安政元年	三九	備中国浅口郡長尾村	豪　農		小野務家集
三宅　意誠		一七八八 一八三七	天明八年 天保八年	三八	京　都	右近将曹	文化一一年以前	
片桐　源一	春廼舎 春斎	一七八九 一八五五	寛政元年 安政二年	三七	信濃国伊那郡	山吹藩士		春斎八勝和歌
青木　行敬		一七七九 一八四一	安永八年 天保一二年	四七	京　都	右衛門大尉	文化　二年以前	
松岡　帰厚		一七九一 一八五一	寛政三年 寛永四年	三五	京　都	吉田家家司	文政　元年以前	
穂井田忠友	蓼　莪	一七九二 一八四七	寛政四年 弘化四年	三四	駿河国	医　師	文化　一〇年頃	穂井田忠友家集
桜井　春樹	春村 竹潤	一七九二 一八六四	寛政四年 元治元年	三四	信濃国下伊那郡山本村	代　官		

朝岡　正章	桃廬・露竹斎	一七九四—一八四〇	寛政六年—天保一一年	三二	尾張国名古屋	藩　士		袂　草
林　良本	亀園・萩廼舎	一七九四—一八六九	寛政六年—明治二年	三二	信濃国松本	家　老		五十六番歌結・夢の直路
鈴鹿　光賢		一七九五—一八四〇	寛政七年—天保一一年	三一	京　都	吉田神社神官		
鈴鹿　連胤	尚褧舎・誠斎	一七九五—一八七〇	寛政七年—明治三年	三一	京　都	吉田神社社司	文政六年以前	
福沢　憲治		一七九六—一八四七	寛政八年—弘化四年	三〇	信濃国上穂村	豪　農		
小川　真澄	幽　石	一七九六—一八五四	寛政八年—安政元年	三〇	備前国児島郡粒浦			真澄詠草

景樹の重病

直好の上京直後、景樹は又しても病床に臥した。直好の急報によって江戸から菅沼斐雄が上京してきた。

わたくし事、旧去しはす十二日江戸出立……此わけは、香川宗匠十月初旬より御ほつ病……折ふし在京なる熊谷直好より急書極月九日の夕刻ちやく、誠に打おどろく……十二月二十五日夕七つ過京着。(菅沼斐雄書簡)

斐雄は景樹に養生法を教え、天一宝という名薬をすすめることもあり、かくて、

天一宝をのみて病いえければ

久方の天ひとつねのたまひたる　たからなるらしこの活薬（いく）　景樹（『桂園遺稿』）

と景樹の病は平癒した。江戸の門人たちも「此節直好君御上京、其上貴君も御登り有、御悩を退け候。頼政・猪の早太の役廻りは何れかと評し合申候。」（朝岡伝右衛門等書簡）と斐雄の尽力に感謝した。

熊谷直好の岡山出講

文政九年（一八二六）五月、熊谷直好は備前国岡山に赴いて、景樹の『古今集』についての論を講義した。直好のこの岡山遊説の結果について景樹は甚しい不満を漏らした。

扨当年（文政十年）も熊谷岡山下向之約ニ而、其御辺（備後国鞆港）へも巡行之事、一向不レ参候。去夏同士岡山行、甚不評判ニ而、僕迄失二面目一候事ニ御座候。定而世評御伝聞と奉レ存候。扨々田舎漢遺恨之至ニ候。

……景樹下向之事も催候へ共、何分熊谷余毒遺候而、景樹ヲモ国人忌嫌候。（中村応雅宛書簡）

直好の不評判

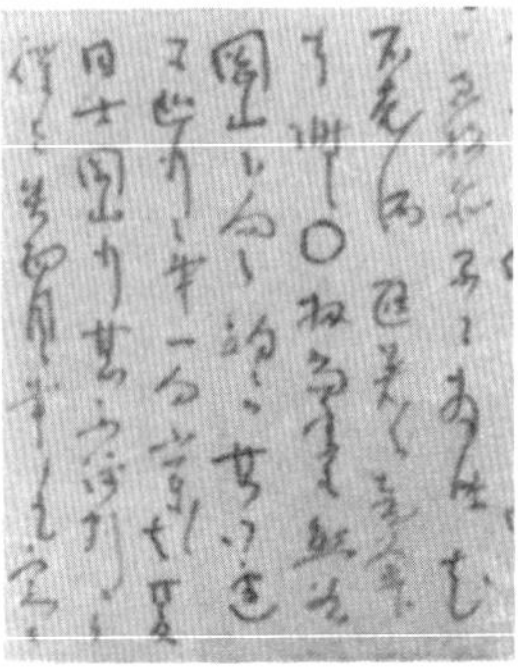

（中村弘氏蔵）

この書簡の内容は、景樹門下の十哲の筆頭として、景樹の股肱とも自負する直好を「田舎漢」ときめつけている。直好は岡山で「甚不評判」をとったことは、岡山の伊藤重義が直好を「なりはためきし雷」にたとえ、これに対して直好は「ともすれば雲間あやまつ雷」と反省していることからも察知できる。

直好の不羈奔放な性格からくる特異な歌学指導が、岡山の歌人たちにとっては納得できないものであり、そのために師景樹は「僕迄失二面目一候」と不評の波紋を受け、「遺恨之至ニ候」といわざるを得なかった。誇り高い景樹としては「景樹ヲモ国人忌嫌候」ことは憤懣やるかたなかった。

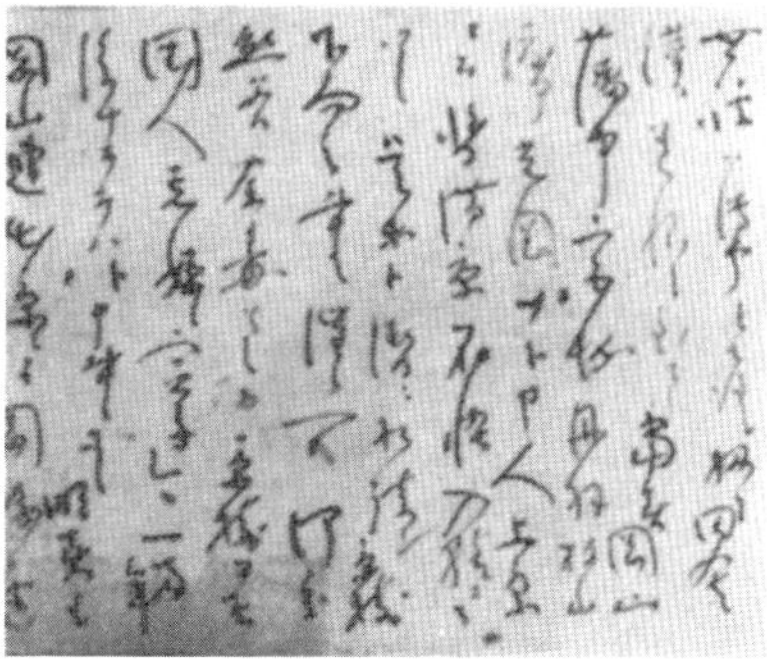

中村応雅宛香川景樹書簡

景樹の不満

景樹は門下双璧の直好と木下幸文とのうち、幸文に対しては、「幸文など我に勝つ事を忘れ候故云々」と非難したことは既述のとおりであるが、文化四年に幸文が一時景樹から離れた時は、

随分田舎漢の目を驚かさぬやうに御詠出修行の第一に候。あて気があるや否、歌は

それきりに御座候。却て田舎も不レ受様に成行き候事、宗匠たる人の通病に候。幸文を始めさがり候事、皆此習弊なり。直好が独歩は只このあて気なきが故のみ。とかく過なき様なだらかによみもて行き候へば、神人共にいつの間にやら感嘆の時来る事に候。(『桂園遺稿』)

として、幸文は「さがり」直好は「独歩」であり、「あて気」のない「なだらか」な歌こそ真の歌であると門人に教えている。

『よみうたの論』

景樹・直好・幸文ともに歌人であり感情の起伏は激しく、中でも村田春海から「直情径行」(『琴後集』)といわれる景樹であるが、冷静に見て、師を離れがちな幸文と、師のエピゴーネンである直好とでは景樹の評価もおのずから違ってくる。そうした直好が師景樹から「田舎漢」として叱責されたのは恐らくこれが唯一の史料であろう。

しかし、直好は所論について十分な自信を持っていて、後にこの岡山での講案が『よみうたの論』(『熊谷直好資料集』第一冊)として成った。

直好の景樹歌風観

師景樹から叱責された直好ではあるが、他派の歌人から景樹の歌風の変遷について質問されると、むきになってこれに応答する。或問、東塢の歌風は時々変れり。又近頃よ

東塢亭
文政九年月次十八日
正月　霞隔遠樹
二月　故郷春月
三月　落花満庭
四月　首夏郭公
五月　岡辺早苗
六月　暮林納涼
七月　山家初秋
八月　雁随風来
九月　杜間紅葉
十月　樵路時雨
十一月　名所網代
十二月　逐日雪深
（中村弘氏蔵）

ほど変れり。さる故にねらひ定め難し。ひそかに疑る。その故いかん。

答云。二十年来毫厘もかはる事なし。然れども、その疑ひは京師社中と雖もまぬがれざる人多し。暫く変れるやうに思ひ給へるは、たゞ疎密の境のみ。そは歌にしも限らず。年月に修めもて行く道の疎より密に至らずば、何を以て功と申し侍らむ。

絹と麻とは、同じく機ものに就くと雖も、その品異なり。是れを吾が東塢の景風に譬ふるに、一たび絹は蚕の糸して織るものなりと見定められたる眼少もまじろぐ事なければ、仮にも麻をさき唐蒸をへぎて織交ふる事なし。たゞ桑を採り蚕を聚めて日夜に物するのみ。

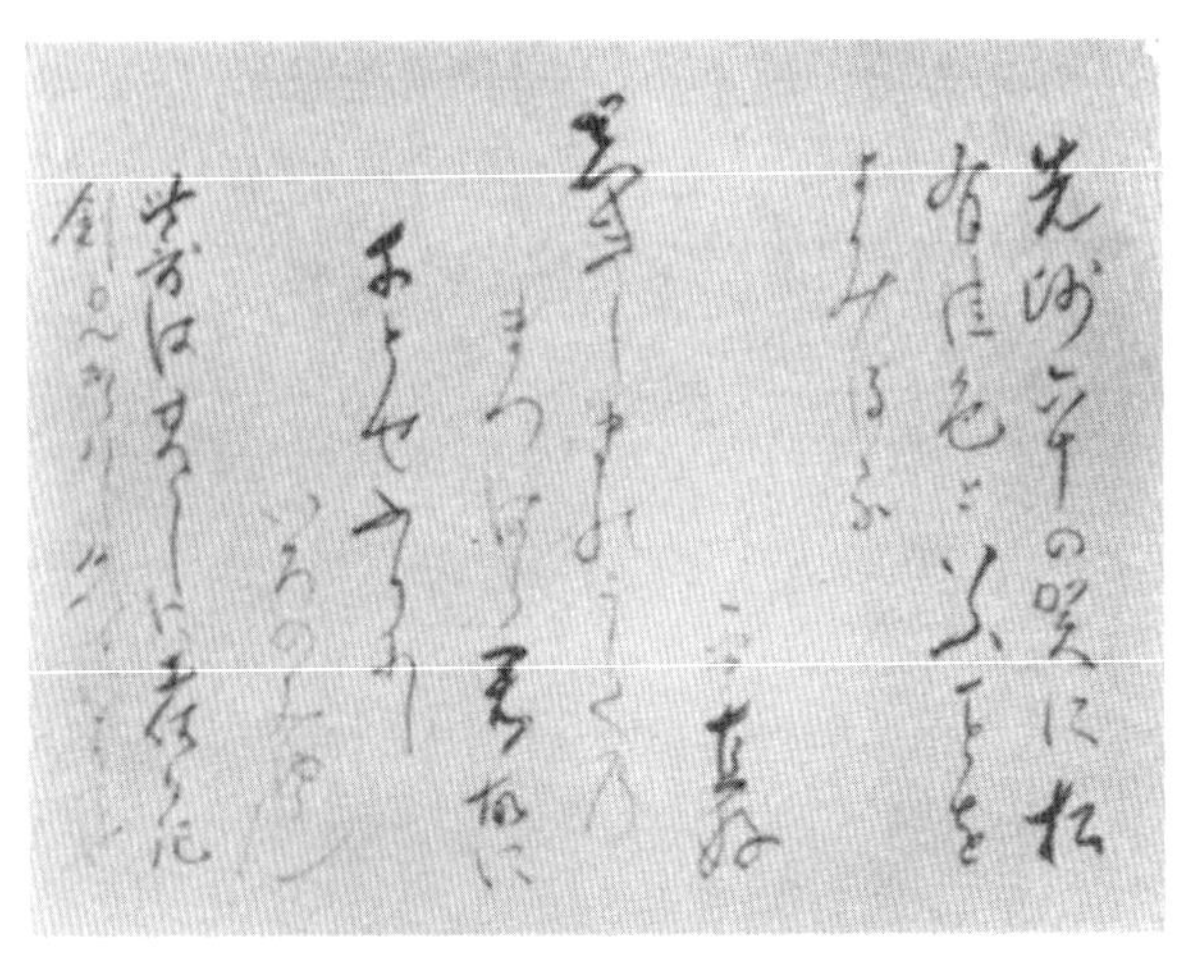

熊谷直好祝歌（大東急記念文庫蔵）

その中にその荒きものは木綿より荒く、いまだ練らざる布よりもこわきことなり。さるを見て、綿を作り麻を刈る。あやまれりと云ふべし。

もとより、東塢の歌風とて、ねらふと云ふ事はたえてあるまじきわざ也。あてなきをねらふなれば、当るべきよしなし。その歌よまん心得は既に申の侍るが如し。おのれもこの筋におきては、二十年来曾て異聞あることなし。疑ひ給ふること勿れ。（『心の花』大正八年三月号）

景樹還暦の賀

文政十年（一八二七）は景樹六十歳の還暦の年である。四月十日誕生日の祝賀に門下生は「松有佳色」の兼題で祝歌を献げる。

きみが住む宿の老松枝たれて　手にとるばかり見ゆる千代哉　熊谷直好（『浦の汐貝』）
しきしまのうたの松原君ゆゑに　千年ふりにし色の見ゆらむ　同
老ひにける松も二葉のいにしへに　かへるか色の若みどりなる　山田清安（『作楽園遺稿』）
今日にあひて嬉しと松の思ふらん　こゝろは色に見えにける哉　同

三　『桂園一枝』

世は文化・文政から天保にかけての近世文化の爛熟期である。この十九世紀初頭は近世歌壇の興隆期でもあり、「千に余れる社友」（『桂園一枝』序）の結成をもって近世歌界に躍進的発展をとげた桂園派の一時代でもある。

『桂園一枝』と『桂園一枝拾遺』の刊行

その桂園の歌風をこの一書に結晶して、文政十三年（天保元年・一八三〇）の春に景樹は家集『桂園一枝』を刊行した。これにつづいて成った『桂園一枝拾遺』も、ほぼ天保年間に門人たちの手によって編集されている（刊行は嘉永三年）。書名は「猶桂林一枝崑山片玉」（晋書）から採られた。

両歌集の部立

『桂園一枝』は雪・月・花の三冊から成り、雪の巻には春歌百三十四首・夏歌八十七

『桂園一枝』表紙見返

同　奥付

首・秋歌百四十八首、月の巻には冬歌七十六首・事につき時にふれたる歌百四十五首・恋歌八十九首、花の巻には雑歌上百四十三首・雑歌下六十首と、雑体として長歌三首および反歌二首・旋頭歌五首・俳諧歌九十一首を収め、このうち「事につき時にふれたる」を部立として独立させたのは他の歌集に見えない独自なものである。

『桂園一枝拾遺』は、嗣子景恒と門人渡忠(わたり)秋とが協力して、景樹七周忌の嘉永三年に上梓し、四季から雑まで前集と同じ部立で、歌は短歌だけを七百数十首収めている。

この両歌集の内容に入るに先立って、このような景樹の著書を刊行するためには「桃花

桃花三年講

	収入	支出	摘要	差引残金
掛金	30両			
会費		2両2分		
配当		7両2分	3両　1分ずつ×12口 4両2分　2朱ずつ×36口 宗匠染筆1枚物1枚ずつ×96口 宗匠短冊2枚ずつ　×96口 計　240口不残当籤	
計	30両	10両		20両

（1両は16朱であるので　金2朱×240口＝480朱＝30両）

三年講」の組織があったことを記しておく。

文政十年（一八二七）三月、門人多久(おおの)敬・鈴鹿連胤(つらたね)・三宅意誠(もとのぶ)・指田東一・平野勘作（熊谷直好の岩国脱藩後の変名）・茶室金四郎・栗林覚兵衛の七人が発起人となって、師景樹の著述出版のための無尽講を起こした。

　桃花三年講　宗匠家年来著述の書若干巻追々上木の物入行届兼候に付、此度於二岡崎梅月堂一三年之間一ケ年三度之講会相催候。一社中深志之好士御加入所レ希候。

この勧進文において定められたところによると、三ヵ年間に毎年四月・八月・十二月の朔日正八つ時に会合し、各人の月掛は銀二匁で、四ヵ月約金二朱（銀八匁）となり、口数は二百四十口とする。ただし一人で数口を持つこともできる。一回の会合で一人金二朱の二百四十口で合計金三十両となる。これを籤によって配当すると前頁の計算となる。この毎期の残金二十両、一年で六十両、三年で百八十両の積立金が出版費に当てられることとなった（『歌人内山真弓』所収史料）。

この年五月に桂門に名を列ねた備中国庭瀬藩士岩月良直（白華）が六月十三日に、「香川へ行、講銀弐朱清門子へ相頼、宗匠へ出す。」（『上京日記』）と記しているのは、この桃花三年講の講金のことである。この講は爾来長く続けられ、門人泉徳寺正聴の天保八年三月二十二日の日記にも「朝香川へ至り懸金二朱遣し、……当月講短冊弐枚参候事、首夏風と欸冬露と也。」とある。

この桃花三年講の講金に対する反対給付として配分された短冊に関連して、景樹愛用

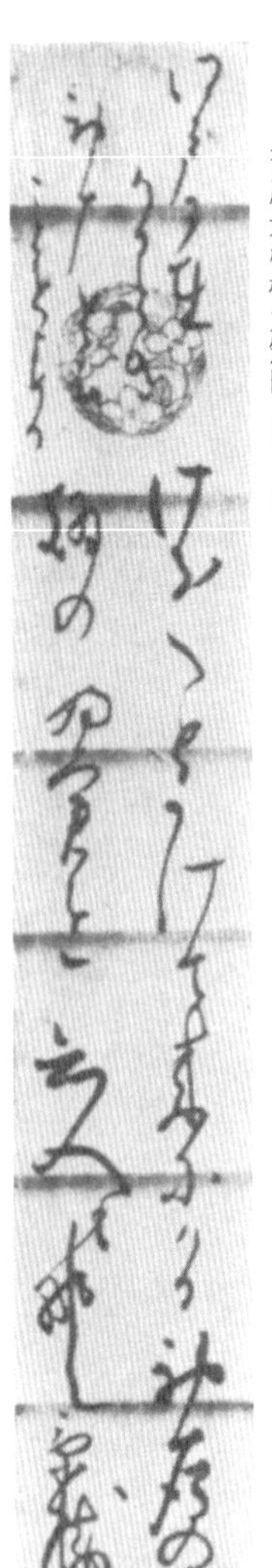

香川景樹桂丸短冊（著者蔵）

桂丸短冊

の桂丸短冊のことを付言しておく。景樹は桂園の号にちなんで桂花を丸形にした模様を入れた短冊を特別に調製して自詠を認めた。これが桂丸短冊であって、いかにも派手好みの景樹らしさの一つの現われであろう。

『桂園一枝』の論難

さて、景樹が絶対の自信をもって世に公にした家集『桂園一枝』は、その後、他に類例を見ないほどの多くの毀誉褒貶を集中させ、信田稲麿『桂園難歌撰』・宮下正岑『桂の曲枝』・秋山光彪『桂園一枝評』・相川功垂『ぬさのよる瀬』などの論難書があいついで現われた。それは三十年近い前の『二時百首』に対する加藤千蔭・村田春海の『筆のさが』や、十三年前の『新学異見』に対する本間素当の『新学考加難』や、六年前の『百首異見』に対する大江広海の『悪態異見』などよりも激しい批評であり、桂園派に対する国学派の意識的対立には熾烈なものがあった。

これらの「こはいかにもして師(景樹)の非を穿ち出んと思ひませる」論難書に対して、桂園派からの弁論書もつぎつぎと開陳された。座田太氏『桂園難歌書入』・小林良弼『桂の曲枝弁正』・中川自休『大ぬさ』などである。

景樹は毀誉褒貶を冷静に受けとめ、

あの太虚の星を見ずや、其小に見ゆるものは高遠にして実は大也。大に見ゆるものは必低し。とほき世のうた其すがたかすかに其心おぼろかなるは其見るめの及ばざる所にして、是を譬へんに、おのれが類ひは其分野にだに入事を得べけんや。落ちたる石の光にもあたりがたけん。引方の言をば漫りに信ずべきにあらず。誉は鴆毒なり。たゞ世の中の毀といふものこそは却て道を磨くの椋の葉なめれ。（『大ぬさ』序）

飯田秀雄

と論難をも徳としている。

こうして、『桂園一枝』についての二十種にも及ぶ論難と弁駁とが応酬される過程のうちに、景樹に対する評価はしだいに定着し、飯田秀雄は『桂園一枝』の中の秀歌を、

これらよく人の詠み得べきにあらず。真率にしてふるめかしく、詞に苦渋なくて、一首に余韻ふかし。所謂天保調是なり。かくさまなる多し。世の歌人、敵として誹るは上手なる徴なり。（『樟斎漫筆』）

大隈言道

と賞し、大隈言道は、

香川景樹が集桂園一枝、已れ八九年前（弘化四年頃）書肆にてふと見しに、その名が目につかで、凡人の集ならめとあなづりたるを、今よく熟読するに、古人に劣れるこ

と莫大なれど、今人にまされること百倍なり。これもなかなくの目にては見えがたからんか。(『ひとりごち』)

と評するように、近世の歌集の中では最も優れたものの一つとして、『桂園一枝』『同拾遺』はその地位を確保したのである。

『桂園一枝』の秀歌

『桂園一枝』の歌については、景樹自身にも天保八年十一月から始めた『桂園一枝講義』(『桂園遺稿』所収)があって、作歌の意図と歌意が述べられているが、次にのちのちまで景樹の代表作として歌界に認められる秀歌のいくつかを集中から選んでみよう。

筏おろす清滝川のたきつ瀬に　ちりて流るゝ山吹のはな

五十年前のうたなり。万葉風をしきりによみたる時の歌なり。ちりて流るゝ山ざくらかな、村紅葉かなとありてもよきやうなり。なれどもさにはあらず。山吹の歌となる調を見るべし。さて筏おろすはたゞ清滝川のさまなり。筏がゆきたるにはあらず。(香川景樹『桂園一枝講義』)

(松波)資之曰。過しころ木村半六行納がいはく。景樹宗匠へ一番よき御歌をと願ひしに、五六十日もすぎて、筏おろす云々のうたをもらひたり。されば此うたが

景樹もよきとおもはれたりと見えたり。（同前、松波資之註）

此歌まことに高調、其けしき眼前にうかびて、たやすくよみがたき也。これをおほかたの人は、いづれがよきとて心もとゞめぬは、其余情ふかきをえしらぬなりけり。（中島広足『橿園随筆』）

すぐれた叙景の中に美しい調を持つた歌である。筏とたきつ瀬と山吹の花との調和がまことに美しく、一幅の絵のやうに見えるのである。叙景の捉へ方がしつかりして居り、その対象の調和といふことが重んぜられ、美しい「しらべ」を感ずる歌で、景樹的なるものゝ一つの姿相であろう。（実方清氏評）

有名な歌になつてゐるが、筏おろすは実景ではない。実景と見ると山吹の花の清

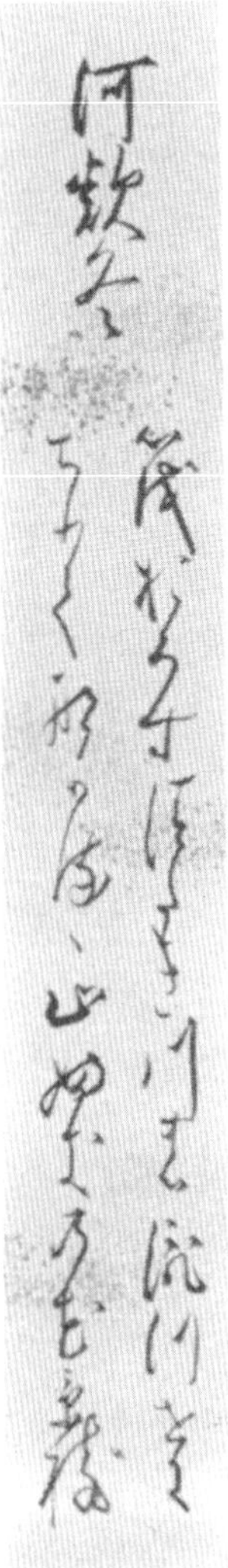

香川景樹短冊「河欵冬」（著者蔵）

新な印象を損ふことになる。これは景樹もいつてゐるごとく清滝川の急流をあらはすためのことばである。筏くだすなどとなつてゐないところに注意すべきである。上句の強さを受けて、散りて流るゝと一気にきたところ、山吹の花であつてこそ、その情景が極めて鮮明なものになつてくると思ふ。（山本嘉将氏評）

註、一首の作歌から受ける印象と理解のし方は人によって違いがあることの例としていくつかの評言を挙げた。私を惹きつける歌が彼には無味なこともあろうが、私にも彼にも彼女にも多くの人に感動を呼ぶ歌の多い歌集を指して名歌集ということができよう。印象や理解のし方は各人まちまちであっても少しも差支えないと思う。

大井川かへらぬ水にかげ見えて　今年もさける山ざくらかな

此歌は解きにくき歌なり。強ひていはんに、水は行くなりに行くなり。返らぬものなり。時に其水にやはりうつりてあるなり。昔の花がうつるではなきなり。返らぬ水に影見えて返つたやうに見ゆるが風景なり。今も昔に見ゆるなつかしみなり。感情自然にあるなり。（香川景樹『桂園一枝講義』）

ながれる水と、春がくれば又花を咲かせる山桜と対照させてゐる。作者の重んじたなだらかな優美なしらべを感じ得る歌である。たゞこの歌には「逝く川の流れは絶えずしてもとの水にあらず」といふ思想があつて、優美な中に、また自然をみつめて居る中に人生の姿を感じさせるものがある。（久松潜一氏評）

ゆけど〳〵限りなきまで面白し　小松が原の朧月夜は

実感を自然的に表現せるものである。平凡な言葉を用ゐ、そこにのび〳〵とした優美な調をなして居る。まことに景樹的なるものゝ本質はこの歌の中に躍如として現れて居る。実情実感が一首の中にあきらかに現れ、全体として水の流れるが如く律動を感ぜしめるのである。（実方清氏評）

うづみ火の外(ほか)に心はなけれども　むかへば見ゆる白鳥(しらとり)の山

景樹の代表作としてよく挙げられる歌である。またそれだけに、想調共に桂園流の長所を発揮した歌といつてよい。この歌に現はれて居る心持は、世俗に超脱し得るだけの修養を積んだ人に許されたものであつて、埋火に心が囚はれてゐるやうで、その実、然らず。偶々眼を窓外に放てば、眼底に落ち来る山の美を味はひ得るだけのゆとりある心持である。（平田良平氏評）

埋火にたゞこもつてあたつてゐる外、何も思ふ心はなく、自然を見ようとする心持もないのであるが、向へば白鳥の山が見えるといふので、自然と心境とが一になつて居る。景樹の歌としても絶品である。（久松潜一氏評）

富士のねを木間(このま)木間(このま)にかへり見て　松のかげ踏む浮島(うきじま)が原

『中空日記』といふ景樹が五十一歳の時、江戸へ来てゐたが、二月、名古屋まで行く時の道の記の中に出てゐる歌である。上三句は、富士の清らかさを「木の間木の間」といふ事によつて説明なく現はしてゐる。見える限りは見ずにはゐられない心で、その心は旧暦二月の雪の富士の清らかさの為である。「松の蔭踏む」は同じく清らかさを聯想させるものである。この感は作者のその時の感で、読者に同感を求めてゐるところのものである。作者の感の伝つて来ることを覚えさせる。（窪田空穂氏評）

夕日さす浅茅が原にみだれけり　薄くれなゐの秋のかげろふ

秋の夕日が赤々とさしてゐる。眼をさへぎる物のない浅茅が原に、薄くれなゐの翅をひらかして乱れた状態で飛んでゐるやんまを見て、面白いと思つて、見た状態だけをいつて、その面白さは余情としたものである。誰も見てゐる光景で、詞にならないやうな事を、気品を持つて現はしてゐる。（窪田空穂氏評）

妹といでて若菜つみにし岡崎の　垣根こひしき春雨ぞふる

しとく＼と降る春雨に、若菜を楽しくつんだ昔の事を思ひ出してゐる情緒のあふれた、なだらかな調の歌である。（久松潜一氏評）

おぼつかなおぼろおぼろと吾妹子が　垣根も見えぬ春の夜の月

一首、題詠的で、構成を持つた歌である。しかし、それにしては感じが自然で、柔らかで、謂はゆる実景実情に近いものを持つてゐる。（窪田空穂氏評）

照る月の影のちりくる心地して　よる行く袖にたまる雪かな

京都の冬の実際を詠んだものである。月が照りながら雪が降つてゐるといふ事は、処によつては想像もし難い事であるが、京都では珍しくない。読後の感は、照る月の光の照つて来るのと、袖にたまる雪とが印象されるだけなので、散り来る影が即ちたまる雪であるかの感を起させて、余情が極めて深い。（窪田空穂氏評）

蝶よく＼花といふ花のさくかぎり　汝がいたらざる所なきかな

香川景樹短冊「寒月」(『南天荘雑筆』所収)

摂津国に人を訪れての帰り道、あざみや姫百合などが咲いているのを見て、山の奥であることを忘れ、都の野辺に遊んでいる興趣をおぼえての作歌。「ちようく ちようく菜の花さいた」といったような童謡を思いださせ、いかにものどかであるが、同時に余情もあって心の深さを感じさせる。気負ったものはいささかも見られず、歌の世界にとけこんだ歌人のいつわりのない姿である。いわゆる代表作ではないかもしれない。この歌を選ぶことに多少の勇気も必要とされたが、景樹が晩年に『桂園一枝』中に選んだことを思えば、それはもとより無用のことであらう。(土田将雄氏評)

めせやめせ夕げの妻木はやくめせ　帰るさ遠し大原の里

故弥富浜雄氏は近世期最大の名歌といひ、福井久蔵氏も「顧ふにこの一首は彼の絶唱であらふ」と推奨してゐるが、この軽妙、この品位、而してほのぐとした浪漫の情緒の中に漂うてゐるこの俳諧の妙味と、人生寂寥の感は実際称讃の言葉もない。蓋し彼の生涯における傑作の一つであらう。（黒岩一郎氏評）

以上は『桂園一枝』『同拾遺』の中から私の共感した作歌を選んで、諸氏の評言を参考までに引いてみたものであるが、その他に挙げるなら、

樫の実の一つ二つの願さへ　なることかたき我世何せむ

野の宮の樫の下道けふくれば　古葉とともにちるさくらかな

など限りはない。要は読者の胸に共感をよぶその強さであって、「まこと」であれ「しらべ」であれ「なだらか」であれ、実作あっての歌論であり、感動をよぶ実作がなければ百の理論も無価値である。景樹の理論は実作の中にも活きている。

第五　桂門歌人群の育成

一　京坂の桂園派

景樹を中心として結成される桂門歌人群は、「就学者以〻万計」（『野史』）とか、「三千の門人」（『歌学』二号）とは誇張されているが、「千に余れる社友」（『桂園一枝』序）、「千をもて数ふる門人」（『随聞随記』）とは決してオーバーではなく、私の調べた範囲内でも総計約七百五十人を挙げることができる。

『桂園入門名簿』

景樹門人として正式に名簿に名を列ねる人たちは、享和の頃から文政十年に至る三十年に近い間の記録を欠いていて（関東大震災で井上通泰家で焼失）、文政十一年から天保七年までの九年間は『桂園入門名簿』（『国学者伝記集成』所収）として残り、この名簿だけでも二百三十四人の名を載せており、天保八年から景樹没年の同十四年までの七年間もまた欠いている。彼此補い合って数えるなら、千の社友の誇称でないことを知るべきである。

『桂園入門名簿』に記載の二百三十四人のうち、国名分明の歌人は、北は陸奥国から南は薩摩国に及ぶ三都三十一国において二百二十二人である。これを地域別に見ると、

近畿	中国	四国	九州	中部	関東	東北北陸	計
九九	三四	七	二〇	三一	一五	一六	二二二
四四・六%	一五・二%	三・二%	九・〇%	一三・九%	六・八%	七・二%	一〇〇%

となる。

この表を見ても、桂園派を構成する歌人群は、桂園所在地の京都を中心として、その周辺の桂門歌人が半数近くを占めているが、その他の半数以上は全国各地をその出生地とし、しかもそれは藩府の所在する城下町のほかに町方・村方にも遍在している。さらに出身階層の面から見ても、公家・僧侶・神官・武士のほかに、多数の商人と農民が含まれている。

例えば、先に挙げた初期の桂門十哲

①熊谷直好・②木下幸文・③桃沢夢宅・④赤尾可官・⑤亜元・⑥玄如・⑦早川紀成・

⑧斧木・⑨菅沼斐雄・⑩高橋正澄

の十人について見ても、その出身地は、

京都④⑤、近江⑧、伊勢⑦、信濃③、備前⑥、備中②⑨⑩、周防①

であり、出身身分は、

公家侍④、武士①⑦、僧侶⑤⑥⑧、農民②③⑨⑩

である。このような地域的・身分的な桂園派歌人群の構成を念頭におきながら、主要各地の主要歌人と、その人たちに対する景樹の指導についてのべてみたい。

まず本拠地京都についてみると、文化二年に赤尾可官の詠草

轡虫を　よひ〱になく声きけどくつわ虫　なにのおもひとさしも知られず

妻こふる声とはなしに轡虫　秋のよすがらなきあかすらむ

赤尾可官

に対して、「此二首……たゞことわりのみにて何ともなく侍り。何ともなきはやがて調の整ひ侍らぬが故なり。よく考へみたまへ、ことごと砕けて侍るなり。」(『随聞随記』)といい、天保八年の書簡では、「理りはなくとも、世に有詞ならば申べし。理りは尽せりとも、世になき詞ならば申まじき事、又論なし。」(同前)として、「ことわり」を捨てて「しらべ」

を歌い出す桂園歌風の本領を説いている。

これを山本嘉之の詠草の添削の例で示すと、

山本嘉之

冬夜難明

ふゆの夜は我さへかくも寝ざめけり　老にし人はいかに嘆かむ

是は老人を思ふの調にあらず。荒涼也。……老人を思ふとならば　老人はいかにあるらん冬の夜は我さへかくもわびしきものを　などよむべし。(同前)

とする。柏原正寿尼にも同様のことを教示する。

柏原正寿尼

ことわりはたじろぐとも苦しからず候。調のうるはしきが宜しく候。(同前)

こうした景樹の指導を受け景樹に親近する京洛桂園派は一人一人を挙げて述べると際限がないので、主要歌人の一覧表を掲げておく。

京都桂園派主要歌人

氏名	家号等	生年 没年	住所	身分等	桂園入門年
桃沢夢宅	垂雲軒 振思亭	一七三八　元文三年 一八一〇　文化七年	信濃国出身 岡崎住	名主	享和元年以前
誠拙	無用道人	一七四六　延享三年 一八二〇　文政三年	伊予国出身 相国寺等住	僧侶	文化九年頃

小泉重明	東岡	?一七五五 宝暦五年頃	摂津国出身 岡崎住		享和元年以前
茶室実寿		一七五七 宝暦七年頃	室町御池南	天文暦算家	文化二年以前
常楽寺恵岳		一七六〇 宝暦一〇年 一八二七 文政一〇年	下京裏寺町	僧侶	享和元年以前
佐々木真足	青峯	一七六一 宝暦一一年 一八三八 天保九年	片岡町		享和元年以前
赤尾可官	柏園	一七六四 宝暦一四年 一八五二 嘉永五年	日枝山麓	林丘寺宮家士	寛政一二年以前
山本昌敷	駿河守	一七六五 明和二年頃 一八二二 文政五年		宮侍	享和元年以前
山本嘉之	相摸守 慧雲	?一八〇〇 寛政一二年頃	(昌敷の子)	大炊御門家大夫	文政二年以前
斧木	垂雲軒	一七七二 安永元年 一八二五 文政八年	近江国出身 岡崎住	法橋	文化元年以前
多久敬	大和守	一七七二 安永元年 一八四五 弘化二年		伶人	文化一一年以前
亜元	小竹園	一七七三 安永二年 一八四二 天保一三年	後江戸住	僧侶	文化三年以前
榎並隆璉		一七七五 安永四年 一八四四 弘化元年	中立売室町西		享和元年以前
玄如	孤桃軒	一七七八 安永七年 一八三三 天保四年	備前国生 景樹下僕、後寺住	僧侶	享和二年以前
中川自休	望南亭	一七七八 安永七年 一八四一 天保一二年	北平野村	有栖川宮諸大夫	

朝山常清	蔵六堂	一七八三 天明三年 一八四六 弘化三年		九条家諸大夫	文化八年以前
三宅意誠	右近将監	一七八八 天明八年 一八三七 天保八年	今出川小川東	公家侍	文化一一年以前
中島勝称	柿園	一七九〇 寛政二年 一八五五 安政二年	一条堀川	近衛家内人	文政一一年
松岡帰厚		一七九一 寛政三年 一八五一 嘉永四年		吉田家家司	文政元年以前
清水載之		? 一七九一 寛政三年			天保六年
疋田千益		一七九三 寛政五年 一八六九 明治二年		東寺公人	天保五年
青木行敬	右衛門大丞	一七七九 安永八年 一八四一 天保一二年	岡崎		文化二年以前
鈴鹿連胤	誠斎	一七九五 寛政七年 一八七〇 明治三年	吉田	吉田神社社司	文政六年以前
松園坊清根		一七九九 寛政一一年 一八六二 文久二年	北野	僧侶	天保一〇年以前
中川長延	蓤花園	一八〇四 文化元年 一八六八 明治元年		近衛家諸大夫	天保二年
寺内頼徳		一八〇九 文化六年 一八五七 安政四年	深草		天保四年
柳川正聴		一八〇九 文化六年 一八六三 文久三年		僧侶	天保五年
竹内享寿	萠園	一八一二 文化九年 一八六五 慶応元年		東寺公人	文政一一年

土佐光文	韓水	一八一二 一八七九 文化九年 明治一二年		画師	天保元年
高畠刀美子	麦の舎	一七八五 一八八一 天明五年 明治一四年	伊勢国出身 岡崎住	鍼医妻	天保二年
平岡敬重	竹庵	一八二二 一八七七 文政五年 明治一〇年	深草	窯業	天保以前
穂井田忠友	蓼莪	一七九二 一八四七 寛政四年 弘化四年	駿河国出身 誓願寺境内等	医師	文化一〇年頃
渡忠秋	楊園 桂蔭	一八一一 一八八一 文化八年 明治一四年	近江国出身 室町戒川上ル東	三条家家士	天保年間
山科元幹	桐園	?		典薬寮官人	文政九年以前
大道寺忠	停雲	一七九五 一八五七 寛政七年 安政四年	備前国出身	書家	天保四年

浪花桂園社

大坂には浪花桂園社が成立した。景樹は既に早く享和元年正月二十九日に京都梅月堂を発って大坂に赴いている。これが第一回の下坂である。この時に、

今日難波へ行くに、七条あたりまで伴ひ来りて（佐々木）真足ぬし

都べは憂事多し難波わたり　すみか求むと行かばたのまん

かへし

まことには住家もとめにゆくものを　知らずて人のおぼめかしける

こは憚るふしにあれば、心のうちにつぶやきつるのみ。(『桂園遺稿』)

と歌って、この頃すでに梅月堂を離れる心と、大坂に新しい住家を求める心が動いている。

享和二年九月に第二回の下坂、同三年五月に第三回の下坂、文化二年九月に第四回の下坂、その十一日に式の当座会があって、会衆は北村季敦・児玉孝志・光専寺義肇・大鱗・光福寺宗達・玄亜・梁岳・三枝子・信教尼と景樹の十人と記されている。この人たちが浪花桂園社の主要メンバーである。十月にもまた下坂、つづいて同三年八月から九月にかけても滞坂した。九月二十五日に、

たそがれ難波の桂園に入る。ここはおのれをおくべき所に、こたびもはら孝志ぬしのまかなひて構へられたる也。かつらそのとしもやがて名づけたるは、いと狭きかきつに、つきぐしき桂の一本生ひ立てればなり。(同前)

と記し、この浪花の桂園は有財の門人児玉孝志の篤志によって構えられていた。十一月二十三日にこの浪花桂園での兼題および当座に詠んだ景樹の歌がある。

兼題千鳥

わが岡の松の嵐は吹たえて　河原の千鳥こゑぞきこゆる

当座冬朝

初雪は夜もぞふるとおき出でて　山の高ねを朝なく見る（同前）

十二月八日に「浪花桂園の会きたらん十日にとりこすよしつげく」とあるので、毎月の浪花月次歌会が開かれていたことが知られる。

同四年二月十二日には「今日難波の桂園へと思ひ立ちて、巳のときばかりより宿を出て、入相の頃芥川にやどる」、十八日に桂園会で兼題および当座の歌をよむ。同五年四月二十八日に下坂、二十九日に桂園に着く。この時、

五月一日、光福寺宗達法師とぶらひ給ひ、さていへらく、こゝはあやめのせち近ければ、つどひくる人も侍らじ、おのが里はさるいそぎもし侍らず。かへりてせち過ては麦かる時に成ぬべう侍れば、それまでこなたへ来給ひなんや云々（同前）

と記されているのが浪花桂園の所在地に関する唯一の記録である。

この浪花桂園を設けた児玉孝志と景樹との応接は、翌文化六年に伏見宮家御内人となって江戸に下る孝志に、

児玉孝志

呉竹のふしみの宮の蔭なれば　常磐にのみぞ栄ゆべらなる　（同前）

と餞け、文化九年に越後に赴く孝志に、

おもへ君いづくに有も世中は　まこと独ぞたのみなりける　（同前）

と送り、文化十一年三月に孝志が没した日に罌粟の花を活けて、

ちる時にちるをしみればけしの花　人の果より種は有けり　（同前）

と弔う景樹の歌となって続いている。

信教尼

浪花桂園社友の一人信教尼は田簑（三番）に庵住し、文化二年に景樹が大坂で病臥した時は看護に当たり、文化六年三月二十八日に信教尼六十歳の賀会が触光庵で催されて景樹の祝歌があるが、詳しい経歴は解らない。

光専寺義肇

光専寺義肇は京都の真宗西徳寺に生まれ、寛政十年に大坂御堂の別院光専寺の輪番となった。文化三年の頃から景樹は下坂するごとに義肇を訪れていて、この頃に桂門に参加したのであろう。爾来絶えず景樹と親しかった。天保九年一月十三日没、七十三歳。

光福寺宗達

光福寺宗達は住吉の浦勝間の光福寺住職で、文化二年に景樹がこの寺に泊って以来親密である。文政六年に景樹が『土佐日記創見』の稿を成したのもこの寺においてである。

大坂桂園派主要歌人

氏名	家号等	生年	没年	住所	身分等	桂園入門年
児玉孝志		?	一八一四 文化一一年		伏見宮家内人	文化三年以前
光専寺義肇	叩月庵	一七六六 明和三年	一八三八 天保九年	御堂別院	僧侶	文化元年以前
光福寺宗達		?		住吉勝間	僧侶	文化二年以前
信教尼		一七五〇 寛延三年	?	田蓑（三番）	尼僧	文化二年以前
熊谷直好	長春亭	一七八二 天明二年	一八六二 文久二年	周防国岩国出身 天王寺狐小路	藩士	寛政一二年
森熊夫	三折 青山	一七八三 天明三年	一八六五 慶応元年	梶木町	医師	文政一三年
高橋正澄	残夢 清園	一七七五 安永四年	一八五一 嘉永四年	備中国笠岡出身 大川町浮世小路	大庄屋	文化一〇年頃
高橋正純	萱園	一八〇五頃 文化二年頃	一八八〇 明治一三年	同		文政一三年
木下幸文	亮々舎	一七七九 安永八年	一八二一 文政四年	備中国出身 白子町	農民	文化三年

伊丹の桂園派

浪花桂園社と並んで、摂津国伊丹の桂園派も盛んであった。享和元年二月に伊丹を訪れた景樹は、坂上氏・円通庵・梁岳・中村氏らと交遊し、享和二年九月に円通庵・山本氏別荘などで歌会を重ね、爾来景樹の伊丹行はしばしばである。この地の山本氏一族・

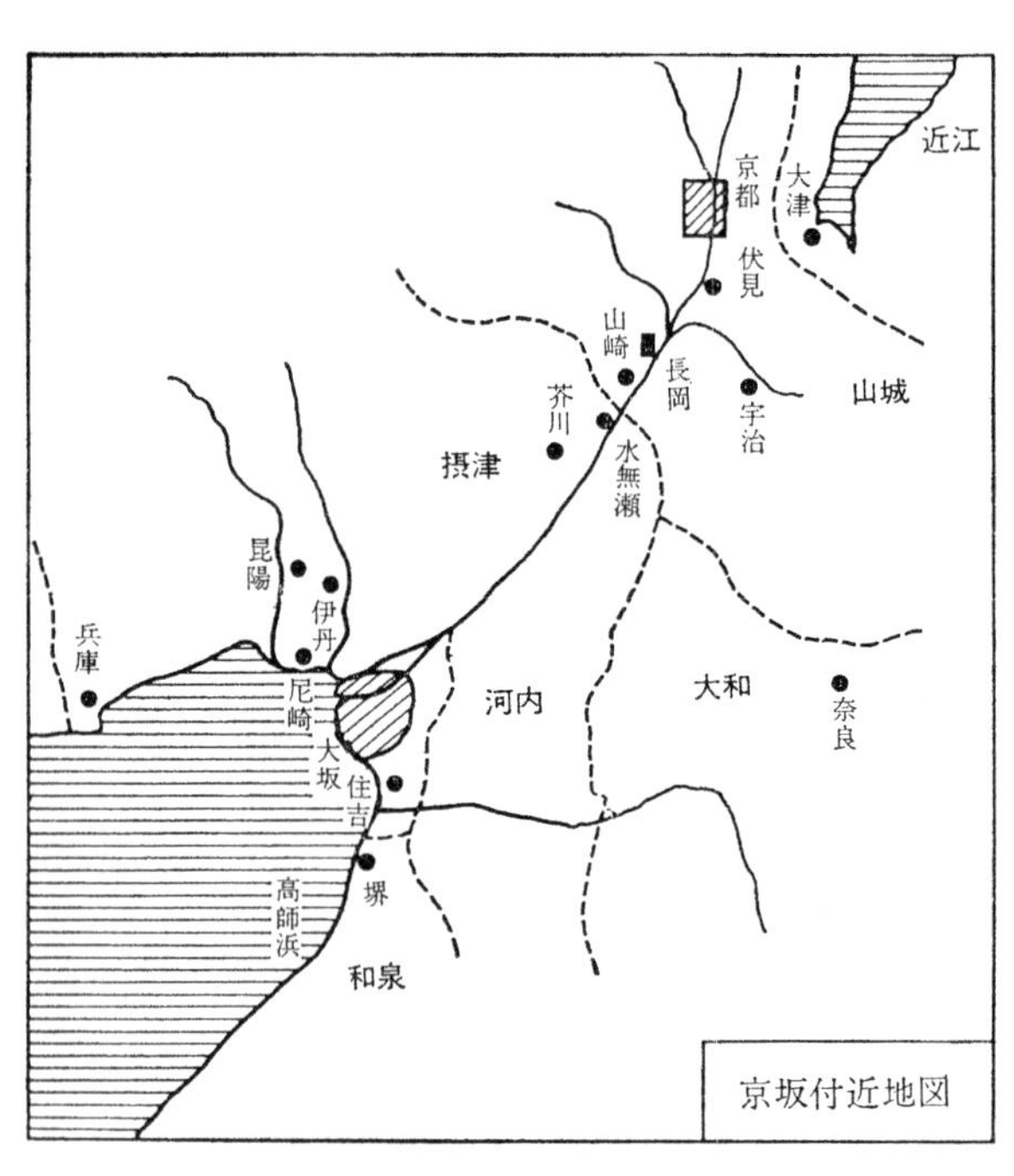

京坂付近地図

大塚氏一族などは経済的後援者でもあった。景樹の大坂および伊丹行を文化三年の例についてみよう（『桂園遺稿』）。

八月二十七日、木下幸文を伴って大坂に下る。鏡野美晃が東寺の四塚まで見送る。長岡天満宮に立寄っての歌。

長岡の昔の跡をきて見れば　秋田のくろにすゝき靡けり　幸文

長岡のふもとの里にこえくれば　秋の日影は傾きにけり　景樹

水無瀬の里の門人八木原安綱の知り人松泉坊に泊る。

二十八日、淀川づたいに三島江・鳥飼・江口を過ぎ、長柄の渡しちかく日は暮れ、大坂御堂の門人義肇法師の許に泊る。三十日、義肇法師の許を出て、住吉勝間の門人光福寺宗達の許に着く。九月一日、宗達の案内で住吉神社に参詣。

浦秋夕

夕されば浦こぐ舟も住のえの　芦のほのかになりにける哉

ここの人びとと三十首当座などの歌を詠み合う。兼野紀伊子に歌学のことを示して、

今日こそは歌のまことを聞きそめて　よむべき物と思ひなりぬる　紀伊子

今更に入る道としも思ふなよ　常いひなれし大和ことのは　景樹

六日、ちぬの海・堺の浦を経て和泉国高師の浜に遊ぶ。

をとめらと小貝ひろひてあそびつる　きのふの浜べけふは波たつ　幸文

みつしほの高師の浜の夕づく夜　松原ごしにみつるけふ哉　景樹

十日、勝間を出て義肇の許に帰り、十一日に三番の里(簑田)の梁岳法師の庵に泊り、十五日まで滞在。この間、因幡時代の学友林宣義が大坂から来訪。「ふみを懐に入れて

師（清水貞固）のもとに通ひつる時、かゝるさやかなる夜もありしなど何くれ語らひふかす」。

いにしへのたみのゝ島の跡にきて　わが昔さへ語りつる哉

十六日、伊丹に行く。神崎で日暮れ、広瀬重嵩の許に着く。大塚智妙尼・大塚崎子その他「各々つどひて待ちわび」て居り、早速に当座の歌を詠み合う。二十四日まで八日間滞在。この間、重嵩の妹当子・谷川重直・山本寿性尼・大塚智妙尼・大塚智晴尼・中村民一・大塚崎子・大塚寛愿・大塚寛柔などが当番でそれぞれ歌会を持ち盛会であった。

二十五日、大坂に帰り、児玉孝志の出迎えを受けて浪花桂園社に入る。二十六日、孝志・梁岳・秀眼・紀伊子・雅野子・幸文と桜の宮に遊ぶ。十月十一日、久世の渡りに小泉重明・岸本方忠・鏡野美晃・奔月の出迎えを受けて京都に帰る。

伊丹桂園派主要歌人

氏名	家号等	生没年	年	住所	身分等	桂園入門年
中村民一	退耕	一七三三 一八一七	享保一八年 文化一四年			享和元年以前

山本寿性尼		一七四四 延享二年—?	猪名	尼僧	享和二年
梁岳	紫竹庵 七九庵	一七四八 寛延元年—?	猪名川東畔 のち三番(田簑)	僧侶	享和元年
大塚知晴尼		一七五〇 寛延三年—?	猪名野	尼僧	文化三年以前
山本重英	松斎	一七六八 明和五年—?			文化二年以前
坂上寛		一七八四 天明四年—一八〇六 文化三年			享和年間
大塚知元尼		?		尼僧	文化六年以前
大塚寛柔		一七七八頃 安永七年頃—?	猪名野		享和二年以前
奥村嘯月尼		?		尼僧	享和元年以前
谷川重直		?			享和二年以前
法性寺水月	金龍叟	?—一八六〇 万延元年	猪名中村	僧侶	文化年間
山本重嵩		?	猪名		文化二年以前

二　信濃の桂園派

桂園派の牙城京坂についで多数の桂門歌人を出しているのは信濃国である。これは、景樹の初期の門人に桃沢夢宅がおり、つづいて内山真弓が出て四方に桂園の歌風を広め、萩原貞起の経済的バックアップもあって信濃桂園派を盛り立てたからである。

桃沢夢宅

旧派歌人澄月に就学していた桃沢夢宅は、香川家入家間もない頃の景樹に学ぶようになり、景樹はこれについて、

> 夢宅氏なども十年前（寛政十二年頃）下拙によりて年来の非を改め、遂に此道の誠の節に立入被レ申候。此人など下地邪路の修行五十年に候へば、大むつかしに候へども、一度めを付候へば、もと心の沙汰故、事もなく歌らしく相成候。（『随聞随記』）

といっている。

内山真弓

内山真弓は文化七年に二十五歳で上京して景樹に就いた。景樹の真弓に対する指導には、

鶯鳴梅

梅の花あればぞ来なくうぐひすを　我をとひぬとおもひけるかな　真弓

これらもしらぶるにはあらで、ことわるなり。(同前)

とかく過なき様に、なだらかによみもて行き候へば、神人共にいつの間にやら感嘆の時来る事に候。(同前)

御歌いたくあがり候。あがるに従ひて申すこと少からず候。……さて今はすがたと云所に心をとめ玉ふべし。……其すがたを得ざれば歌也とは申難く、さらば最第一の工夫に候へば、これよりそれに御かゝり有たく候。(同前)

などとある。

西筑摩郡贄川宿の豪農贄川勝己は初め香川景柄に学び、文化七年に七十歳で詠草を景樹に送って入門し、同十年九月に上京して直接師事した。景樹は、

贄川勝己・都築吉容去年来寄宿のうち、新学考を写し取り帰りたり。(同前)

とかく虚気に不レ走様専一の事に御座候。是を誠と存じ候。(同前)

万葉の詞は万葉の世の俗言なり。古今の詞は古今の世の俗言なり。さらば今の歌は今の世の俗言にて云べき事論なく侍り。(同前)

贄川勝己

という。

巣山永清

同様のことは木曾平沢の巣山永清にも示される。

歌はいつの世の歌をみならひ、又誰の歌をまねぶと云事は更に有まじき事也。……されば書を捨て、実物実景に向ひて、わが調にて、今の詞にて誠をのべ試み給ふべし。（同前）

杉浦盛樹

松本藩士杉浦盛樹は天保二年に二十一歳で入門し、盛久の名を改め、景樹の一字をもらって盛樹といった。盛樹の詠草に対して景樹は、

調あれば歌、調べなければ歌にあらず。いか程いひふりたるため言を申し候ても、此調とゝのふ時は、はじめて聞たるばかりの感ある事、心をひそめて古人の歌を見てしり給ふべし。（同前）

といって、調べは土俵の上で相撲をとることで、土俵を出てとったのでは相撲でもなく歌でもないとする。「家言に、歌はことわるものにあらず、調ぶるものなりと申し教へ候なり。」とは景樹の歌学のアルファでありオメガであった。

神方升子

松本藩士神方新五左衛門の養女神方升子（ますこ）（歌名は秋園古香）は天保二年に二十九歳で入門

し、天保九年に「秋園古香近わたりに移り住みける」に景樹は、

　今までもへだてぬものを中垣の　となりかくなりとけてかたらん（『桂園遺稿』）

と親近を喜び、天保七年の升子詠草には、

　両三年来のは何とも手さし成難きやうに侍りし。此巻など存外打静まりたる方に候。かゝらでは歌と申す所の体裁を失ふことに候へば、最第一の心得の事に候。（『随聞随記』）

として、彼女の才気に走りすぎるのを戒め、かつて小沢芦庵から「才のはしり過ぐるが患なり」と訓誡されたことを思い出して、これは貴女のためでもあると注意した。添削の例としては、

　此里は垣根の野辺に宮古人　来る（見ゆ）こそ春の来たる（しるし）なりけれ（る）

　此里などきはやか過候方故、聊か姿下り品ひきく聞ゆかし（同前）

とあり、やがて修練を重ねた升子は景樹から「五百年来の婦人の歌仙」と賞讃されるまでに成長した。

　これらの信濃桂園派歌人たちに対する景樹の指導は、その人によりその時に応じて的確な助言となって記されているが、まとめていえば、

1、調あれば歌、調べなければ歌にあらず。……心をひそめて古人の歌を見てしり給ふべし。（杉浦盛久詠草に）

2、唯、人麿・貫之を窺ひ給へ。景樹如きの処をな意にかけ給ひそ。（松本の猿田彦詠草に）

3、古今集など皆調とゝのへる歌にて侍り。御熟考あるべし。（南筑摩郡高家村藤木光好詠草に）
古今集をのみ見給へ。いさゝか会得の道あるべし。（松本の丸山弼詠草に）

4、（真淵の古今集）打聴、（宣長の古今集）遠鏡などの注は見給ふべからず。千里のあやまち出で来べし。只（古今集）本文を見給へ。（同前）

5、古今（集）も見ずして、実物実景に向ひて、今の平語にてよみ給ふべし。（同前）
書を捨て、実物実景に向ひて、わが調にて、今の詞にて誠をのべ試み給ふべし。独、古に恥ぬ歌もいでき侍るべし。（巣山永清詠草に）

となり、その「まこと」とは何か、「しらべ」とは何であるかについては、景樹の歌論の箇所でのべたとうりである。

このような精緻な歌学修業が果たして信濃という寒郷で可能であろうかと贄川勝己の知友の丸山弼は疑問を提出する。これに対して景樹は、寒郷にしては、景樹が申所継うけ侍る人出来がたき御嘆息ことわりに侍れども、さるは都にもさらにあるべくも見え侍らねば、そは都鄙のかゝはる所に侍らず。これは歌の上手下手にもよらず、又賢不肖にもよらず、只誠の志のみ。(『随聞随記』)

と「誠の志」を説き、辺境歌人の自覚と発奮を促し、地方歌人育成の熱意を披瀝している。文政元年の江戸下向に先立っては、賛川勝己に「明春者必其辺巡行と相含候へば御待可ㇾ被ㇾ下候。」と書簡を送っているが、これはついに実現しなかった。

天保十四年三月二十七日に景樹が没すると、かねて景樹から、

信濃なる松本の社中へ

散うせぬ言の葉いかにかきつめて　冬こもるらん松本の里

と愛顧されていた松本の社中は、五月十九日に萩原貞起が発起人となって、松本伊勢町の浄林寺で盛大な追悼会を営んだ。会する桂園社友は山科元斡・中沢重樹・内山真弓・倉科希言・近藤弘方・井垣直雄・杉浦盛樹・横山義彦・丸山保秀・小原漢生らである。

景樹追悼会

追悼会は未の刻に始まり、新しく窪田重寛の描いた景樹画像に貞起がまず焼香し、元斡が捧物、つづいて献香、和歌講読、当座和歌、夜に入って披講、題者は重樹、読師は

真弓、講師は希言、奉行は貞起、役送は漢生・直雄らであり、戌の刻に無事解散となった。追悼歌のうちの二首を記しておく。

君なくばまたやあれなんいにしへに　すきかへしたる歌の荒栖田　真弓

さみだれの雨はなふりそさらぬだに　袂くつべき五月なりけり　漢生

信濃桂園派主要歌人

氏名	家号等	生年	没年	住所	身分等	桂園入門年
桃沢夢宅	垂雲軒 振思亭	一七三八 元文三年	一八一〇 文化七年	伊那郡飯島村本郷	名主	享和元年以前
贄川勝己	蓬松庵	一七四一 寛保元年	一八二三 文政六年	西筑摩郡贄川宿	名主	文化七年
西郷元命		一七五七 宝暦七年	?	松本	家老	文化一三年以前
宮下正岑	自然亭	一七七四 安永三年	一八三八 天保九年	伊那郡飯島村	豪農	文化四年
宮坂道子		一七八〇 安永九年	一八三六 天保七年	松本	商人妻	文政一三年
内山真弓	眉生	一七八六 天明六年	一八五二 嘉永五年	安曇郡十日市場村	名主	文化七年
小林為邦	幽山	一七九三 寛政五年	一八五四 安政元年	松本	医師	文政五年

林　良本	亀　園	一七九四—一八六九 寛政六年—明治二年	松　本	家　老	文政元年
神方升子	秋園古香	一八〇三頃—一八七五頃 享和三年頃—明治八年頃	松　本	藩士娘	天保二年
萩原貞起	滝　園	一八〇八—一八七三 文化五年—明治六年	筑摩郡和田荒井	酒造業	文政一〇年頃
杉浦盛樹		一八一一—一八九一 文化八年—明治二四年	松　本	藩　士	天保二年
今井信古	欸冬園	一八一八—一八五九 文政元年—安政六年	下諏訪	神　官	天保六年
磯野直章		？	木曽福島	山村家家老	天保六年
都筑吉容		？—一八二九 文政一二年	西筑摩郡宮越村		文化九年
並木信粋		？	佐久郡野沢	名　主	天保七年
丸山辰政	三　峰	？	高井郡墨坂村	家　老	文政一一年
丸山　弼		？	松本？		文化一一年以前
小原漢生		？	松本郊外島内村		天保五年

三　三備の桂園派

備前・備中・備後の三備地方もまた桂園派の重要な地盤である。その地盤は木下幸文によって拓かれた。

幸文は桂門十哲の一人として、あるいはその双璧の一人に数えられながら、景樹に入門前も、また入門後も両者はとかく衝突しがちであったことは既にのべたとおりである。

台崇寺明阿

文化八年のころにおいても、景樹は備前国上道郡台崇寺の明阿に、

木下・貴体・高橋(正澄)等同じかたに御歌弊相見え申し候。これはひとり気がつくと皆なほり申し候。(『随聞随記』)

といって、幸文・明阿・正澄に歌弊の認められることを指摘し、それは要するに「しらべ」の有無にかかっており、「調をはなれて歌よまんとするは、燧をすてゝ火をもとめ、鎌を忘れて草を刈らんとする」からである。添削によってこれを示せば、

霧中雁

鳴わたるみ空のかりは秋ぎりの　深きこよひやわびしかるらん　明阿

「み空の雁は秋ぎりの」の二、三句の続きすべてにあはせて句調をなさず候。

秋霧の深き今宵はなき渡る　み空の雁も侘しかるらん

とすれば、二、三の句のびて全句の調整ひ候。(以下同前)

と修正される。この厳しい叱正は心して聞くべきである。

よき所は申さでもよし。あしき処を申すに侍り。古人も誉るは鴆毒と申し侍り。誉らるゝ為の師には侍らず。師叱り世誉る也。こゝを辛抱せぬ故誰も歌しらずに落入候。

高橋正澄

備中国笠岡の大庄屋高橋正澄の詠草にも前記のように幸文・明阿と同様の歌弊が見え、文化九年の頃にも、「とかく歌といふものにからめられたる所はなれ侍らず。」と批判され、さて「いさゝかも巧む意侍りては、よき歌はなきものといふことをさとるが此道の至りに侍るべし。」「御歌力入り過ぎたる方侍るべし。今少しさら〳〵と有たくや。」「意をすてゝ調ぶる事此道のかなめに侍る也。」と指摘される。

小神富春

備前国御津郡金川村の神官で国学派歌人の小神富春の詠草に対しても「御歌ことわり立過て、かへりてしらべなく候。よしことわりは立ずとも、調あるが歌なること、当夏滞京中もたび〱申す所なり。」と「しらべ」が強調されている。

塚村直

備中国浅口郡鴨方村の庄屋塚村直の詠草の添削の例で示すと、

依子規増恋

ほとゝぎす鳴声聞きし夕ぐれは　あやなく人のこひしかりける

この歌のの・けるの語調は整わず、「人ぞ恋しかりける」とすれば正調となる。一見些細なことのようであるが、初心だからといって看過できることではなく、それは誠が足りないからであるとする。

上杉きぬ子

備後国沼隈郡鞆浦の富商上杉清常の妻きぬ子の詠草に対しては、「御歌のすがたおとなしくやすらかにて、大によろしく候。」としたのち、「これ迄歌のこと誰に御きゝこみなされ候ことも、皆やくにたゝぬことゝ捨て御仕舞なされ」と厳しい。きぬ子は木下幸文と親しいので、「誰」とは暗に幸文を指しているのかも知れない。要するに「しらべ」が足りない。「調なからねばなり不ㇾ申候。」である。

的場健

備中国都窪郡早島村の的場健(その妻三重子は景樹妻包子の妹)に示した「歌はけしきあるものは、そのけしきのまゝにしよめば、やがてたれる也。」の例として一つのエピソードが

富商の経済的援助

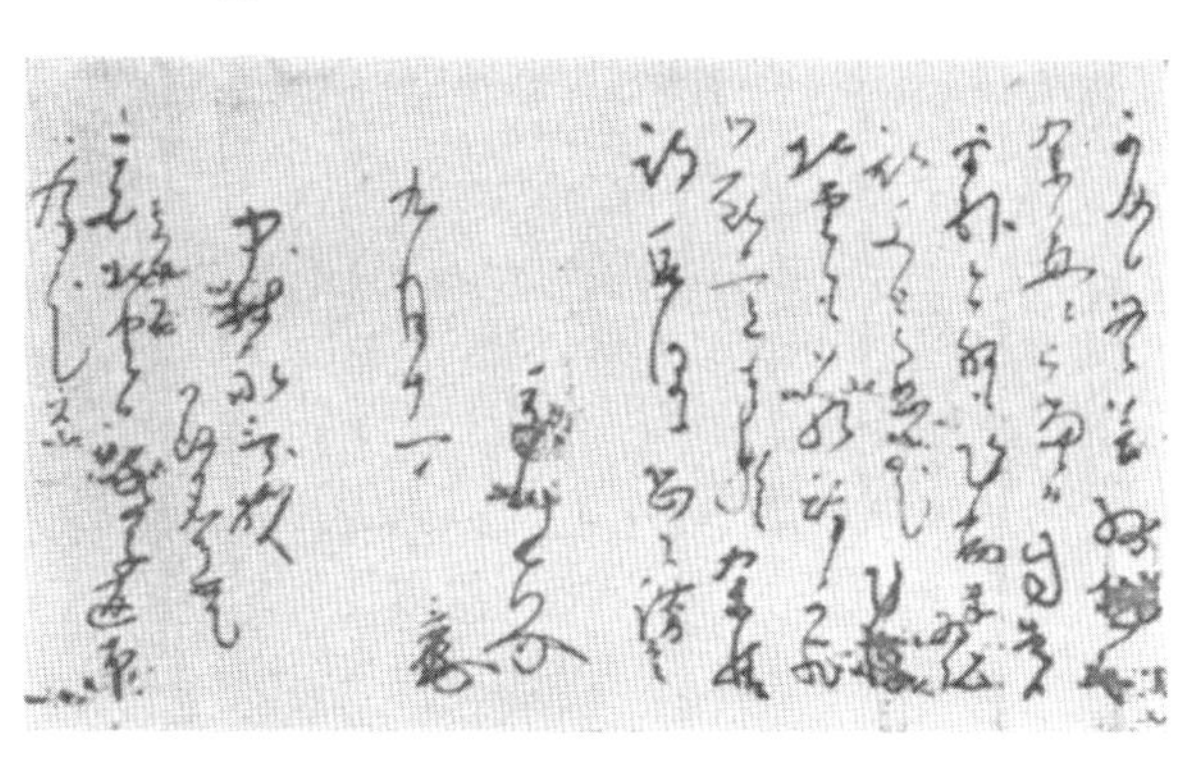

中村永三郎宛香川景樹書簡（中村弘氏蔵）

ある。文化二年閏八月三日の夕、上京中の健が景樹を訪れた時、包子が、「三日月の影山のはのうす雲にかゝれるがいとあはれ也。いでて見給へ。」と声をかけ、一同清らかな月影が傾くまで眺め、さて妻の言葉と入月のさまを「けしきはけしきにたりて、おのれがたくみいさゝか用なきこと」と歌にして示した。

出でゝ見よ都のかたの山のはの
　雲の絶間の三か月のかげ
大原やをしほの山の松ばらに
　かかれる月のをしくも有哉（『桂園遺稿』）

ここで桂園派の経済的基盤について触れておかなければならない。景樹の歌学指導を受ける上杉きぬ子の上杉家は鞆第一の富商である。米酢・油の製造

保命酒屋中村家

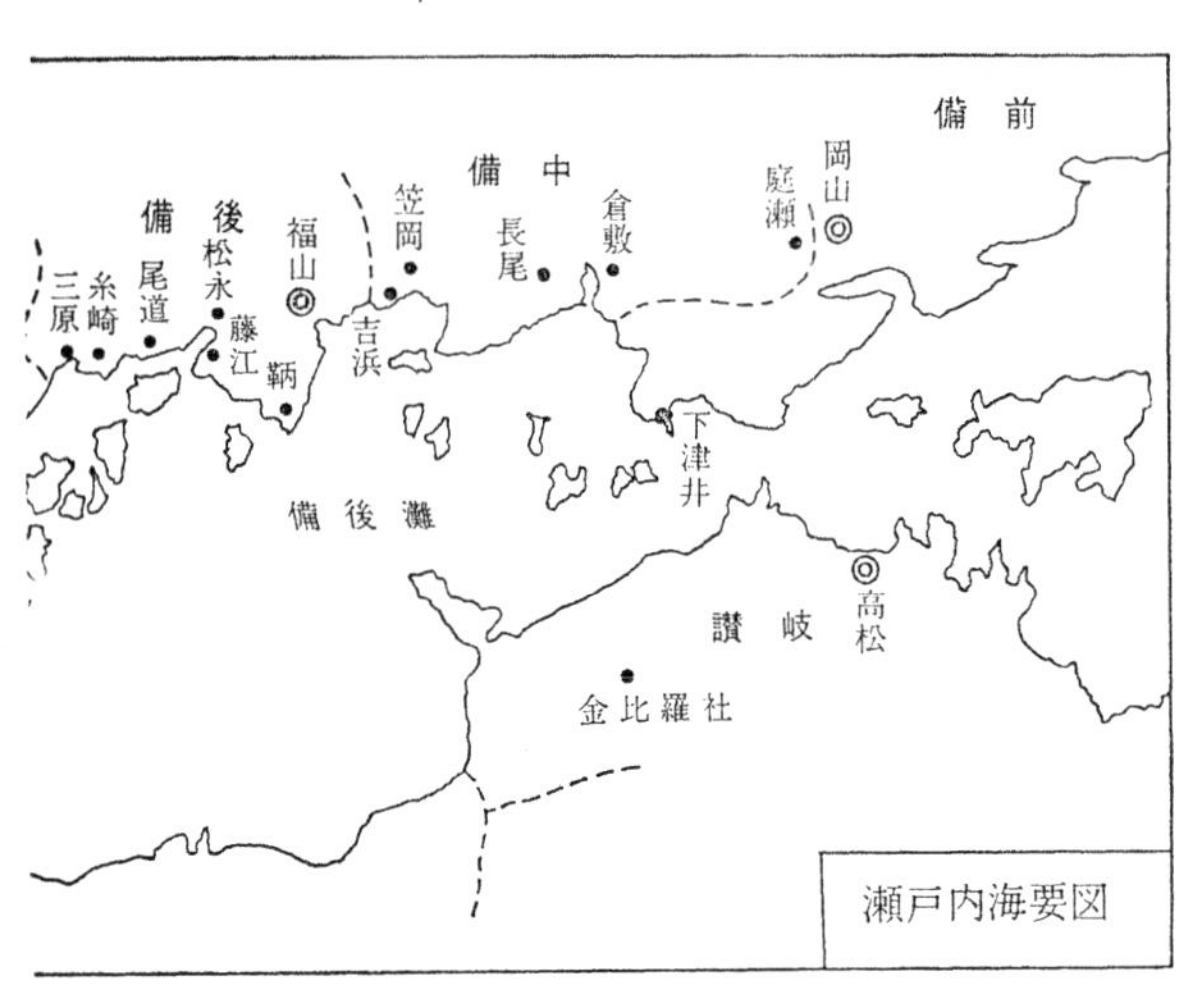

瀬戸内海要図

販売によって巨富を築いた上杉家には頼山陽が三度長期来宿しているように、文人たちにとっては格好のパトロンであった。桂園派歌人では木下幸文・熊谷直好が来宿しているが、きぬ子の子の上杉家九代平左衛門清憲は文政十二年に景樹に入門し、その子の十代平左衛門清章も景樹に詠草の添削を仰ぎ、このような近世商業資本家を門人とすることによって桂園社の経済的運営もまた可能であった。

　このことは、上杉家と並ぶ鞆の富豪中村家の場合に、より具体的な史料がそれを示している。保命酒屋中村家七代吉兵衛政憲は文政十一年に上京し、景樹宅に寄宿して歌学修行に励んだ。政憲の弟政顕の手控に、

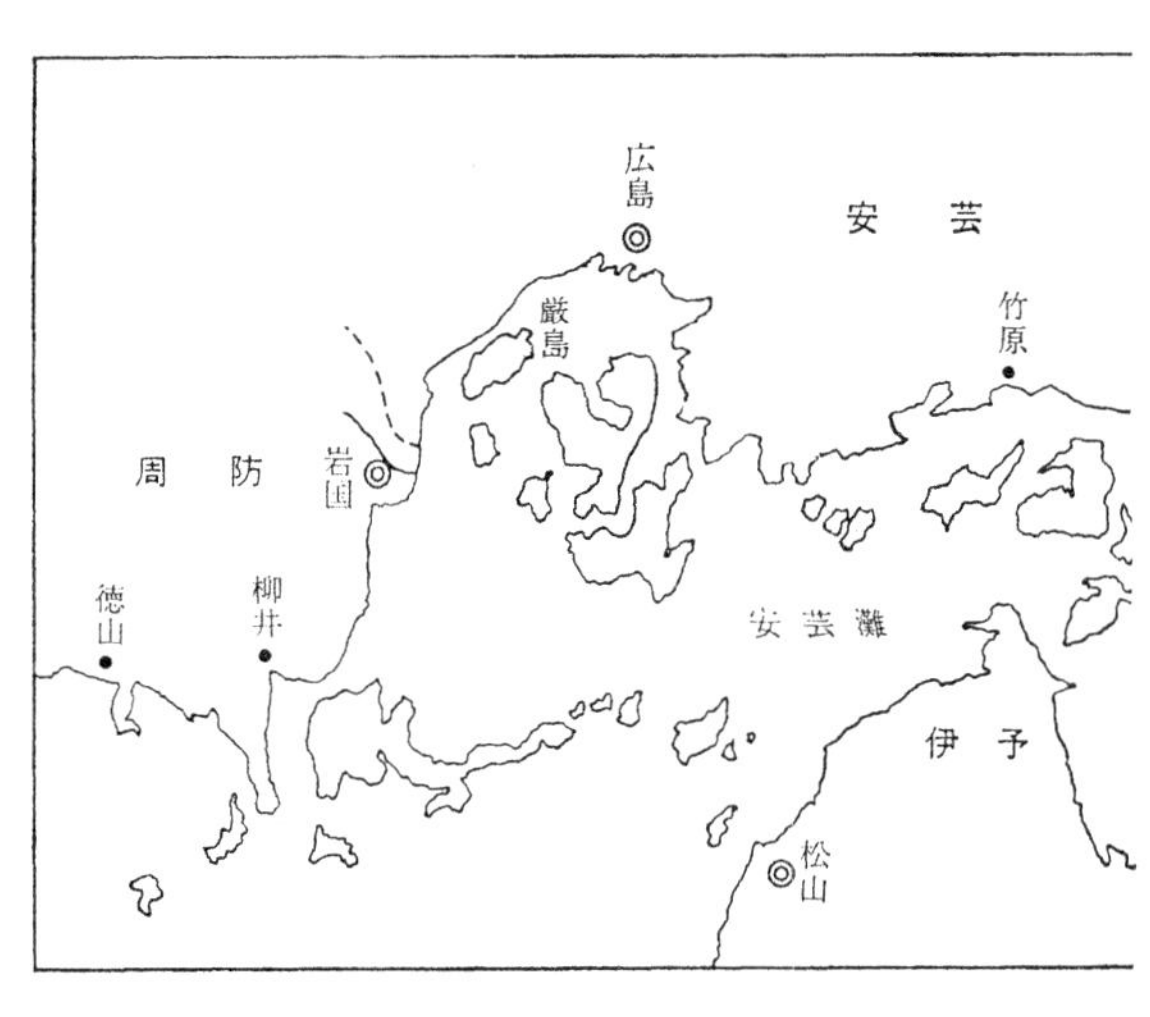

香川宗匠様え愚兄厄介ニ相成へ御挨拶、尚去冬より大病ニ被ㇾ為ㇾ入候趣ニ付、為二見舞一国三郎(政顕弟)より見舞状、外ニ鶏卵五十、菊酒五合箱入壱差登候。(『中村家古事記稿』)

あるいはこの頃の政憲宛の景樹の書簡に、

抑為二中元御嘉儀一金子百疋、北堂(政憲母古野)よりも同様御恵投被ㇾ下、忝幾久令二祝納一候。遠路御丁寧成御儀感謝不ㇾ斜候。且暑中御尋問として御名産之美品一包預二御恵贈一是亦忝云々。

また、天保二年十一月二十三日付政顕宛景樹書簡に、

御両所様御祝儀、且御舎弟様(政蕃)御入門束脩等慥ニ入手、忝幾久拝納、……右御祝

儀等上杉よりも御同様之事云々。

とあって、これら富豪の入門料や正月・中元の定期的祝儀（中村家・上杉家ともに金百疋）などは桂園社の重要な財源であった。

備後国松永の塩田経営者であり医師の高橋景張は天保七年に景樹に入門しているが、景樹没後の熊谷直好が「御菓子料弐包頂戴御礼申上候。」「御念入御菓子料并御点取連中より百疋頂戴忝拝収仕候。」と景張に感謝しているのも同様であり、また、備前国岡山の富商赤穂屋若林正旭（まさあきら）が天保九年に入門し、備後国沼隈郡藤江村で廻船業を営み、「福山のお殿様は十万石、山路の財産も十万石」といわれる富豪山路重信が天保二年に入門し、一族の山路三千子は景樹嗣子景恒に入門し、更にいえば、周防国岩国の油商松金屋又三郎（田中満慶）や、同国柳井津の富商室屋守田旁通（まさみち）も『門人録』に名を列ね、これら瀬戸内海沿岸港町などの富裕な商人の経済的・文化的なエネルギーを加入さすことによって、桂園派は近世歌壇として大きく成長することができたのである。

高橋景張

若林正旭

山路重信

田中満慶
守田旁通

中国地方桂園派主要歌人

氏名	家号等	生年 没年	住所	身分等	桂園入門年
塚村直	澹翁	一七五八 宝暦八年 一八一三 文化一〇年	備中国浅口郡鴨方村	庄屋	文化年間
岩月良直	白華	一七六六 明和三年 一八三八 天保九年	備中国庭瀬	藩士	文政一〇年
若林正旭	素一	一七六七 明和四年 一八四五 弘化二年	備前国岡山石関町	商人	天保九年
光雲		一七六九 明和六年 一八三九 天保一〇年	備後国芦品郡広谷村	僧侶	文化二年以前
的場健	復斎	一七七三 安永二年 一八三五 天保六年	備中国都窪郡早島村	医師	文化二年以前
同 三重子	後恵明尼	一七七八頃 安永七年頃 一八五七 安政四年	同	香川包子妹 的場健妻	文化三年以前
高橋正澄	残夢 清園	一七七五 安永四年 一八五一 嘉永四年	備中国小田郡笠岡	大庄屋	文化一〇年頃
木下幸文	朝三亭 亮々舎	一七七九 安永八年 一八二一 文政四年	備中国浅口郡長尾村	農民	文化三年
守田旁通	琴の舎	一七七九 安永八年 一八五四 嘉永七年	周防国玖珂郡柳井	商人	文政八年
高橋景張	養浩 禎斎	一七八二 天明二年 一八五六 安政三年	備後国沼隈郡松永	医師	天保七年
熊谷直好	長春亭	一七八二 天明二年 一八六二 文久二年	周防国岩国	藩士	寛政一二年

菅沼斐雄	桔梗園	一七八六 天明六年 一八三四 天保五年	備中国小田郡吉浜村	幕臣	文化八年頃
森　智乗尼		一七八七 天明七年 一八四七 弘化四年	備前国岡山森了阿娘	尼僧	文政年間
山路重信	鳳鳴	一七八九 寛政元年 一八四三 天保一四年	備後国沼隈郡藤江村	商人	天保二年
朝枝一貫		一七九〇頃 寛政二年頃 一八六〇 万延元年	周防国岩国	藩士	天保五年
上杉清憲	望僊亭	一七九二 寛政四年 一八五七 安政四年	備後国沼隈郡鞆	商人	文政一二年
大道寺忠	停雲	一七九五 寛政七年 一八五七 安政四年	備前国上道郡楢原村	書家	天保四年
田中満慶		一七九七 寛政九年 一八四四 天保一五年	周防国岩国	商人	天保五年
熊谷直輔		一七九八 寛政一〇年 一八七六 明治九年	周防国岩国	藩士	天保五年
望月貞明		一八〇五 文化二年 一八五九 安政六年	周防国徳山	藩士	天保三年
佐々喬木		?	安芸国広島		文化年間
台崇寺明阿	一声庵	? 一八三六 天保七年	備前国上道郡	僧侶	文化年間

四　肥前の桂園派

青木永章

文政七年（一八二四）に肥前国長崎の諏訪神社神官青木永章（ながふみ）の詠草が景樹に送られる。永章は中島広足・近藤光輔と共に岐陽国学の三雄と称せられる国学派歌人であるが、京都吉田神社との関係、従って桂門の鈴鹿氏との関係を通じて、その紹介による景樹への接近であろう。

永章の詠草に対して景樹は「是を調の正しからぬと申に侍り」などと厳しい加評を書き（『随聞随記』）、国学派の和歌には少しの仮借も許さない。

近藤光輔

永章詠草と同じ頃に送られた近藤光輔詠草に対しては更に具体的である。光輔は長崎会所の役人で、景樹のライバル江戸派の加藤千蔭に学んでいながらも、景樹に対してもまた歌作の指導を仰いだ。

光輔の詠草に対して景樹は、歌作の技術的指導はさておいて、歌学の基本的あり方を説いた。

見ればかつ世のうきこともおもほえず　すむが心の水の月かげ　光輔

など三十六首の詠草に対して景樹は、「こは新古今の俤に候」「新古今めきてよからず」「とゝのひかね可ν申候」とし「仰にあまへ隔意なく存我流を申のべ候」(『随聞随記』)という。

永章・光輔らは要するに江戸派の歌人である。その新古今調の歌人が景樹に詠草の批判を求めて来た場合に、古今集的「しらべ」をもってメルクマールとする景樹がこれを厳しく批判するのは当然であった。

しかし、永章・光輔は謙虚にこの批判を受け入れ、かえって意欲的に景樹説を摂取した。すなわち、天保十年以前において光輔は自詠三十首を十五番の歌合にして景樹に示し、これに景樹が判を加えた『香川景樹判長崎近藤光輔十五番歌合』(長崎県立図書館蔵)においては、景樹の評語は「左右とも其すがたをえたり」「いとよく諧ひ侍り」などとあって、景樹の好評を得るまでに光輔は歌作に精進している。

ここにおいては、長崎国学派歌人には、江戸における千蔭・春海派と景樹派との激烈な対立とは異なった歌学的態度があり、それは光輔の師の千蔭が「おのれはた、師(真淵)の教のまゝに、心には万葉集の中のしらべよきと、古今集による事とはし侍れど、あまたの中には、いと後ざまの出でくるは、時世の然らしむるにて、おのづからなる理にや侍らむ」（答小野勝義書）とする時勢順応の態度の継承とも見られ、さらにいえば、鎖国日本の唯一の国際都市として、清国人・オランダ人と接触の多かった長崎文人の柔軟な性格を見るべきである。永章の『玉園詠草』や広足の『橿園集』には、紅毛女・阿蘭陀正月・ギヤマンなどのエキゾチックな歌題が見出されるのもその現われである。そうした長崎人の受容的態度は、反国学的な桂園歌論をも少しの抵抗感もなく摂取することともなったのである。そしてそれは、やがて景樹門下への加入にまで進展する。すなわち、青木永古（ながふる）・柘植（つげ）蔭夏、つづいて中島広足の入門であり、浜武元興・船曳大滋の就学である。

青木永章の子永古は天保二年二月二十九日に、近藤光輔の兄の二男で長崎会所役人の柘植蔭夏は天保二年十二月二十四日に、中島広足は天保七年四月十一日に景樹に入門した。

青木永古
柘植蔭夏
中島広足

広足の桂園入門の素地を作ったのは光輔であって、光輔の広足宛書簡に、

十首ばかり書きあつめ、軽少ながら景樹へ遣はし度と存候。……貴君も同様の歌侍るべし。一緒にして加筆を乞候はゞ、少し事変り、景樹も早く慰み半分に直し越候はんと奉レ存候。……丹州（丹波守永章）も同意あらば加可レ申候。金百疋は小生張込

可レ申候。（弥富破摩雄『中島広足』）

とある。こうした斡旋下に『八番歌合』（『桂園遺稿』）が左広足・右永章・判景樹として成立した。また『景樹判近藤光輔自詠歌合』の序で広足は、「京にて名だたる香川翁の、心を入て判ぜられたるなれば、これはた、いにしへの判者たちの下には、さらにくだらじとこそいふべけれ。」（『橿園文集』）と景樹判の権威を認めてもくる。

しかし、広足の桂園入門は、従来の国学的立場を捨てて、新しく桂園派への転向を告げるものではなく、あらゆる歌論を包括的に摂取するための一手段であった。さらにいえば、広足の桂園入門は景樹への心服を意味するものでなかったことは、文政十一年に『類題鰒玉集』が出版された時、「香川某おのれが歌の入たるをいとひて、はぶき捨よと撰者（加納諸平）のもとにいひおくりたりとか聞しを、そは初学の人の歌とならびたるをはじて、ことさらに心たかくもてつけいへる、心にくきさまにもみえしものから云々」（『橿園文集拾遺』）といって、香川某とその名を伏せてはいるが、それが景樹を指しているのは明らかであり、景樹の屹立的態度と広足の包括的態度とは対照的である。

景樹の家集『桂園一枝』の論難書丹羽氏曄『大ぬさ弁』（天保八年成）について広足は『大幣

『大幣弁評』

弁評』（『桂園遺稿』）を書いた。この『大幣弁評』は、景樹作歌について光彪難・自休答・氏曄弁・広足云の順序で編次されているが、広足は「此弁イトヨロシ」と氏曄説を支持し、「景樹はてにをは語格のことにはいとうとき人」などと景樹を評価し、その一方では「景樹ガ歌モ見ル心ヲウツシテイヘルナリ。其イヘルガ甚シキ故ニ光彪ガ心ニオチツカヌナルベシ。」などと双方の立場を共容した評語をも述べている。また広足は、

たけたかき歌の味はひしる人すくなし。景樹死して此味ひをしる人たれならむしらずかし。景樹が歌に高調なるいと多かれど、おほかたの人はそれには目もつかで、ただめづらしくいひなしたる彼人のわろきくせある歌をのみめではやすめり。（『榧園随筆』）

ともいっていて、景樹の高調の歌は認める人が少なく、人の好む趣の変わった歌のみがもてはやされることの不当を嘆息している。

浜武元興

続いて長崎糸割符宿老浜武元興が景樹に就学する。景樹は天保八年に元興の詠歌に返信を認め（『桂園遺稿』）、同十三年に元興の『三十六詠自歌合』二巻の奥に、

磨き上てをさめし箱のふた巻は　あけずともよしよる光るたま（同前）

と記し、さらに、元興と高瀬川のほとりで別れの歌を詠んでいるので、この年に元興は

上京して親しく景樹に教示を仰いでいる。

筑後国三潴郡大石村の神官船曳大滋は広足に学び、その紹介で天保十三年に橘守部に就学のため江戸に上る途中で、滞京中の元興につづいて景樹に学んだ。

既成歌人の光輔・永章・広足に対しては厳しく批判した景樹も、後進歌人永古・蔭夏・元興・大滋（天保十三年に光輔六十三歳・永章五十六歳・広足五十一歳・蔭夏四十三歳・永古三十六歳・元興三十六歳・大滋二十二歳）に対しては懇切丁寧であって、永古詠草十三首を添削し、「御歌くせなく無事にして、甚あしからず」、蔭夏詠草八首に「歌はあくまでゆたかにあるがよろし」、元興については「心有げに聞えて、其なごりただならんや」（同前）と評言し、大滋の就学については、

願くばたゞかりそめにおもふなよ　豊芦原の一もとぞこれ　（同前）

と詠んで、桂門歌人育成の念願に篤いものがある。

九州桂園派主要歌人

氏名	家号等	生年 没年	住所	身分等	桂園入門年
近藤光輔	夜雨庵	一七八〇　安永九年 一八四〇　天保一一年	肥前国長崎	長崎会所役人	文政年間

松永　豊	龍門 花遁山人	一七八二 天明二年	一八四八 嘉永元年	筑前国博多	商人	天保七年
青木永章	玉園	一七八七 天明七年	一八四五 弘化二年	肥前国長崎	神官	文政七年
中島広足	橿園	一七九二 寛政四年	一八六四 元治元年	肥前国長崎	藩士	天保七年
山田清安	作楽園	一七九四 寛政六年	一八四九 嘉永二年	薩摩国鹿児島	藩士	文政年間
伊集院俊徳		一七九九 寛政一一年	一八六一 文久元年	薩摩国鹿児島	藩士	天保五年
八田知紀	桃岡	一七九九 寛政一一年	一八七三 明治六年	薩摩国鹿児島	藩士	天保元年
柘植蔭夏		一八〇〇 寛政一二年	一八五二 嘉永五年	肥前国長崎	長崎会所役人	天保二年
神　正栄	幸之舎	一八〇五 文化二年	一八五五 安政二年	豊後国速見郡朝見村	神官	天保六年
青木永古		一八〇七 文化四年	一八六七 慶応三年	肥前国長崎	神官	天保二年
浜武元興	畹亭	一八〇七 文化四年	一八七二 明治五年	肥前国長崎	商人	天保八年
船曳大滋		一八二一 文政四年	一八四七 弘化四年	筑後国三潴郡鳥飼村	神官	天保一三年
直江重枝	静盧	?		豊後国速見郡豊岡	郷士	天保元年

五　江戸桂園社

文政元年の景樹の江戸遊説ののち、江戸に留って桂園歌風の鼓吹に努めたのは菅沼斐雄であり、斐雄は文化三年以来江戸に在住する児山紀成と、文化十三年の頃から築地本願寺に勤める僧亜元と力を協せて江戸桂園社の強化に懸命であった。

児山紀成

紀成は伊勢国鈴鹿郡庄野村の早川直記の三男に生まれ、文化三年に幕府徒士となり、文化十一年に児山平三の養子となり、音羽町目白台三丁目の家を愛松軒と号した。文化四―五年の頃に、

あふ坂の関のしみづは清けれど　きてすむこゝろ我はなき哉　紀成

の歌に対して景樹は、「歌はかく有が儘をいふものに非ず、思ふままをよむべし」（『随聞随記』）と指導しているが、天保六年においても「今般児山氏上京につき入塾中、二十年来のあやまりを日夜申し説き候事なり。」「夕蹤風は凡調に候。これみな斐雄が毒にあたれるに候。」（同前）として終始紀成の「此人は此人にして此病」である凡調を気遣っている。

菅沼斐雄

景樹から凡調と叱責されるのは菅沼斐雄の夕蹤風である。文政元年の景樹の江戸遊説

夕蹤風

に際して、宿舎兼講義場に当てられたのが浅草今戸かはら町の夕蹤館で、景樹帰京後は斐雄の経営に任されていたので、夕蹤風とは斐雄の歌風であり、延いては江戸桂園社の歌風である。夕蹤風に対して景樹は、木下幸文を例にとって「兎角人に負けて我に勝つ事を御励み可レ被レ成候」(同前)といい、「すべて御歌虚談をいふ者と打向ひて物がたらふやうにて、ぬらりくらりと取しめなき心地す」(同前)、「斐雄の歌大やう凡調にて治療にこまり候ひし」(同前)と仲々に厳しい。

総じて江戸桂園社の歌に景樹は不満であった。「大やう其御地の風、ことやうに侍るにや。一言半句中にも其異やう匂ひ候故、自然聞まどふ方侍る也。」(同前)とは天保八年四月の江戸社中点取和歌の総評であり、「江戸風」「夕蹤館風」の異様を指摘して、その匡正に努めている。

景樹としては、一方では江戸新古今派の海野遊翁・畠山梅軒・村田たせ子・木村定良の歌を、「調をなさず」「しかと聞とりかね候」(同前)などと評して斐雄に示し、「足下稽古の為」とし、しかしこの歌評を江戸派に見せるなら「景樹大にそしられ」「人の上はいひし、おのが桂園一枝などテニヲハすらあはざるをやと嘲られん」(同前)と四方に気を使うことが多かった。

景樹からは厳しく教訓されながらも、江戸桂園社は関東の一角に桂園の歌風を呼称してやはり見逃すことのできない存在である。

江戸桂園社友

文政六年の江戸桂園社点取に名を列ねる菅沼斐雄・朝岡泰任(やすとう)・児山紀成・同紀言(のりのぶ)・応専・蹄円ら、天保八年の点取の朝岡泰任・本田夏香・飯野厚比(いいのあつとも)・児山紀成・同紀言・津田千城ら、その他『桂園入門名簿』に名を列ねる人びとは、飯野予八郎厚比・その妻力子・中山弥十郎業知・高木鑑四郎義勇・河辺一也清意・飯野孫三郎保教・今泉与三左衛門亮雄・相川登之助定恭らの幕臣団であるが、ただ、斐雄の華美好みの性格からくる夕踰館の風潮は、桂園歌風の純粋な鼓吹よりも寧ろ一社の経営の面に重点を置いた政治性の強いものであり、だから景樹から異風と叱られても止むを得ない面があったことは否定できない。次の斐雄の書簡を見れば一目瞭然である。

門人も次第に相まし、今日は大久保外記と申二千石御はたもとおく様入門。御聞及びも候はん、上野三十六坊いづれも堂上の御猶子にて、大名も眼下にみる権勢也。ことにいづれも黄金に富み被レ居候ゆゑ、万事甚ゆたか也。依て上野の寺院を門人にするは、大名を弟子にするに増りて候。外聞といひ、且は暮し方の助けに相成申候。序ながら入門ありし人々の名前書付御目にかけ申候。

松林院　観成院　覚成院　理性院　宝乗院　吉祥院　国珠院　以上七坊。

いまだ入門はせねども講釈聴聞に出る人々。

元光院　真如院　常智院　見明院　常照院　此人々也。

会は七坊廻り持也。又浅草寺別当代も入門。これは上野寺院同格にて大そうなもの也。（年不詳六月十日付北村元介宛斐雄書簡）

ここまで来れば臭気紛々何をかいわんやである。

これら全国各地の桂園派歌人のうち、しいて十哲の名に固執して十人を挙げるなら、初期の十哲については既に記したので、中期および後期の十哲を挙げてみると、中期においては熊谷直好・高橋正澄・菅沼斐雄・児山紀成・亜元・赤尾可官・内山真弓・穂井田忠友・中川自休の十人であろうか。前七人は初期から引続いているので、後三者について略記する。

内山真弓

内山真弓（まゆみ）は信濃国安曇郡十日市場村の名主で、通称を利兵衛という。文化七年に二十

江戸桂園派主要歌人

氏名	家号等	生年	没年	住所	身分等	桂園入門年
児山紀成	梅園 愛松軒	一七七七 安永六年	一八四〇 天保一一年	伊勢国生 音羽町目白台	幕臣	享和三年以前
菅沼斐雄	桔梗園	一七八六 天明六年	一八三四 天保五年	備中国出身 浅草今戸川原町	幕臣	文化八年以前
朝岡泰任	栗園	一七八七 天明七年	一八四五 弘化二年	浅草元島越三筋町	与力	文政元年以前
稲村三羽	松園	?	一七九四頃 寛政六年頃	築地軽子橋	幕臣	
飯野厚比	嫩園	一七九七 寛政九年	一八五四 安政元年	上野不忍池	田安家家士	文政一二年
河辺一也	葎園	一八〇二 享和二年	一八六九 明治二年	下谷根岸	輪王寺宮家士	天保二年
相川景見	柏園	一八一一 文化八年	一八七五 明治八年		幕臣	天保四年
木村弓雄		?			幕臣	文政元年
白石正義		?			幕府同心	天保三年
津田千城		?		下谷泉橋		文政元年
中山業知		?			幕府与力	天保二年
本田夏香	天野亭	?		浅草三筋町	幕臣	天保六年以前

五歳で上京して景樹に入門した。在塾中は景樹の秘書役を勤めた。その後いく度となく郷里と京都とを往復しているが、文政六年に帰郷するに当たっては、

十月廿六日、出立たんはいよ〱あすとさだむ。けふのみなれば、あしたより軽雲楼にのぼる。夕つ方より師のみあへにあづかり奉り、猶ねんごろにその物語りうけたまはる。夜いと更たり。さらばいとま申し奉らんといへば、はなむけせんとて、御歌ものしてたび玉ふ。おしいたゞきて見侍れば、

真弓ぬし我が桂園を出でゝ信濃の故郷へ帰るに、山路の寒さをおもひやり侍りて

日数さへ十日市場の道なれば　たつにもさわぐ我心かな

真弓が別れを送りて、いにしへの行雲を遏めし故ごとをふと思出てよみ侍りける

心なき時雨の雲も立帰り　またわが山は音信にけり

涙さへはふり落ちて、うれしさたとへんにものなし。（『帰路日記』）

と師弟の交情を綴っている。

真弓の業績としては、文政六年に景樹の命によって『土佐記創見』の浄書に当たっているが、何といっても『歌学提要』の編集を挙げなければならない。景樹にまとまった歌論書がないのを残念に思っていた真弓は、歌友萩原貞起の経済的援助によって師説を一書にまとめ、師没の天保十四年に成稿し、嘉永三年に出版した。この『歌学提要』は、従って真弓の編集であるが、内容は景樹の歌論書である。

『歌学提要』

穂井田忠友

穂井田忠友は駿河国の生まれであるが、家を弟に譲り、父の出身地備中国穂北（穂井田）の地に因んで別姓を立てた。文化十年の頃に上京して景樹に学び、のち大坂に住み、考証に一家を成して正倉院文書の整理に名を残した。景樹は「忠友は吾が書篋なり」といって、その学殖に敬服している。

中川自休

中川自休は有栖川宮諸大夫を勤め、文化十四年に四十歳で薙髪して名を長賢から自休と改めた。その孫娘ふみ子が景樹の嗣子景恒の妻となった。桂園入門はいつであるか解らないが、天保十年の「京都臨淵社相撲番付」では西大関の地位に付け出されていて、桂門で重きをなした。景樹の家集『桂園一枝』を非難した秋山光彪の『桂園一枝評』に対して『大幣（おおぬさ）』を書いてこれを弁駁した。

後期の十哲としては、熊谷直好・高橋正澄・赤尾可官・内山真弓・穂井田忠友・竹内享寿・松園坊清根・八田知紀・渡忠秋・秋園古香が挙げられよう。

竹内享寿

竹内享寿は東寺中綱職を勤め、文政十一年に十七歳で景樹の門に入った。天保十年の「京都臨淵社相撲番付」では西前頭筆頭の地位にある。

松園坊清根

松園坊清根は北野神社社坊松園坊の住職で、初め本居大平に学び、のち景樹に就いた。「臨淵社相撲番付」では東関脇の地位にある。景樹没後に在京門人の多くは享寿と清根とに従ったといわれている。

八田知紀

八田（はった）知紀（とものり）は薩摩藩士で京都藩邸蔵役を勤め、天保元年に景樹に入門した。政界における薩摩藩の勢力は、歌界においても知紀・高崎正風を中心として宮中御歌所を拠点とする隠然たる一大勢力を築いた。

渡忠秋

渡（わたり）忠秋は近江国高島郡舟木村の出身で、三条家に仕えた。その桂園入門年は不明であるが、景樹没後は嗣子景周（景恒）をよく守り、熊谷直好は「御塾は安雄（忠秋の名）・（桜本坊）快存忠信無二の者守り候へば御まかせにて可レ然」という。

菊溪にすみける頃、香川景恒ぬし宿り給ふに鴨河のなみをまくらに君とねし　むかしおぼゆる水の音かな　忠秋（『桂蔭』）

秋園古香（神方升子）については信州桂園派の箇所ですでに記した。

第六　晩年の景樹

一　『古今和歌集正義』

天保三年（一八三二）は景樹六十五歳、この年主著『古今和歌集正義』を完成した（初帙・二帙は天保六年に刊行、三帙は嘉永二年に刊行）。

すでに近世における『古今集』の註釈書としては、契沖の『古今余材抄』、賀茂真淵の『古今和歌集打聴』、本居宣長の『古今集遠鏡』があるが、これらの諸著に対して、景樹には彼なりの古今集観があった。

景樹の古今集研究

景樹の古今集研究については、早く享和三年八月四日に、

この頃古今集とき侍る下見をとてうちかゝれば、なく声のかましければ

妹とわれむつましみこそうまれけめ　いましや此の子こゝらなくらん　（『桂園遺稿』）

（長男茂松六月出生）

熊谷直好の勧め

とあり、文化三年の夏にも歌友とともに研究を継続し、文化五年二月一日には熊谷直好に勧められて古今集序の研究を始め、文化七年正月十九日には、

ときかけし古今集けふときそむ。夏のはじめより也。この十年あまり昔成けん（享和三年、七年前）、冬のはじめ同じ集をとき初め侍しとき

うは氷一重ばかりはとけながら　紀の河よどのそこぞしられぬ

とよみしは、たとひしにはあらで、真淵という淵に溺れて、この集をあかぬものにおもひそしりし下ごゝろなりけり。

いさゝかさとりえたるのちは、いとかしこきえせ心になんこの紀の大みかみのいさをは柿本のかみにたてる事をしりあきらめて、口にもいひ筆にもかき、いまはたゞさらんいはれを世人しらんことをのみこひねがふも、なか〳〵おそき心とやかのみかみはみそなはし給ふらんかし。

みよし野の花とみるまで水上の　昔にかへる紀の川のなみ　（同前）

とあって、春の部の註釈を終って夏の部にかかり、その理解の程度もしだいに進んでいた。

古典としての『古今集』

『古今集』は『万葉集』よりもその用語・表現が平明であって、しかも編者の紀貫之が、当時の漢詩全盛の風潮にあった平安朝初期に、国歌としての和歌の意義を明らかにして歌道復興を成しとげた立場を自己において感じとった景樹は、「此集万葉の上に出で千載の遠きを亘り、実に大空の月をみるが如くに仰ぐべき」古典として『古今集』を学び、その真精神の把握の上に立って、門下生にも「古今集をのみ見給へ」と教示し、この集の優美・温雅を歌の理想として説いた。実に貫之は歌道の先覚者であり、『古今集』は歌書の理想であり、『古今集』の風体と表現は景樹の作歌原理の中心となるものであった。

古今集正義総論

こうして成った『古今和歌集正義』の第一帙は、古今集序を自ら校勘した正文と、古今集正義総論との二篇を収めた第一冊と、古今集序を自己の歌論に基づいて研究した本末二冊と合わせて三冊から成り、第二帙は和歌註解・春上下・夏の三冊から成っている。

このうち、正義総論においては、「景樹竊に考るに」として、漢詩と和歌との相違を述べ、これには高弟熊谷直好の考えを多分に参考にしていることは、直好が「師が総論の根拠は己が考へよりなれり」(『歌学』一の五)と語っていることから知られるが、これは景樹が直好に「足下御説和歌の根元のこと面白き、実に感服々々」(同前)というように、景樹が直

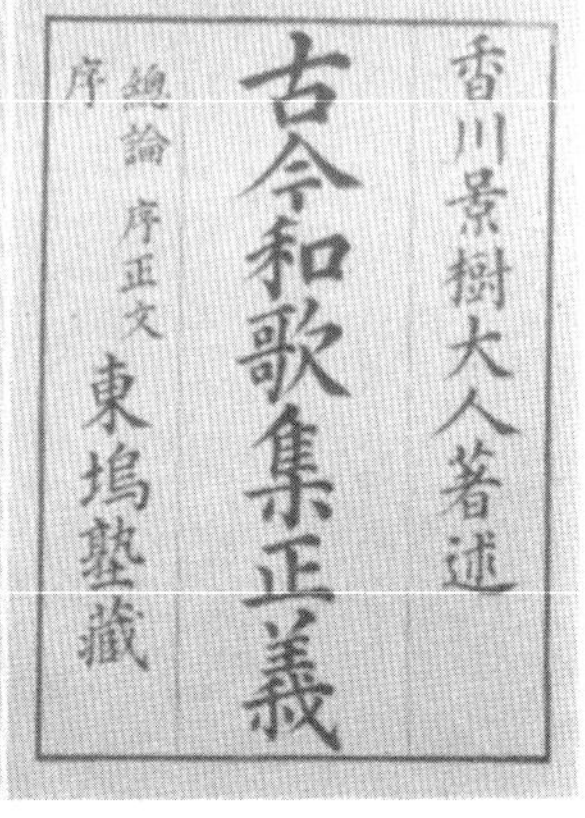

『古今和歌集正義』表紙見返

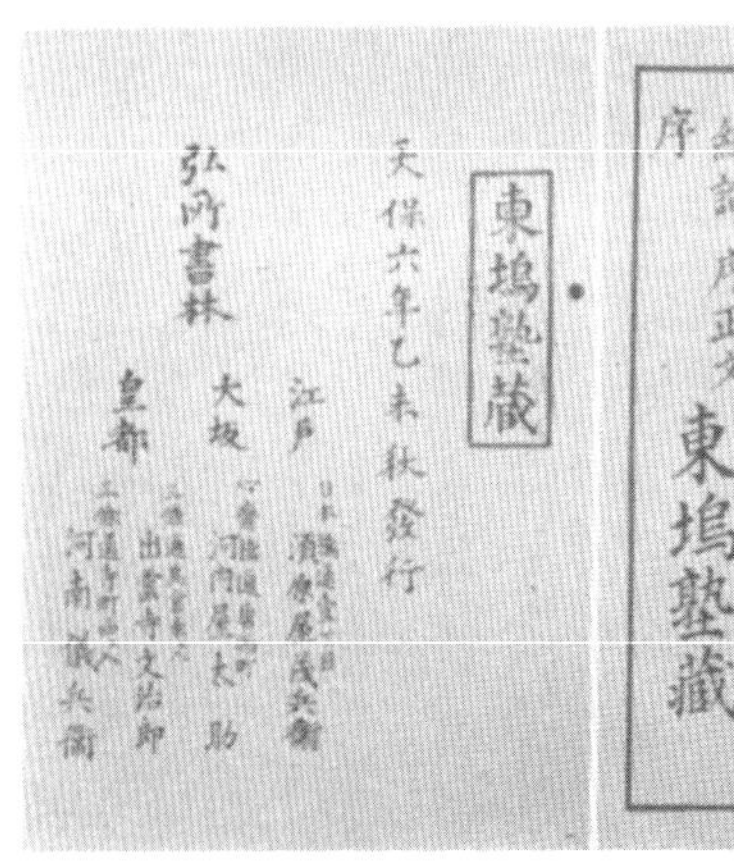

同奥付

好に、直好もまた景樹にお互いに見解を述べ合っての上のことである。後に直好は「師説は吾説なり、吾説は師説なり。」と言い切って『古今集正義序註追考』『古今集正義総論補註』を書いている。

　この直好の「師説」としての『古今集』の解釈に対して、同門の八田知紀は『古今集正義総論補註論』を書いて反論し、これに対して直好はさらに『古今集正義総論補註論弁』を書いて再論した。直好としては、景樹の古今集註解について「古学者流より難破致し候は当り前の事に候へ共、同社中より申出候て、先師の教二方に成候に付、無レ拠返答」（高橋景張宛書簡）し、師説の正当な解釈を決定することによって、桂園派の分立を防ぎ、国学派に対する明確不動な対峙を維持しようとしている。

国学者の批判

ちなみに、直好の言う「古学者流より難破致し候は当り前の事」とは、一例を挙げると、加納諸平が「景樹の正義は妄想のみにて論ずるにたらず。然れども夫にあやまたるゝ人多く見ゆ。」(小野務宛書簡)とすることなどを指している。

景樹が『古今和歌集正義』において意図したものは何であったか。それについての直好の所説に対して知紀は、直好の所説は「師の意にそむけるにはあらじ」であろうが、「甚しくおし究め」たいい方であって、「いひ過され」であるとして論戦した。

この直好と知紀との見解の相違を四つの論点についてみることによって、景樹の古今集観の何であるかを明らかにしよう。

『万葉集』と『古今集』と『新古今集』

『万葉集』と『古今集』の評価　景樹が、

万葉集もみるにこゝろすべし。

古今集を常に見給へ。

いづれ古今集にしくものなかるべし。たとへば古今集は自然の花なり、新古今集は枝をため葉をすかしたる花なり。(『歌学提要』)

として、『万葉集』『古今集』『新古今集』を位置づけているのを承けて、直好は、

日本紀・古事記より万葉集にうつり、又後撰・拾遺より今の世に至るまで見渡したらん中に、古今は独秀たる事、誰も知る所なり。……万葉の末、奈良の朝の歌など何の見所かあらん。

と『古今集』の特色を強調するが、知紀は、

万葉集中の勝れたる限を撰び出たらんには、古今集の及ぶべきものならんや。……さるを、古今集のみひとり純粋を得たりと思はれたるはたがへりと云べし。

と反論する。

もとより景樹においても、「愚老など生若き時、専ら古文をたとびて万葉ぶりよみ侍りし」(『随聞随記』)ことがあり、その研究書にも『万葉集捃解』『万葉例』『万葉集師説』などがあって、万葉歌人の山上憶良・柿本人麻呂は歌仙といっており、『柿本朝臣人麻呂歌師説』のあることは既に記したとおりであり、『万葉集』における人麻呂と『古今集』における貫之とは、「調をえたる最上と仰ぐは人麻呂・貫之の歌仙なり。」(『桂園遺稿』)として、調を体得した最高の歌聖として尊敬されている。

この景樹・直好にとって決して無価値ではない『万葉集』をことさらに抑えて、

> 紀記・万葉の中に古今より勝れたる歌ありなどの論は今更いふにも及ばぬ也。只古来よりの歌をおしならして、古今時代花実備はりて前後に秀でたるをいふ。(『古今集正義総論補註論弁』)

と反駁して『古今集』を秀抜とするのは、その芸術性の価値づけよりも寧ろ桂園派の歌論上の立脚点を明確にするためであった。

『古今集』の独秀

近世復古主義を唱導する真淵にとって、儒学に汚染される以前の日本人の純粋な心のあかしを『万葉集』に求めることが必要であったと同様に、真淵の復古主義国学に対して、景樹の歌論は『万葉集』よりも平明な言葉で清新な調べを持つ『古今集』を取り上げることから始まり、それはまた宣長が『新古今集』を尊ぶこととも鼎立するものであった。景樹の忠実な祖述者である直好が、『古今集』の独秀を強調しつづけることは、桂園派歌論の反復古主義的立場からの主張にかかっている。

その景樹・直好の国学に対する桂園派歌学自立の基礎が確立され、世の認識を得た一時期は過ぎて、やがて天保—弘化—嘉永と時代は幕末の愛国歌人を生む時を迎えて来た。『古今集』が人間のまことをしらべになしてうるわしく詠い出すことによって古典であり得たと同様に、『万葉集』はその素朴純真さをもってやはり尊い古典であり、知紀によれば、『古今集』の中にはむしろ文華の風潮が入りこみ作為の跡さえ見られ、「かしこき人のすさびわざ」ともいうことができた。それにもまして、『万葉集』は雄々しい心の叫びであり、大御代の喜びに溢れていた。知紀は幕末の動乱の中に胎生する愛国の高潮と天皇讃歌を『万葉集』の再認識という形でこの論争を通じて訴えようとしている。

自然の声と歌　景樹が、和歌は「彼水土に随ふ秀霊の性情より出る自然の音調」であり、その音調は「天地に根ざして古今をつらぬき四海にわたりて異類をすぶるもの」と説くのを承けて直好は、和歌は「言霊の妙用ある方より、禽獣の物に感ずる声の出る所と少しもかはる事なし。」として、自然の声はそのまま「しらべ」であり歌であると言う。これに対して知紀は、「歌となりて感をなす所は、其心と詞のしらべとあひつらぬきて、天賦にそむかぬ上にこそあるべけれ。さるを、たゞにその声にのみ妙用ありて、禽獣の鳴いづる所と少しもかはる事なしといはれしは、いとしひたることなりけり。」として、自然の調を余りに重視し、歌の美的情緒、表現内容を軽視することを反駁し、「その心その詞相協ひて誠に美はしきに到らぬ限りは、人といへども感ずる事あるべからず。」と説く。

景樹―直好においては、声は自然の調であるということは、人間の言葉は義理に渉っているので、しらべを先とし不変のものとして言葉を後のものとすると、歌は声の世界のものであるので、鳥獣の声もこの意味においては歌であると考えられた。すなわち景樹は、「今こゝに調べといふは、……おのずから出で来る声……喜びの声は喜び、かなしみのこゑはかなしみと、他の耳にも分るゝを、しばらく調べとはいふなり。感応は専ら此の音調(しらべ)にありて理りにあらざることを悟りて後、うぐひす蛙の声をも歌なりといはれたることを自得すべし。」(『歌学提要』)といい、直好も、「歌は天地の間、情あるものゝ戯の声、其声にそれぞれ色音ある、これを暫く調とはいふなり。」といっている。従って、知的内容はなくても情的内容があれば、すなわち、ことわりはなくてもしらべがあれば歌であって、知紀の反論に対して直好は、「天地の間、生としいけるもの声ありて詞はなきが本性なり。」「然れども、鳥虫の類は……只春陽に動き清冷に感ずるのみ。故に歌も一筋にてさま〴〵聞くべきのふしもなし。」「人はかの事業しげきによりて心に思ふこと多し。かれ千万の情あり、且浅深あり。」として、しらべは本来声の世界にあって知識の世界にはなく、詞は人間がお互いに交渉の用を達するためのもので理のものであり、歌は一感一嘆する調のことであると説いた。しかし、情緒的内容のない鳥獣の声がそのまま歌であるとするのではないことはことわっているとうりである。

歌学の修行　直好は、「はやく師弟修行の所作を止めて、歌といふ事を忘れ果たらんには、即日より古人の如き歌は出くる事也。」といい、知紀は、「師弟修行の所作に渉らず、歌といふ事を忘れ果たらむには、狂句の一首も出来べからず。」といふ。直好としては、「歌は師にうけ習ひもて達る道にしもあらず。折にふれ物につけて、心の動くまにくいひいだされたるはかな言」（『浦の汐貝』序）として、自然に感じ嘆じる自我の心を詠み出すのが歌であるので、師弟修行によって真の歌が生まれるとは見ていない。「歌は苔の如し。自然に土上に生じて絶る事なし。」であって、諸芸の修行と違って「師弟の所作」による伝授は必要でないことを説いている。「われ師の位にゐず。」と直好は明言し、厳しくもまた快くも伝統・伝授否定の近世歌学の歴史的な本質的な意義を明確にしている。

高橋景張宛書簡にいう。「大道寺俊介先比入来。近来あゆい抄・かざし抄秘伝など受候よし申ほこり候。先師既に古学者流などのテニハと申事用に不ㇾ立わけ、くわしく示され候。香川社中などにケ様の迷ひもの出来候。景周も捨置候よし。如何。決而御同心有べからぬ事に候。古歌の例を押事は類を聚候のみ。今日の詠吟に益なき事、何の用にもたゝぬ事にて、必々邪魔になり候。」と。すなわち、北辺家冨士谷氏の『脚結抄』『挿頭抄』の秘伝を受けて得意顔である大道寺忠の如きは、桂園歌論の伝統伝授の否定の理論にもとる甚しい異端者である。そうした非桂園的態度は断乎として改めなければならない。

この見地に立っていえば、知紀は直好のこの真意を理解できないで、ただ言葉の表面のみを捕えて反論しているにすぎない。直好はいう。

抑々歌は道にあらず、芸にあらず、所作にあらず、師より受け習ひもて達するものにもあらず。一感一嘆悉く新にして、その前をふみその後を推すべきものならねば、よく詠みあしく咏むといふ境はなきことなり。(『古今集正義総論補註』)

と。

歌道と治道　景樹が「詩は義を本とし、歌は情を本とす。」というのを受けて、直好は漢詩と和歌とを区別し、人倫を厚くして教化に及ぶのが詩であり、人情・自然をそのまま詠い出すのが歌であるとする。これに対して知紀は、「大和歌と雖も、時としてその妙用国事に及ぶことも又なからんやは。」とし、それはちょうど宣長の「もののあはれ」の歌が平田篤胤の勤皇歌に移って行ったと同様の時代的過程を示している。

和歌は人間の感情の自然の流露であって、政治や主義主張と関係も利するところもないとする近世歌学プロパーの立場が宣長・景樹・直好のそれであった。この意味における「まこと」を説くことによって近世歌人は近世に生き得たのである。

教誡の排除

景樹は言う。

> 歌は教誡の義に意なし。只此一つの誠を述るのみ。もし人採て教訓とするはしらず。おのれあづからざるなり。（『随聞随記』）

と。歌道はあくまで芸術の世界に属し、政治・道徳とは別個のものである。ただ知紀は和歌の「妙用」を幕末の志気昂揚に作用さすことをねらっていたのである。

森鷗外

以上、直好の『古今集正義総論補註』に対する知紀の『古今集正義総論補註論』、さらにこれに対する直好の『古今集正義総論補註論弁』および『古今集正義序註追考』によって直好と知紀の景樹説についての見解の相違を見たのであるが、この直好と知紀の所論に対して森鷗外は、熊谷は考思頗こまやかなれども、動（やや）もすれば繁雑になりて、これをいひあらはすに当りて言葉足らず。屢みづから矛盾に陥りて心づかざることあり。八田は理を観ること極めて鋭く、その筆力もこれに適ひたれど、時としては極端に傾く弊を免れず。

国士知紀

と評している。（『しがらみ草紙』第二十二号）両者の性格は、その作歌においても、直好が真情を吐露して率直平明に表現しているのに較べて、知紀の作歌は詞藻が豊富でかつ華麗であり、国士を以て任じた気概を示していることに対照的であるといわれることもうなずくことができる。

以上のようにして、景樹が『古今和歌集正義』において論述した内容は、門下によって異なった角度からさまざまに展開されるのであるが、景樹の言わんとするところを理解するためには、今一度景樹の原点に立ち帰って、この主著なり『随聞随記』を熟読する必要があろう。そして景樹のねらいは『古今集』そのものに置かれたというよりも、『古今集』を手がかり足がかりとして和歌のあるべき姿、その本質を作歌に再現するにあったことを知るべきである。

二　従五位下肥後守景樹

玄如の死

天保四年（一八三三）景樹六十六歳。正月七日に門人僧玄如が紫野大徳寺で没した。五十六歳。享和三年の頃には景樹の下僕を勤めて秋長と言った旧知の門人である。この人との多少のいさかいも今となっては遠い昔の追憶である。

玄如法師三十五日追悼

春懐旧

いまだ世をそむかざりけるそのかみの　影さへ花ににほふ春かな　景樹（『桂園遺稿』）

孤桃軒玄如庵主三回忌（天保六年正月）追悼

寄花懐旧

散る花はふたゝび枝にかへるとも　むかしの人を又もみましや　景樹（同前）

尾崎雅嘉

この春、景樹は尾崎雅嘉（まさよし）（月讙）の『百人一首一夕話（ひとよがたり）』の跋を書いた。雅嘉は大坂北浜二丁目で書房を営み、通称は春蔵・俊蔵と言い、文政七年夏の『浪華人物誌』には著名歌人の一人として挙げられている。文政十年十月三日に七十三歳で没したが、没後にこの

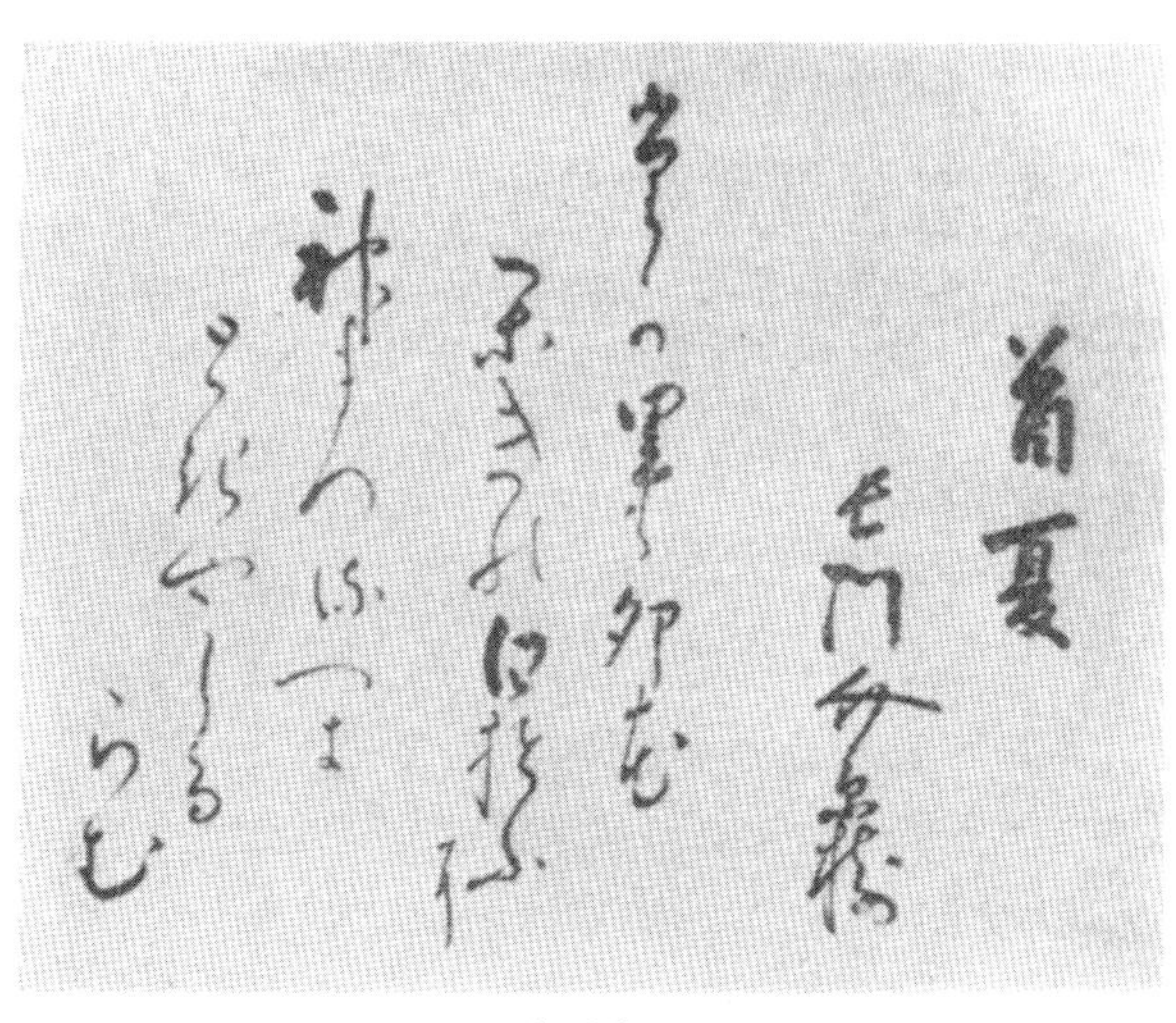

香川景樹筆跡（後期）（石井亮吉氏蔵）

著書が出版されることとなった。

　景樹は文化九年に『百首異見』をものした時、「雅嘉翁もはやくより此百首を説て、わきてよみ人の事実をしもつばらかにしるしものせり」と聞て、門人穂井田忠友を遣わして質問したことがあったが、その時の雅嘉の草稿がこの度文海堂主松村忠敬の手によって出版されることとなった由縁を記し、「万水楼のかり居の窓にかたぶくまでの月見つゝ、昔にさへ打むかふこゝちし」と述懐している。

　またこの年、備前国上道郡楢原村出身の大道寺忠（介俊）が上京し、景樹に和歌を学ぶと共に、習練の書道を以て立つこと

景樹の書法

白菊の硯（小林忠司氏蔵）

となった。

そこひなき硯の海に臥す龍の　くも起すべき時は来にけり　景樹（前同）

景樹も忠から筆法を受け、晩年の筆跡の特徴はこれによるものといわれている。

ついでながら景樹の筆跡について記すと、景樹の書風は四変していると言われる。初期はほぼ享和年間以前のもので、端正であるが若々しく、中期は文化年間のもので流麗であり、後期は文政年間のもので、気力に満ちて充実しており、晩期は天保年間のもので、独自の枯れた書体であり、大道寺忠に受けた筆法に景樹の個性を活かした暢達な書体である。

白菊の硯

筆跡に関連して景樹愛用の「白菊の硯」について記すと、信濃国松本藩の藩医小林為邦は、文政五年に三十歳で京都に上り、医学修業のかたわら、儒学を頼山陽に、禅学を南禅寺大観に、和歌を景樹に学び、さらに長崎に赴いて蘭医シーボルトに西洋医学を学んだが、文政七年に帰郷するに際して景樹は、「或御局よりいたゞき侍りし大后宮の大み硯を、おほけなくもおのれ白菊と名づけてひめ愛で置けるを」餞別として贈った。

神無月しもにもかれぬしらぎくの花　これもまた老ずしなのゝ家づとにせよ

長門介景樹

（小林忠司氏蔵懐紙）

註、『桂園一枝』には「露ながら枯るゝ世しらぬしら菊の花　これもその老いずしなのゝ家づとにせよ」として収められている。小林家所蔵の「白菊の硯」は大理石様の石材で作られ、長さ一〇・五センチメートル・幅八・五センチメートル・厚さ二センチメートル、灰白色の地に暗緑の横縞が入り、これをあららぎの台にはめ、同材の上蓋に「白菊」と銘されている。ちなみに、門人飯野厚比は景樹の用筆二本と、堀井丹波掾作の寿翁墨と、雨はだの硯（幅二寸・長三寸・厚四分）を所蔵していたという。（『しがらみ草紙』第五十三号）

天保四年、六十六歳の景樹は、

年来の病にくづをれて、とても長かるまじき命の、わきて此秋はせまりはてゝ、今はと思ひ極め候ひしより、社友へも申しふれ候て、以来詠草に少しも仮借せず、有が儘をのべて早く進めんとす。（『随聞随記』）

として、大西吉邦（播磨国坂越村の庄屋）の詠草に対しては、

歌は熟案せずして佳句を得むことは難かなるは云までも侍らず。とかく御詠軽忽に相見え、そのかみの匂ひやかなる手ぶり失れゆきて、荒涼に趣くかたち侍るにや。（同前）

と厳しく批判し、「さら〳〵と読みながす」ことと軽卒な歌とは全く別のものであることの反省を求め、江戸の浅岡泰任（やすとう）に対しては、

御歌今すこししつとりとありたく候。しつとりといたすが所謂調のとゝのひたるに候。

調と申すは姿に候。

歌の姿もけ高く尊くあるべきに候。

たとへば、千石とりたる士の、其千石を守りて生涯のくらしを足らせ、道をかゝず、

芸に遊びて、人たる筋をまどひなく行ふことが歌の歌たる調のなる所なり。（菅沼）

斐雄子も此所をとかく心得かねて見え候儘、仰せ合され、おなじくば歌の道へ入れたく候。

なぐさみなれば狂歌となしてすませ候はんなれど、別に御心入られ候事に承り候ては聞捨がたく云々。（同前）

と江戸桂園社の弊風に苦言を呈し、これらの「親友には仮借なく憚を申し入れ」て「老のかたみと残」す言葉のはしばしには、老の一徹ならぬ景樹のひたむきな姿勢をうかがうことができる。

香川景継百年忌

明けて天保五年（一八三四）景樹六十七歳。この年九月二十二日は香川梅月堂の始祖景継（宣阿）の百年忌に当たっている。

高祖父の百回忌の追福をいとなみける夜しも、三条前内府公より御文給はり、懐旧の御詠草もそへて給ひける。其御返しのおくにかしこくも忝心をよみて奉る。

したはるゝむかしはとほき昔にて　あらぬかたにも袖ぞぬれける　景樹（『桂園遺稿』）

『富士一覧記』

この百年忌記念として、景樹は景継の『富士一覧記』(元禄八年成る)を上梓した。その跋に、

ことし高祖父の君百回忌に当らせ玉へる追福の為、そのかみしるし置せたる冨士一覧記を梓につけて世に弘くせんとす。其巻をしもさゝげ備ふるとて書そへて奉れる二首。

雲井迄聞え上たるふじのねの　雪の調べは千世も轟に

言の葉の花に遊ぶらん百年の　こてふの夢は覚ずともよし　　長門介平景樹

と詠み、また追善会を催し、臨時の当座の歌、

こきたれて花たちばなに降る雨は　むかしの人のなみだなりけり

たちばなの花のさかりに五月雨は　つゆもしづくも香にぞ匂へる

百歳をふる里にけふかへりきて　昔しのぶの露はらふらむ　(『桂園遺稿』『桂園一枝拾遺』)

と詠み、景樹門人たちも、

もゝとせのむかしのつゆもことのはの　上にはきえぬよにこそありけり　　高橋残夢(『清園詞草』)

おのづから百とせを経る家の風　やしまに満ちぬ君やうれしき

山田清安（『作楽園遺稿』）

梅の花ちりても人にとはれけり　かぐはしき名の四方にかをれば

守田旁通（『類題玉石集』）

と献歌した。

天保六年の会始め

翌天保六年（一八三五）正月九日、丸山の左阿弥で桂園社の会始めがおこなわれ、「青柳風静」の通題で競詠された。

青柳にけさ吹風の心あらば　ことしは花も乱さざらなむ　景樹

春風は静かなれども鶯の　啼く青柳は乱れけるかな　景周（景樹長男十三歳）

春風に身をまかせたる青柳の　心はいかに長閑かるらん　直好

この会始めに会する桂門歌人は、

熊谷直好・山本清樹・山田清安・八田知紀・大道寺忠・高橋正澄・高橋正純・中川自休・多久敬・豊原文秋・鈴鹿連胤・中川長延・北小路俊徳・今大路孝光・安田義利・三宅意誠・御牧景福・小幡徳義・土佐光文・浦野穏治・辻正泰・蔭山秀雄・安平次邦

雅・中島勝称・吉村頼寛・岩波悦篤・山田保造・鈴鹿定卿・中山業知・相川定恭・五十嵐祐之・疋田千益・長谷川正賢・山科元幹・原田常直・狩野長好・高橋嘉邦・広沢善応・田中元成・渡辺一清・本多夏香・長野義言・松梅院観山・長講堂無別・泉徳寺正聴・丹山希芳・木村弓雄・高木常喜・清多・直春・康秋・雅澄・白雅・女房の五十四人に上り、桂園社の盛会には見るべきものがある。（『桂園秘稿』）

この会始めの参会者は在京の門人たちが主であるが、全国各地の桂園派歌人もしだいにその数を増して来た。巨匠の名の聞える景樹に対しては、

国学派の悪評

> 香川景樹、京にありて其名一時に聞え、才気余りあれど、その実、浮薄俗意にして、正々の歌人にあらず。其俗に通じ安く、入易きが故に、遠近これに帰する者多く、…方今此の悪弊四方に蔓衍し、数百千人を誤る事、実に可レ嘆事に御座候。（飯田年平「稽古之次第書」）

とか、

> 景樹は、古学者の外、他流よりも一家のよみての風として、のけものの様にいたされ居り候由に御座候。（衣川長秋書簡）

と国学派からの悪評が放たれ、あるいは景樹の作歌に詠嘆語「けるかな」の使用が多い

「けるかなとよまれけるかな」のを、文字どおり言葉尻をとって、

けるかなと詠まれけるかなけるかなに　あらぬけるかなも詠まれけるかな（『古今歌話』）

と揶揄されているが、しかもそうした反桂園派の人びとでさえも、

名海内にとゞろくほどの歌人　信田稲麿

世にすぐれたる聞えある翁　相川功垂

香川、歌は天下一　清水浜臣

とその名声・実力を認めない訳にはゆかなかっただけに、桂門に参加する人たちは年と共に多きを加えた。

天保元年から七年までを例にとって見ても、元年には岡可孝（備後）・八田知紀（薩摩）ら十九人が、二年

香川景樹木像（『南天荘墨宝』所収）

には青木永古(肥前)・神方升子(信濃)ら二十二人が、三年には喜多公綺(播磨)・望月貞明(周防)ら二十二人が、四年には伊集院俊秀(薩摩)・浅田御民(豊後)ら二十五人が、五年には近藤忠行(伊予)・田中満慶(周防)ら三十人が、六年には桜本坊快存(大和)・富永世済(奥羽)ら三十七人が、七年には山崎良顕(尾張)・高橋景張(備後)ら三十三人が『入門録』にその名を列ねた。

天保八年(一八三七)四月十日は景樹七十歳の誕生日である。門人たちは賀会の準備に忙しかった。

香川七十賀、小子等より御案内申入候。御出詠可レ被レ下候。(高橋景張宛熊谷直好書簡)

来月十日宗匠古稀賀廻状来候事。但人数百四十六人程有レ之候事。(『泉徳寺正聴日記』)

大人御賀ニ而、段々御苦労被レ遊忝奉レ存候。いづれ明日ハ早々列席奉レ待候。随而金子一包壱両弐歩弐朱慥ニ御預リ申置候。(赤尾可官宛熊谷直好書簡)

その四月十日、円山端寮において景樹古稀の賀宴が盛大に催された。会する者は凡そ百六十人。会費一人二百疋。この日の兼題は「緑竹年久」で、当座は「始聞郭公」の歌題である。

かねてより君が齢のこもらずば　いかでか竹も千ひろなるべき　熊谷直好(『浦の汐貝』)

天の下ならぶかげなき呉竹の　千世の色こそさやけかりけれ　八田知紀（『しのぶ草』）
仙人の千尋の竹は大空の　みどりとともにいく代なるらむ　秋園古香（『秋園古香家集』）
みどりなるかの淇のくまのたかむらを　君が世祈るかげにからめや　穂井田忠友（『穂井田忠友家集』）
わが袖もかはらぬ色にくれ竹の　久しき世よりたれかそめけむ　景樹（『桂園遺稿』）

「嬉しともうれしかりける今日のまどひよ」と喜ぶ景樹に、山田清安は、

君が世は天津をとめの舞の袖　いく度かへす千歳なるらん（『作楽園遺稿』）

の歌にそえて三人の美妓を席に呼び、景樹は、

苔むせる老をば天津おとめ子も　なづるいはほのこゝちもやせん（『桂園遺稿』）

と大満悦であった。

天保の飢饉

しかし、巷には不安と動揺が渦巻いていた。天保三年から八年にかけては全国的な大飢饉であって、農民一揆が起こり、暴動の浮説・張紙が溢れ、大坂堂島の取引も中止され、国学派歌人足代弘訓はこの天災と人災に際して難民救済につとめ、

事しあらば火にも水にも入らむとは　思ふものから身は老にけり（『海士の囀』）

と詠い、天保八年二月十九日に弊政改革の兵火が大坂天満の一角から挙げられた。陽明学者大塩平八郎の挙兵である。その檄文にいう、

大塩平八郎の挙兵

此節米価弥高価に相成、大坂の奉行並諸役人ども万物一体の仁を忘れ、得手勝手の政道をいたし、……且三都の内大坂の金持共、年来諸大名へかし付候利徳之金銀并扶持米等を莫大に掠取、未曾有の有福の暮し、……田畑新田を夥しく所持、……この節の天災天罰を見ながら畏も不レ致、……紂王長夜の酒盛も同事、其所の奉行諸役人手に握居候政を以、右のもの共を取〆、下民を救候儀も難二出来一、日々堂島相場斗をいじり事いたし、実に禄盗にて、決而天道聖人の御心に難レ叶、御赦しなき事に候。（『大阪市史』第二）

と。六月、景樹は「此頃の世のさまを見聞につけて」詠んだ。

あなくるし何ぞは老てむかしより　まれなる年のうきにあふらん
前の世に実なき種をやうゑ人の　やせたのあぜになへふしにけり
つゆだにもかわく夏野の草の上に　置こそあまれ人のいのちは（『桂園遺稿』）

「京都臨淵社相撲番付」

天保十年（一八三九）六月に「京都臨淵社相撲番付」が出た。これは景周十七歳が戯れに作

ったものといわれているが、当時の桂門歌人群の様相を窺うに足るものがあるので掲げておく。

	東	西
大関	赤尾可官	中川自休
関脇	松園坊清根	八田知紀
小結	中島勝称	穂井田忠友
前頭	山本嘉之・山田清安・竹内有岑・柏原正寿・多久敬・茶室康哉・鈴鹿連胤・蔭山秀雄・渡辺一清・安平次邦雅・朝山義延・平清水義信・河村一成・山田保造・御牧景福・赤井真澄・鎌田昌言・多芳子・北小路俊徳・狩野長好・広沢善応・泉原重修・安田義利・泉徳寺正聴・浦野房子・木田千賀丸・伊集院俊徳・平野長臣・石津信躬・船越祐文・原田常直・相良土民・内山盛隆・青山維敬・谷野きと子・湯浅輝慶・大久保路義・鈴鹿光賢・稲田法眼・鈴鹿長存・花月亀齢・地福頂空・星野宗以・岡田豊一・花巌斎宗	竹内享寿・高橋正賢・石津信宣・豊原文秋・淡川康民・松岡帰厚・中川長延・寺内頼徳・疋田千益・五十嵐祐之・今大路孝光・藤田惟中・小谷厚徳・佐々木世済・松室真雄・吉村頼厚・柴田勝世・高畠刀美子・奥村泰之・田中元成・浦野穏治・武内賓貞・常楽寺光麗・中村員子・(一人欠)・岩波悦篤・渡辺親民・土佐光文・木村康治・清水載之・長講堂無別・中西維敬・鈴鹿長生・四本為陳・北岡正秀・松井美卿・本荘嬌子・鈴鹿正路・清祐徳翁・田尻彦治・上林三入・近藤春卿・田川善定・藤田維孝・北畠顕晢
勧進元	熊谷直好	

行司	長谷川正賢・桟車周道・大道寺忠
頭取	朝山常清・児山紀成・高橋残夢・秋園古香・内山真弓
世話人	小野務・山科元幹・桜井春樹・豊島茂文・高橋嘉邦・桜本坊快存

（『国学者伝記集成』所収）

従五位下・肥後守に叙任

天保十二年（一八四一）景樹七十四歳。六月十四日に従五位下に昇叙され、十月六日に肥後守に任ぜられた。門人山科元幹（やましなもとのり）は、

凡諸家恪勤叙爵之事、頗不㆓容易㆒、況新家八十未満其例甚稀、窃以依㆓歌道再興之功㆒、被㆓有許㆒歟。（桂園大人追悼式会序）

と言って、梅月堂分家の「新家」で、しかも「八十未満」の七十歳代での昇任は格別のことであるとする。所伝では、

橋上秋夕

あきかぜのさむき夕につの国の　さびえのはしをわたりけるかな（『桂園一枝拾遺』）

（文化四年の初詠では、初句は「秋の風」となっている。六十三頁参照）の歌に光格天皇の叡感浅からず、もって特旨によるものとされている。

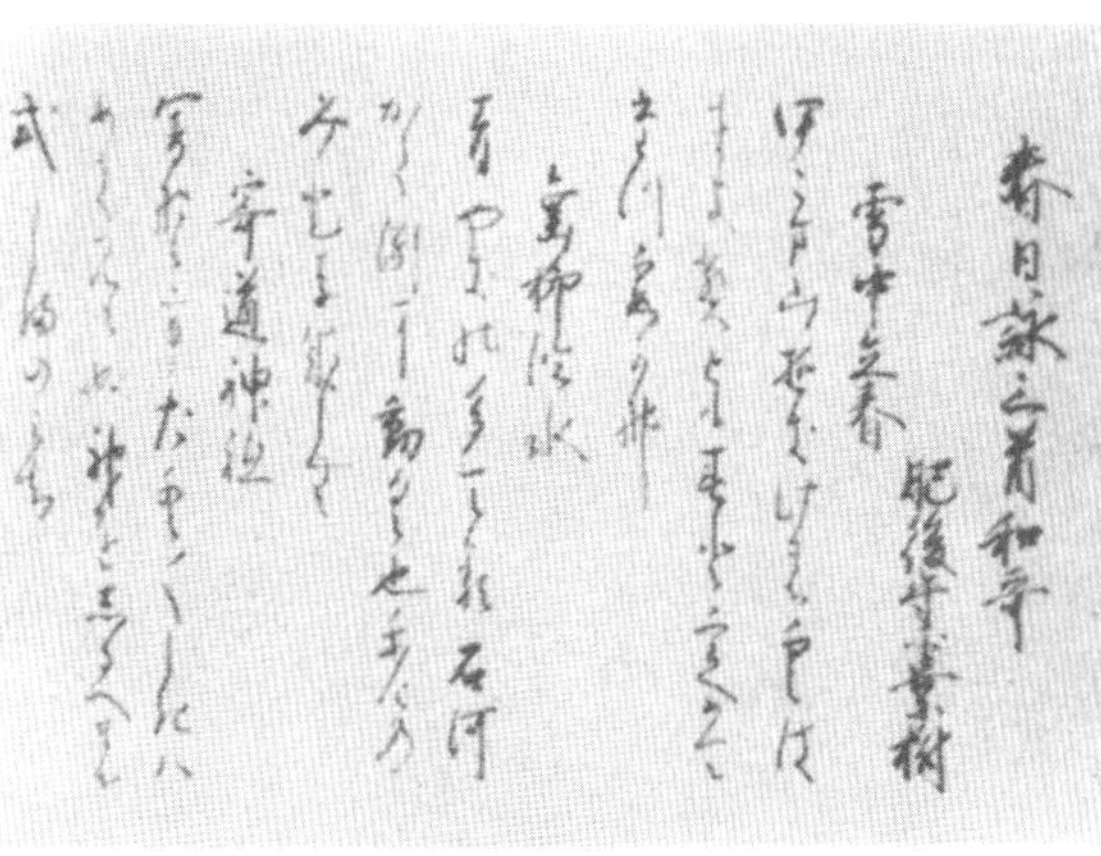

香川肥後守景樹懐紙（『南天荘墨宝』所収）

桂門塾中の渡忠秋・大道寺忠の名で昇叙を祝う廻状が在京社友に達され、今般の拝叙は格別の御沙汰であり、かかる人で華族御一列に加えられたことは宗匠をもって初例とし、万寿の至りであると喜びが頒たれる。（中村家文書）

景樹も恭賀に堪えず、

宣下を蒙りたる朝に御とのゝ方を拝してよめる

けふぞしるふして仰げば位山
いよ〱高き君がめぐみを

折しも横雲の棚引けるを

浅緑雲のひとへもほの〲と
あけの色にぞ匂ひそめたる

辱くもおほけなくも嬉しみ奉り

余れる真心を唯言にいへるなるべし穴賢

主家徳大寺大納言実堅からも数々の祝品にそえて、

近き世に例まれなる恵うけて　栄そふらん老の行末　景樹（『桂園遺稿』）

とあって「歓にたへ」ず、

齢のみ世にまれなりと思ひしは　此御恵をしらぬなりけり

位山たかねの月のかげなくば　しげきふもとをいかで分けまし

このほか「三位中将の君」「御裏の君」「御二方の君」からも祝歌と白綾一むら、御綿二まきなど賜わって、それぞれに返歌を奉る。門人たちからも祝歌が呈される。

直好の祝歌

我師肥後守、まだ長門介なりける頃、俄に宣下ありて位あげ給へりけるよろこび申しつかはすとて文のおくに

言の葉の道よりのぼる位やま　世にも稀なるあとやのこらむ　熊谷直好（『浦の汐貝』）

返し

くらゐ山ふもとのちりの言の葉に　けがせる名をやそらにたつらむ　景樹（『桂園遺稿』）

画工を招いて朝臣姿の肖像を画かせたのもこの直後であるという。この肖像を見て次

のようにも言われている。

香川景樹は壮きほどは男ぶりよく、弁舌爽にして、祇園・島原のうかれめどもにほめ騒がれし由なれども、老後の肖像といへるをみるに、痩せさらばひたる上に、頷（あご）いたくさしいでゝ、いと奇異なる姿なり。（田原櫟水、『しがらみ草紙』第十六号）

姿のよしあしはさておいて、このころの景樹について国学者近藤芳樹は語る。

近藤芳樹の景樹評

都にて名高きうたよみは、景樹の翁、（賀茂）季鷹県主のふたりなりけり。そのうち季鷹はむねとたはれたることをよみほこりて、まことの言の葉に心いれぬ人なりしかば、物よく心得たる人はさのみしたひもよらざりしにやありけん。香川はひとつのふりをくはだておこして、これまでよみふるしたる体（さま）を改めたる人なる故に、そをよしとおもひつく人はしたがひ学びなどして、その流れやう／＼ひろがりたれば、県主にならべいふべくもあらぬこの道の宗匠になん。（『寄居歌談』）

芳樹はいう、誠実より出でて自己の主張に徹したところに桂園歌風の発展があったと。そしてまた、いつの時代にあっても新しいものは優れたものである。ひとびとは新しいものに集まる。景樹は新しい時代の歌の象徴であったと。

三　逝去

桂園歌壇の総帥として、その門下から、

我師香川景樹大人……諸の先哲に抜群なること勿論なりといへども、いぶせき荊棘を切はらひ、此大道を開かんとする、豈容易業ならんや。されば此為に刃をわたり、炎を分玉へる難苦おもひやり奉るべし。漸大業四海に顕れ、鴻名天下にとゞろく。おのれ幸に此世に生れ、また幸に此門に入り、かゝる大人を先達とし奉り、愚なりといへども、かつ〴〵歌の歌たるゆゑんをしれるは、誠に千歳の幸にして、楽しともたのしからずや。（内山真弓『吾嬬紀行』）

と景仰される情熱と自負の歌人景樹は、その多病の生涯の最後の病に犯され、天保十四年（一八四三）三月二十七日、二条木屋町の別宅臨淵社において、七十六歳をもって波瀾の多かった一生を終った。病中に詠んだ、

一すぢに命まつまの春の日は　かへりて長きものにぞありける（『桂園叢書』第二集、消息二十二）

の一首が辞世となった。

埋葬

二十九日に遺骸を岡崎の本宅に移し、三十日に喪を発し、四月二日に葬儀を営み、二条河東東寺町（左京区東大路仁王門上ル）の時宗聞名寺（もんみょうじ）の香川家塋域に、先に葬った妻包子の向かって右隣に墓碑が建てられた。正面に「従五位下肥後守平朝臣景樹墓」と刻み、向かって左側に「号実参院悟阿在焉居士」、裏側に「明和五年戊子四月十日生天保十四年癸卯三月三十日卒」と記され、右側に石標があって「贈正五位香川景樹明治四十年十月二十三日宣下不肖孫正七位勲六等香川秀五郎景之建」とある。

門人の追悼歌

師を失った桂門歌人の追悼歌、

東塢大人やよひの末みまかり給ふに

君により悲しき時となりにけり　今よりのちの花のさかりは　熊谷直好（『浦の汐貝』）

一筋にをしへし道はのこれ

香川景樹墓（京都市・聞名寺）

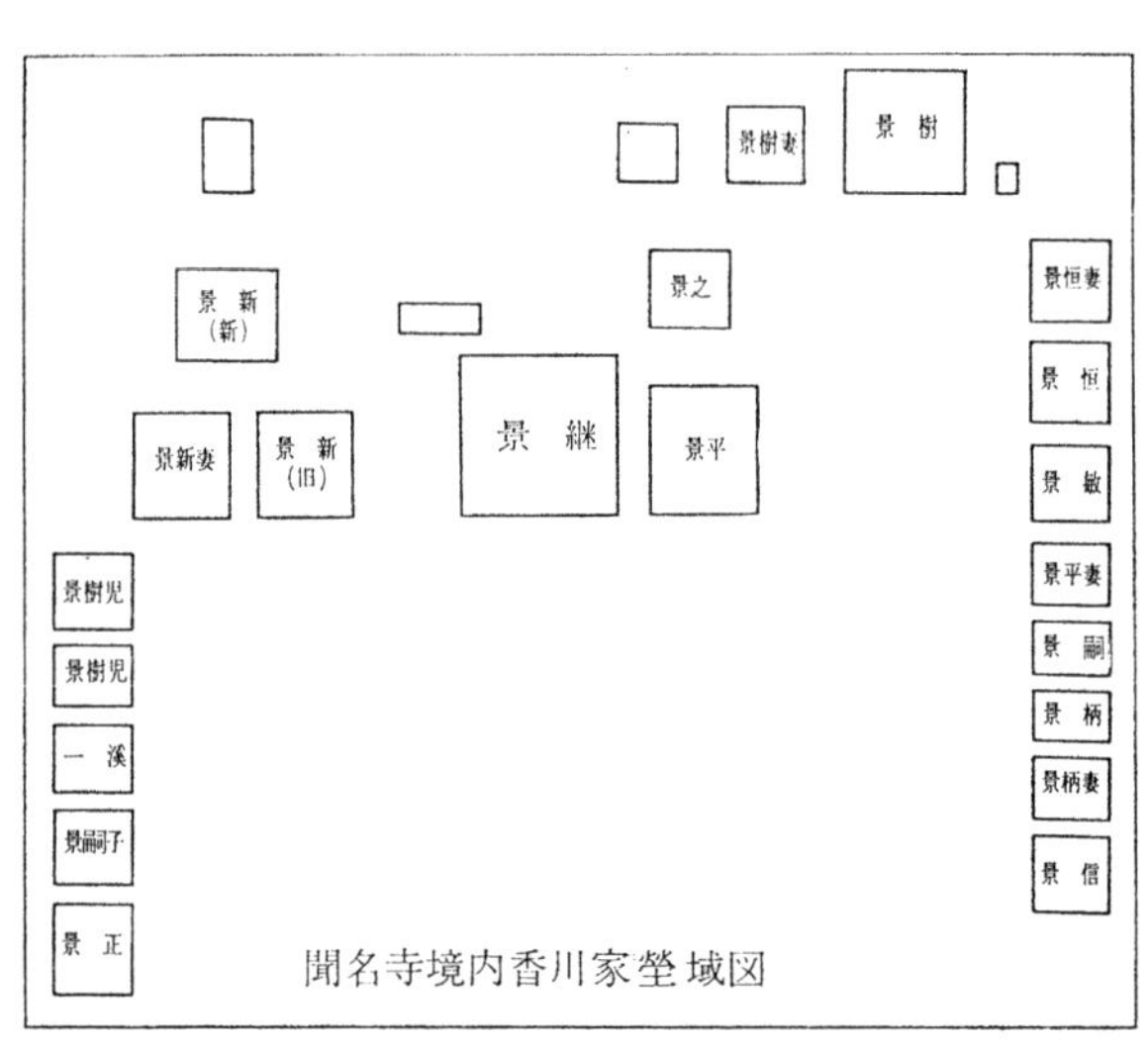

聞名寺境内香川家塋域図

ども　かへらぬ君となるぞ悲しき

同（『浦の汐貝拾遺』）

百日忌　初秋月

花とのみちりし別をおもふまに　月にかこたむ秋は来にけり（『浦の汐貝』）

師の君身まかりたまひけるとしの秋、御墓に詣で侍りけるに、草雲雀といふ虫の鳴ければ　同

あき風に露おくつきの草ひばり　きけば春こそ恋しかりけれ　渡　忠秋（『桂蔭』）

師のうしの一周忌の追善会を東山なるなにがしの楼にて物せられし時、懐旧のこゝろを

天の下いづこにゆかばきかざらん　悲し

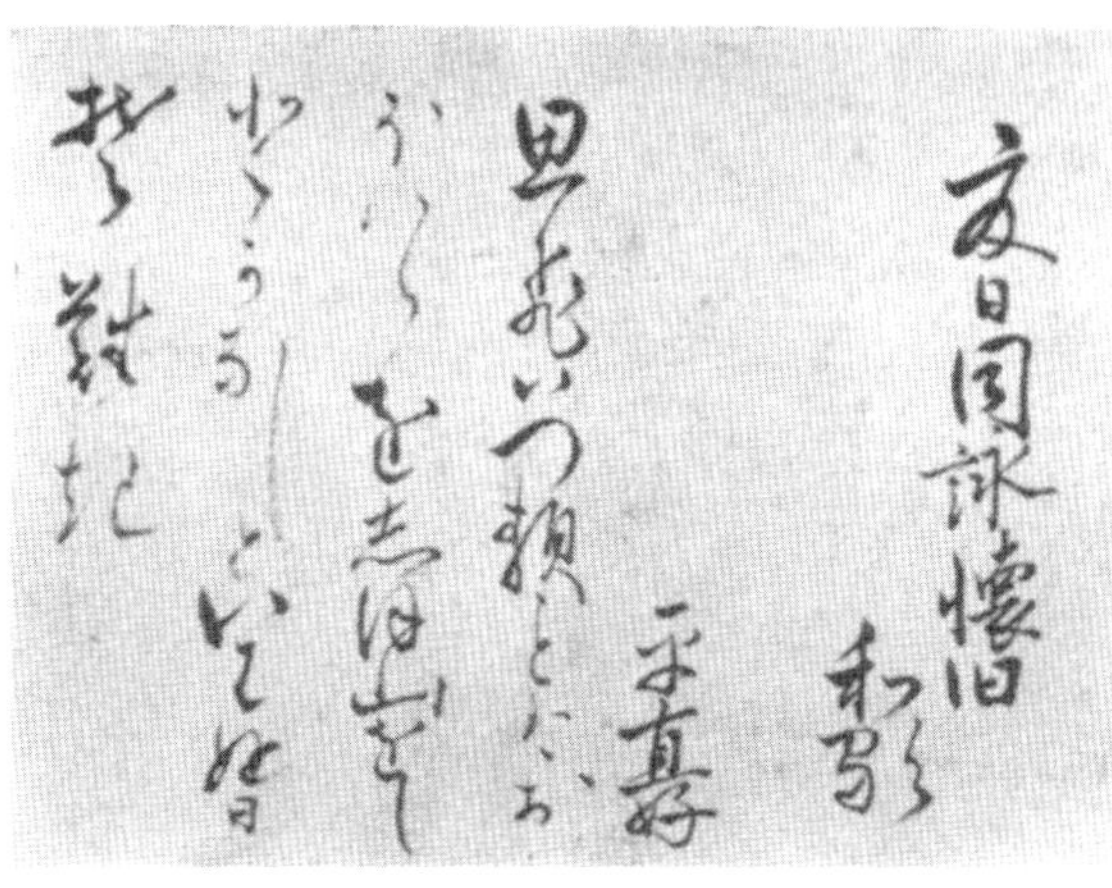

景樹一周忌追悼和歌（熊谷直好筆）（著者蔵）

き君が昔がたりを　八田知紀（『しのぶ草』）

同懐旧非一

思ひ出づることはおほ原を塩山　をしと悲しといはぬ日ぞなき　熊谷直好（『浦の汐貝』）

君まさで我世は闇となりにけり　とはまくほしの数のみにして　山田清安（『作楽園遺稿』）

めの前に見えずなりゆく敷島の　道を近しとなにたのみけむ　柳原安子（『桂芳院遺草』）

かひもなく草の軒ばを八千たびも　くひに水鶏のたゝく成けり　高畠式部（『麦の舎集』）

あはれ君などはかなくてやみぬらむ　消にし雪は又もふる世に　河辺一也（『葎園倭歌集』）

此ごろの雨は都の涙とも　知らで過ぬる事ぞ悲しき　萩原貞起（『滝園歌集』）

此君のかへし給ひしあらす田の　ふたゝび荒ん道ぞ悲しき
朝枝一貫（『深山木集』）

一年をながめくらせば何くれの　おもひ出草ぞ生ひそはりぬる
穂井田忠友（『穂井田忠友家集』）

第七　景樹以後の桂園派歌壇

一　後継者景恒

香川景周

香川家の相続および歌道の後継者としては景周（かげちか）（文政六年三月二十一日生、幼名は鎌倉太郎、後に景恒と改名、慶応元年十一月十六日没、四十三歳）がいた。景周は景樹の晩年の子で、景樹が没した時は二十一歳の青年であった。彼は性格も温和で、歌道にも熱心であり、天保七年（一八三六）十四歳の頃には、父と共に題を分けて詠んだ歌もあり、その後かなり上達の跡は見えるといっても、父であり師である景樹の後継者として、千人に及ぶ桂園派歌壇の宗家を保持するには、なお力量の不足が心配された。反桂園派の長沢伴雄が「歌よみのみ有りて学者少なく、その歌よみも景樹歿後は地におち候様也」（天保十四年十月、中島広足宛書簡）と景樹の偉大さを認める後を承けたのでは、景周自らも、

父のみまかりける年の秋

かれはてしかつらの枝にみのむしの　ちちと鳴きても秋をふるかな（『類題和歌鴨河集』）

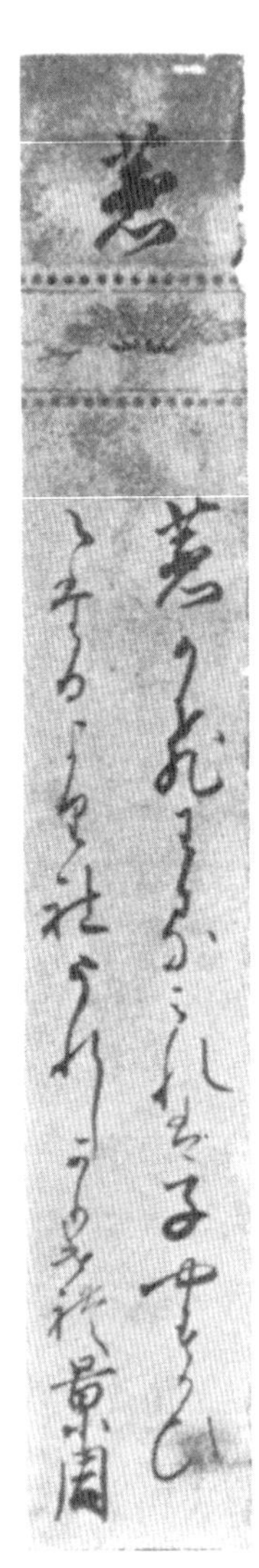

香川景周短冊（小野招月亭蔵）

と嘆息するのは、単なる父恋しさからばかりではない。

景樹没後の東塢亭の経営にしても、景樹が貧窮に終始した後を承けたのでは甚だ困難であり、当分の間は景樹の残した短冊・懐紙を売るか、それを抵当として借金するかの方便が必要であった。それも懐紙五枚で一両の売価、四枚で一両の借金では限度があった。

熊谷直好を後継者に推薦

こうした状況下に、景樹の葬儀が終って間のない四月十八日に、門人山本嘉之・河村一成は大坂に下って熊谷直好に面会し、桂門の総意として、景樹の後を継いで一門の宗匠となるよう交渉した。

当時、桂門の十哲といわれた人たちの中でも、すでに木下幸文・玄如・菅沼斐雄・児山紀成・中川自休・亜元の六人は景樹に先立って没しており、一門の最長老としての直好の地位にはゆるがないものがあったことは、天保十年の「京都臨淵社相撲番付」における勧進元という役割にもよく窺うことができる。

直好の後継者辞退

こうした地位にある直好が、景樹没後の桂園社を統率することには衆望の寄せられるところであったが、直好はこれを受諾しなかった。直好はいう。

式部君（景周）歌ハ既ニ上手ト云ヘドモ、廿歳余、社中ノ随志無レ之候ヘバ、熊谷引ズリ出シ候ハバ人望ニ相叶トノ事、御尤ノ様ナレドモ、大人ノ歌道相続ノミノ為ナラバ又左様ノ理モアランカ、私其仁体トハ更ニ不レ存候ヘ共、理ハ可レ然筋モアルベシ。香川家七世ノ宗匠家、夫ヲ相立、家勢ヲヲトサズ、長久ヲ量り候意ナラバ、小子存ズル旨ハ、熊谷ニモセヨ穂井田ニモセヨ、後見ナドトナノリ出張候時ハ、其人ニ随心候テ人寄リ不レ申、三年ノ後其人引取候節ナラバ、式部宗匠廿五ニナラレ候ヘバトテ随心イタス所甚無ニ覚束一、ヤハリ点削ナド受来リ候穂井田ヘ随ヒ候事必定也。サ候時ハ、宗匠ノ旧キ門人迄取にげニシタル形ノ如シ。夫ヨリハ只今ヨリ若シ熊谷ヘ頼来リ候人万に一も有レ之時ハ、トクト申サトシ、式部殿ニ点削受候ヘ、若年ニテ無二覚束一被レ存候はば、社高弟ハ勿論、小子ニ至ル迄心付申合セ点削ニ及候事ナレバ、ヤツテ折角得心出来候様可レ然。サ候はばホソぐニモ香川家宗匠家相立行可レ申。両三年ノ内ニハ式部殿ヘ実ニ随心ノ輩出来可レ申事必定也。（『名家書翰集抄』）

と。自分は謙譲して師の実子景周を助け、桂園一派の隆昌のみを念願する直好の心底は誠に立派であった。直好はまた、

我師みまかり給ふ後、景周より教の事ども尋ねられたるついでに

敷島の言のは山のほとゝぎす　異なる声もあらばこそあらめ（『浦の汐貝』）

と愛情のこもった指導もおこなって、名実共に立派な二代目を育てようとしている。景恒は『香川景恒遺稿』『景恒翁歌集』に見られるように、歌人として多くの佳作を残しているが、彼の大成については直好の指導によるところが多い。次の景恒宛の書簡がある。

一昨年秋已来月次頂戴歌誠に感心仕候。是は一首によりていふにあらず。御達意の程欽悦仕候。已前大坂若手出精年分両度も御下坂の節承り候トハ雲泥の違ト奉レ存候。是全香川家ノ御運盛大。堀川伊藤家仁斎ノ次に東涯出候例、尤歌道ノ運□□云

々、（『日本美術工芸』第五十四号）

さらにまた備後国尾道に隠居の高橋景張宛書簡では、

来年御古稀ノよし。右ニ付、出題ノ事承候。是ハ惣本山香川奥陸（マヽ）介（景恒は嘉永三年二月二十一日に従六位下・陸奥介に叙任された）へ御頼被レ成可レ然ヤ。出題あらば私も夫ヲよみ可レ申候。夫も是非私出題いたし候やうニと申事ならば後便出題可レ呈候。今一応御勘考可レ被二申越一存候。（嘉永三年六月十三日付）

と景恒を盛り立てている。

景恒の歌名

その景恒は、安政二年（一八五五）には、当時の京都在住の三十六歌人の一人に選ばれ、『宮古現存和歌者流梅桜三十六歌選』に渡忠秋・竹内享寿・高畠式部・香川景嗣らと共に、

めきめきと賑ひ出した渡忠秋　祇園の夜ざくら
分入てみれば色香ふかき香川景恒　くらまの渦ざくら

とその歌名を謳われるに至っている。

二　幕末・明治初期の桂園派

桂園派の優位

桂園派は幕末の歌界に君臨した。景樹逝去の後に熊谷直好・穂井田忠友・山田清安・高橋残夢・赤尾可官・飯野厚比・内山真弓・松園坊清根らの桂門の高弟があい次いで没したとはいえ、竹内享寿・八田知紀・渡忠秋・河辺一也・萩原貞起・高畠式部らは、それぞれ門人を養成して一社をなし、国学の県居派や鈴屋派の歌人に優越していた。たとえば、鈴屋派に属する尾張国の植松茂岳の門下生の多くが国学の立場を去って桂園派に走ったように、歌壇においては、桂園派の国学派に対する優位は圧倒的であった。

時代は幕末の国内・国外の政治的危機に臨んでいる。国学者たちは、その復古主義に基づく尊皇攘夷・王政復古の運動をもって時局に自らを投入して行く時代であって、詠歌よりも思想運動へ、文芸よりも政治へと足を踏みこんでゆく国学派の行動は、和歌に託してその志気を昂揚することはあっても、花鳥風月に自己を沈潜さすことはできなかった。桂園派が和歌プロパーの世界において国学派を圧倒したのは、ここにもその理由があった。

そうはいっても、桂園派歌人の中には、歌人であると共に、本来は藩士であり、一定の政治的地位にある人たちもいて、彼らは大なり小なりに藩の政治的動向とその動きを共にし、時局の推移に従って佐幕か勤皇かの渦中に身を処しなければならなかった。

桂園派歌人の勤皇活動

土佐派の画家で画院寄人を勤める宇喜田一蕙（うきたいっけい）は天保六年以後景樹としばしば歌の交わりを重ねているが、嘉永六年（一八五三）にアメリカ艦隊が浦賀に現われた時は「神風夷艦を覆すの図」を画いて国民の奮起を促し、安政五年（一八五八）に井伊直弼の勤皇派弾圧に反抗したが遂に獄死した。一首がある。

敷しまの大和なでしこいかなれば　からくれなゐの色に咲くらん　（『近世殉国百人一首』）

信濃国松本の名主で景樹門下の近藤弘方もこの時の反井伊運動に加わって幕吏に捕えられ追放された一人である。

薩摩藩士八田知紀は藩主島津侯の命を受けて勤皇運動に画策するところがあり、その門下で大坂蔵屋敷詰の高崎正風は藩主忠義の父島津久光の公武合体運動に加わって探索の役目を勤め、同じく知紀門下の税所敦子（さいしょあつこ）は薩摩藩士の妻として、また島津久光の息女が近衛家に嫁した時の侍女として幕末史の裏面に活躍している。

やがて明治維新を迎える。

丁卯のとし(慶応三年)の十月、王政復古の事仰出されしに

神代にもかへれば復る大御代を　くだりはてしと思ひけるかな　知紀(『しのぶ草』)

この知紀が、明治元年(一八六八)に故氷室長翁の歌集『巨勢の山ふみ』が出版されるに当たっての序文に、

あはれ若かりしほど、都の月花にあそびふけりし友達の、今は一人だに世にのこらずなりたるは、はかなくもいとかなしきわざになん。

と記しているが、七十歳の知紀のように、生きて明治を迎えた景樹門下は少数であっても、その桂園の流れを汲む明治初期の桂園派歌人は全国に散在して多きを数えた。その主な人びとを挙げてみよう。

明治初期の桂園派歌人

東　京　河辺一也・相川景見・秋園古香・福田行誠

京　都　香川景敏(景恒の子)・香川景之(景敏の弟)・疋田千益・鈴鹿連胤・辻井含章・平岡敬重・高畠式部・渡忠秋・尾崎宍夫・須川信行・村山松根・清水蓮成・松波資之・松浦辰男・毘尼薩台巌

大　阪　高橋正純・三井宗之・平尾寛正・平瀬儀超
名古屋　鈴木常明・山崎良顕・間島冬道・羽鳥春隆・三浦千春・馬場守信・本多俊民
　　　　・寺倉古史・勝野秀雄
松　本　林良本・萩原貞起・杉浦盛樹・河野道重
岡　山　瀬崎久敬
岩　国　熊谷直輔・宇都宮孚・栗原弼・今田寛・今田重明
徳　山　中山みや子
都　城　大館晴勝・池袋清風
鹿児島　八田知紀・樺山資雄・税所敦子・高崎正風・黒田清綱

三　御歌所と桂園派

桂園の本拠京都を中心として全国にわたる歌人網を形成して歌界をリードしていた桂園派は、明治の新帝都東京を新しい根拠地とする機会を得た。すなわち宮中御歌所の設置である。

和歌所

宮廷和歌の機関としては、古くは村上天皇の天暦五年（九五一）や後鳥羽上皇の建仁元年（一二〇一）に宮中に和歌所が置かれて、ここで『後撰和歌集』や『新古今和歌集』が選集され、爾来、和歌所を中心として堂上歌学がおこなわれていた。

維新以後は、明治二年（一八六九）に三条西季知、同四年に福羽美静が御歌御用を仰せつかり、先ず堂上派の伝統が重用されたが、同五年に桂園派の八田知紀、同七年に渡忠秋、同九年に高崎正風が歌道御用を仰せつかるに及んで、宮廷歌学に桂園派の歌風が導入されることとなった。

御歌所

高崎正風は鹿児島の藩士で、同藩の八田知紀に学び、明治九年に宮内省歌道御用掛に任命されて以来、この掛が明治二十一年に御歌所と改称される時もその長となった。

宮廷歌人としての地位を確保した正風を中心として、景樹の孫の景敏も明治十九年に宮中御用掛となり（明治二十年十月二十五日没、二十七歳）、その逝去後は弟景之（昭和七年四月八日没、六十八歳）も登用され、桂園派の松波資之・税所敦子・黒田清綱がこれを助け、鎌田正夫・伊東祐命・大口鯛二・坂正臣・須川信行・千葉胤明・井上通泰らの桂園派もしくはそれに近い歌人たちが寄人として御歌所に結集された。明治新政府における旧薩摩藩の勢力はそのままこの宮中御歌所にも反映し、御歌所の中枢は知紀・正風・敦子・清綱らの薩摩出身者によって固められている。大谷望之は、

明治の代となりては、八田知紀・渡忠秋・村山松根・松波資之・高崎正風・黒田清綱の諸氏など桂園派の諸名家相踵ぎて出でしが上に、畏き御あたりさへ此派をめでさせたまへば、桂園派は再盛になりぬ。（『しがらみ草紙』第二十九号、明治二十五年二月二十五日）

という。

『東京大家十四家集』

明治十六年当時の代表歌人十四名の作歌を収録した『東京大家十四家集』に名を列ねる福羽美静・黒川真頼・高崎正風・間島冬道・小出粲・松波資之・黒田清綱・山本実政・三田葆光・鈴木重嶺・伊東祐命・嵯峨実愛・本居豊頴・池原香穉のうち、○印の六人は桂園派であることを見ても、御歌所を拠点とした当時の桂園派の勢力を知ることができる。

景樹二十五年祭

これらの桂園派歌人たちにとって、その道を拓いた景樹はすでに偶像的対象にもなりつつあった。明治元年景樹二十五年祭に当たって、

言の葉のしをり尋ねし岡崎の　むかしも遠くかすむ春かな　　八田知紀（『しのぶ草』）

景樹四十年祭

また、明治十六年の四十年祭に当たって、

聞名寺山門（向かって左手に石標）

対花思昔

かぐはしき花に向ひて言の葉の　さかえし春をしのぶけふ哉

三条実美（『梨のかた枝』）

同

敷しまの道の高ねにあらはれし　花やむかしの匂ひなるらん

小池道子（『柳の露』）

同

ことのはの色もそひけむ岡崎の　春おもほゆる花のかげかな

間島冬道（『間島冬道翁全集』）

と讃仰される。

この年の年祭を記念して景樹の孫弟子

（渡忠秋門人）尾崎宍夫は聞名寺門前に「香川景樹翁墳塋在当寺」の石標を建立した（明治四十年に景樹は正五位を追贈されたので、この石標の側面に「贈正五位香川景樹大人墳塋」と刻み、この側面を正面に向け変えて建て改めてある）。

景樹五十年祭

明治二十五年三月二十七日には五十年祭が洛東左阿弥そのほか各地で催され、

花間鶯

けふにあへば花の木のまに鶯の　囀づる声もかなしかりけり　松波資之（『花仙堂詠草拾遺』）

遅日

春の日のいよ〱長きものといひし　君が今はのみゆる今日哉　同

と景樹が追慕され、これと前後して景樹の著書の出版も盛んであり、世人への景樹の紹介が意欲的におこなわれた。

明治二十一年の春夏の交なりけん、池袋清風氏の和歌沿革史報知新聞等に出でて、世人始めて桂園派のすぐれたることを知り、翌二十二年の春、井上通泰氏の景樹伝国民之友に出でて、世人の桂園派を信ずること漸く深く、これより一篇出で一文あらはるゝに従ひて和するもの愈多く、遂には現今の流行には立至りぬ。（大谷望之「桂園派の流行」『しが

らみ草紙』第二十九号、明治二十五年二月）

> 我始めて『桂園一枝』を読みて、桂園派の人々の事蹟を探らん志を起ししは、実に明治二十一年八月なり。それより身をこれに委ぬる事茲に四年。中ごろより志を同うせる人々の助を得て、遂に「桂園叢話」を出すに至りぬ。明治二十五年五月井上通泰（「桂園叢話」第一篇はしがき『桂園叢書』第二集所収）

大西祝

景樹を称えて、その流れを汲む大西祝（はじめ）は、

> 香川景樹歿して茲に五十年、桂園の芬香尚ほ今に流る。特に此両三年来其名声の甚だ高きを覚ゆ。彼が徳川時代第一流の歌人に列すべきは衆人の容す所、否歌をもて云はゞ恐らく其第一人なりしならん。（「香川景樹翁の歌論」『国民の友』一六四）

と景樹の歌風が明治の中期においてなおその価値を失っていないことを力説している。

明治初期の文明開化政策は西洋文化を奔流させ、絢爛たるヨーロッパナイズが一世を風靡したが、明治中期の国際的緊張からくる国民的自覚は日本的なものの反省を生み、それは国学の再発掘とも景樹歌学の再認識ともなっている。

しかし、景樹は近世歌学の頂点に立っており、桂園歌学をそれ以上に発展させようと

桂園歌学の止揚

すれば、桂園の形式を捨てて桂園の精神を継承するの外はない。すなわち伝統打破の精神であり、桂園歌学の伝統もまた止揚されなければならない。間島冬道はいう。

景樹は天授の英才を以てこの道を解し、古人に拘らず今世に諂はずして、能く一家を成し、六―七百年来始めて我が歌を詠じ、其徒弟中熊谷直好が如きも、其教を奉じて又一家を成せり。然れども、物換り星移りて、其門に出づるの徒と雖、景樹を偏信して景樹の意を解せず、只管景樹の園中に徘徊して墻外に出づるを知らず。狭隘実に甚し。況、流行時尚を逐ひて、景樹の皮相を窺ひ、窃かに其姿詞を擬せんとするに至りては、着眼安心の方向定まらずして、常に暗夜を索むるが如し。（『間島冬道翁全集』）

と。まことに的確な桂園派による桂園派の内面的停滞の指摘である。この故に先の大西祝はつづけていう。

和歌の歴史は、恐らく香川景樹翁に於てたつべきことならん。……翁の歌論は我国歌に於ける一大新時期の開かるべきことを恰も要求するものに似たり。徒らに翁の糟粕を嘗めて賢しとする如き輩は、未だ翁の歌論の如実に傾向する所を看取せざるものと謂ふべきなり。

と。

浅香社

その要求される一大新時期は既に来ていた。早くも明治二十年には萩野由之の「和歌改良論」が現われて和歌革新が叫ばれていたが、明治二十六年に至ると落合直文の浅香社が創立され、直文は「独自の歌を詠め、古人にも今人にも追随するな、勿論余の歌も眼中におくな。」と主張する。しかしその作歌、

萩寺は萩のみおほし露の身の　おくつき所こことさだめむ

近江の海夕霧ふかしかりがねの　聞ゆるかたや堅田なるらむ

に読者はなお景樹の揺曳を認めるのではなかろうか。

浅香社を母胎として与謝野鉄寛・大町桂月・塩井雨江・久保猪之吉・服部躬治・金子薫園・尾上柴舟、そして与謝野晶子が生まれ、彼らは浪漫派短歌の先駆としての主情的短歌の運動を展開し、ここに和歌の時代から短歌への時代への道は切り拓かれた。

その子二十（はたち）櫛にながるる黒髪の　おごりの春のうつくしきかな　晶子

正岡子規の桂園派批判

これと前後して明治三十一年、正岡子規は『歌よみに与ふる書』において万葉主義の県居派や古今主義の桂園派を徹底的に批判し、

昔の歌よみの歌は、今の歌よみならぬ人の歌よりも遙に劣り候やらんと心細く相成申候。さて今の歌よみの歌は昔の歌よみの歌よりも更に劣り候はんには如何申すべき。（『歌よみに与ふる書』）

貫之は下手な歌よみにて、古今集はくだらぬ集に有レ之候。其貫之や古今集を崇拝するは誠に気の知れぬことなどと申すもの。（『再び歌よみに与ふる書』）

香川景樹は古今・貫之崇拝にて見識の低きことは今更申す迄も無レ之候。俗な歌の多き事も無論に候。……今の景樹派などと申すは、景樹の俗な処を学びて景樹よりも下手につらね申候。（同前）

と口調は激越である。

しかし、和歌革新を目ざす子規が、声を大にして景樹と『古今集』を非難することは、それだけに景樹の流れを汲む桂園派が当時の歌界を強く支配していたことを物語っており、桂園派の重みをはね返すことなくしては近代短歌の成立は不可能であったことを証拠づけている。その故に子規はつづけて、

芳野山霞の奥は知らねども見ゆる限りは桜なりけり　八田知紀の名歌とか申候。知

紀の家集はいまだ読まねど、これが名歌ならば大概底も見え透き候。（『四たび歌よみに与ふる書』）

御歌所とてえらい人が集まる筈もなく、御歌所長とて必ずしも第一流の人が坐るにもあらざるべく候。今日は歌よみなる者皆無の時なれど、それでも御歌所連より上手なる歌よみならば民間にも可レ有レ之候。（『十たび歌よみに与ふる書』）

歌は平等無差別なり。歌の

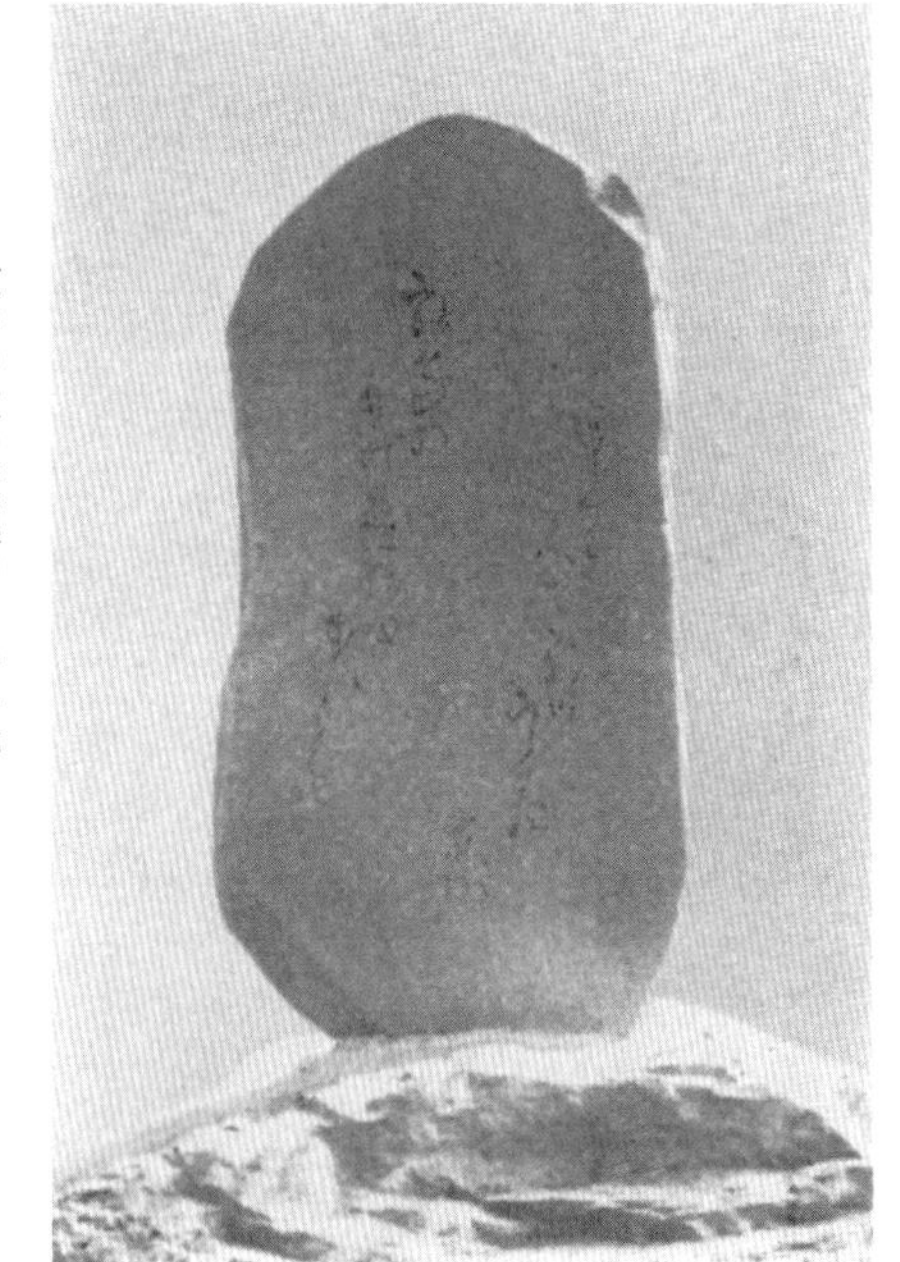

香川景樹歌碑（鳥取図書館構内）

敷島の歌の荒樔田あれに帰　あらすきかへせ歌のあらす田　景樹

上に老少も貴賤も無レ之候。（同前）

として、御歌所を拠点として歌界を支配する桂園派を否定し去った。

それはちょうど景樹が既成歌学を否定し去って、近世の新歌論を確立したことの歴史的回帰点に立つ叫びであった。

高崎正風の景樹讃歌があるので、それを記して本書のエピローグとしよう。

景樹讃歌

あれはてしうたのあらすたすきかへし　まことのたねをまきしきみかな

結びに代えて

景樹の一生は決して平坦ではなかった。それは与えられた運命であると共に自らの作った道でもあった。

その多難で苦闘の生涯を辿って、さて彼の一生の業績を振り返ってみると、ただ偉大であったと驚嘆のほかはない。契沖も真淵も宣長も偉大であったが、彼らの国学的立場と対立する別個の視点から、景樹がその生涯を貫いて成しとげた歌学的な成果は、歌論上の本質を追究して「まこと」と「しらべ」の理論を完成したことであり、その文学理論としての到達点には高次なものがあるが、それと共に、古代的・中世的伝統を固守して形式化し沈滞した既成歌学を新歌論によって一新し、近代思想への地固めをした歴史的成果において高く評価さるべきものがある。

われわれが景樹の発言を聞いて、なんとも明解でさわやかな感じを受けるのはそのためであろう。

たしかに景樹は現実をふまえている。『万葉集』を読み、『古今集』を信奉し、『論語』や『碧巌録』に吸引されても、それはすぐに今の我、今の心にはね返ってくる。今の心のために、今のしらべのために歌は考えられ作られている。その意味では彼は過去の人ではなくて現代人であり、未来に繋がる人である。

景樹伝を綴り終えて、これが私の率直な感想である。

執筆を終えるにあたって、永年にわたり景樹研究に打ちこまれた黒岩一郎・山本嘉将両博士の御著書および直接の御教示から得たものを基盤として本書を成すことができたことを心から感謝する次第である。

香川家系図

『岩国藩御家中系図』（岩国徴古館蔵）
『香川氏家譜』（山口県文書館蔵）
『香川家系図』（香川晃氏蔵）

桓武天皇―葛原親王―高見王―高望（平）―良文―忠通―景通―八代景政 鎌倉権五郎

―景季 鎌倉権六―高正 鎌倉内太夫―家正 鎌倉権太夫 此時迄鎌倉住―経高（香川） 五郎、香川氏を称し源義経に仕

―経景 三郎―景光 平太―安景 小平太―清景 四郎―行景 兵衛五郎 加賀守―遠景 弥五郎

―景春 加賀守―景信 左衛門、足利尊氏の時武家方―師景 左衛門尉―方景 左衛門尉―吉景 美作守

―元景 式部少輔―光景 美作守、初め武田氏旗下、武田上方へ逃上の後、毛利元就より知行三百貫下賜、天文九年軍忠により七千貫賜之―春継 助五郎、又左衛門、兵部、宗允、兵部大輔、吉川元春に仕え、岩国に移居、元和五年没、七五歳―家景 又左衛門 正保三年没、六四歳

―正矩（のり） 四郎兵衛、万治三年没、四八歳―正恒（つね） 全英、元禄一五年没、六九歳―景明（あきら） 舎人、享保一八年没、五七歳―景文（ふみ） 又左衛門、宝暦一三年没、六二歳

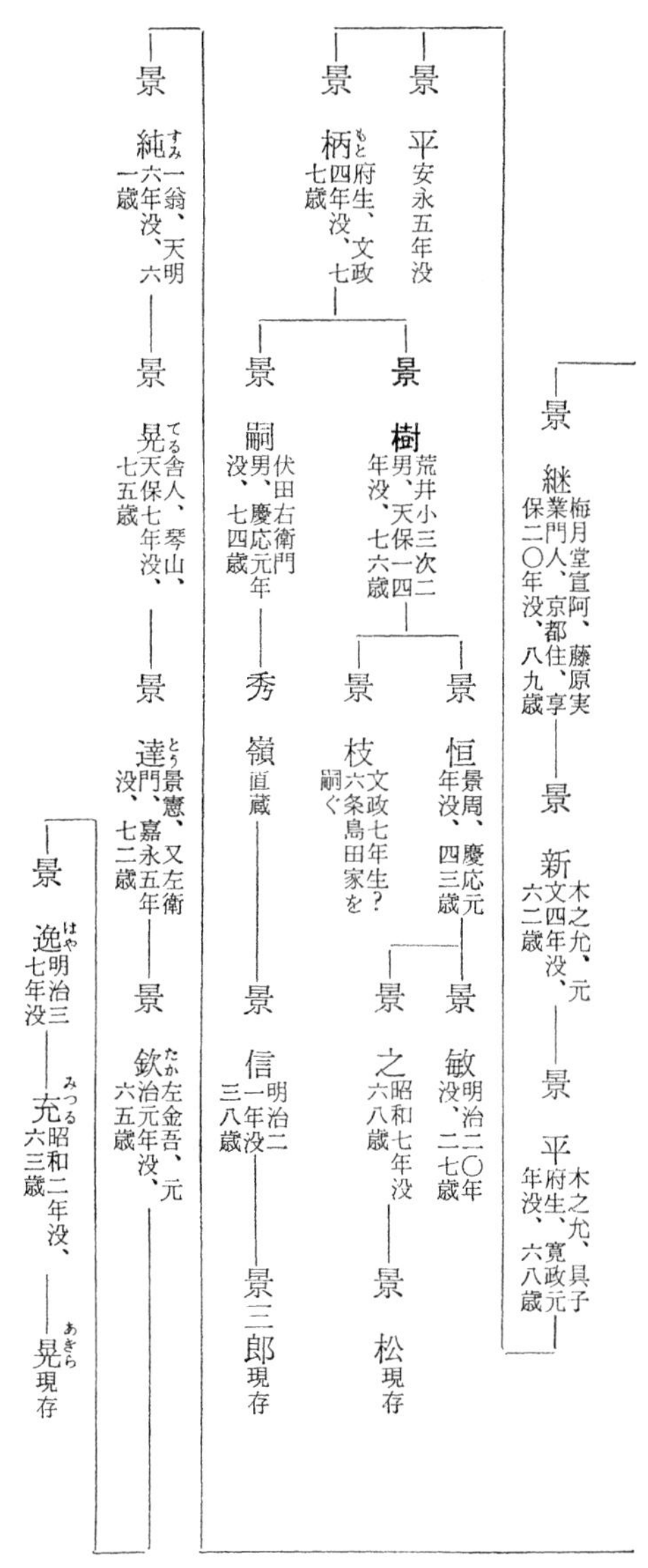

景継　梅月堂宣阿、藤原実業門人、京都住、享保二〇年没、八九歳
景新　木之允、元文四年没、六二歳
景平　木之允、具子府生、寛政元年没、六八歳
景平　安永五年没
景柄（もと）　府生、文政四年没、七七歳
景樹　荒井小三次二男、天保一四年没、七六歳
景嗣　伏田右衛門男、慶応元年没、七四歳
景恒　景周、慶応元年没、四三歳
景枝　文政七年生？　六条島田家を嗣ぐ
景敏　明治二〇年没、二七歳
景之　昭和七年没　六八歳
景松　現存
景秀　嶺直蔵
景信　明治二一年没、三八歳
景三郎　現存
景純（すみ）　一翁、天明六年没、六一歳
景晃（てる）　舎人、琴山、天保七年没、七五歳
景達（とう）　景憲、又左衛門、嘉永五年没、七二歳
景欽（たか）　左金吾、元治元年没、六五歳
景逸（はや）　明治三七年没
景充（みつる）　昭和二年没、六三歳
景晃（あきら）　現存

略年譜

年次	西暦	年齢	事項	関連事項
明和五	一七六八	一	四月一〇日、因幡国鳥取藩士荒井小三次の二男に生まる。幼名銀之助	六月三日、後の妻包子生まる
六	一七六九	二		一〇月三〇日、賀茂真淵没、七三歳
七	一七七〇	三	善く文を読み、書を写したと伝えらる	
安永三	一七七四	七	この頃から和歌を清水貞固に学ぶ○伯父奥村定賢の養子となり、名を純徳、通称を真十郎といったのもこの頃か	一二月一九日、父荒井小三次没す、約四〇歳○冷泉為村没、六三歳
天明二	一七八二	一五	百人一首の註釈をし、その鋭気を戒めらる	
七	一七八七	二〇		八月一七日、母観心院没す
寛政二	一七九〇	二三	『続稲葉和歌集』が編集され、奥村純徳作歌一一首を収む	五月七日、兄為右衛門、林善太兵衛家の家督を継ぐ
三	一七九一	二四	このころ藩士佐分利家の若党を勤めたと伝えらる	
四	一七九二	二五	『藤川百首題詠草』が編集され、純徳作歌百首を収む	

五	一七九三	二六	二月、包子を伴って京都に出る。三月一六日着京	三月、養父奥村定賢没す
六	一七九四	二七	このころ按摩をして苦学す	
七	一七九五	二八	西洞院風月卿に仕う	
八	一七九六	二九	梅月堂香川景柄の養子となる	一二月一九日、景柄従六位下陸奥介に叙任さる
九	一七九七	三〇	香川家一条旧地近くの下立売に転居す	
一〇	一七九八	三一	このころ小沢芦庵を知り、これに近づく	
一二	一八〇〇	三三	養父景柄と城崎入湯に行き、海路因幡に帰り、七月陸路大坂を経て帰京す○熊谷直好の歌に返歌す○冬、伯父田中美高に綿衣を送る	熊谷直好一九歳で入門○賀茂真淵『新学』刊○小沢芦庵『ふるの中道』刊
享和元	一八〇一	三四	正月二五日、伯父田中美高七〇歳の賀歌を送る○正月二九日、大坂に赴く○四月二六日、香川景晃孫誕生祝歌を岩国に送る○五月二八日・六月七日、上京中の本居宣長に面会す○八月一一日、小沢芦庵初月忌追悼歌をよむ○一一月九日、香川正恒百回忌追悼歌を岩国に送る○一一月二一日、新町通丸太町に移居○この頃から新歌論の構想始まる	七月一一日、小沢芦庵没、七九歳○九月二九日、本居宣長没、七二歳
二	一八〇二	三五	二月と九月に大坂に下る○『筆のさが』事件に反撥す○一〇月二日、旧友林宣義来訪す	加藤千蔭・村田春海『筆のさが』成る
三	一八〇三	三六	二月二三日、従六位下長門介に叙任される○四月、従兄田中	このころ早川紀成入門○実母

			美明上京来訪す○五月、大坂に下る○六月二六日、長男茂松生まれ、九月一一日に没す○八月、古今集研究の準備をする○一一月一日、新町より岡崎道伴屋敷辺に移居す○一一月二〇日、旧友林宣義を大坂に訪れる	観心院一七回忌
文化元	一八〇四	三七	四月のころ香川家を離縁となる。ただし元のまま香川姓を名のり徳大寺家に出仕す○九月二六日、長女孝子生まる	
二	一八〇五	三八	四月に伊丹に、九月に大坂に下る○一二月、世人が天狗・馬天連・歌の狂なるものとそしる	妙法院宮真仁法親王没、三八歳○慈延没、五八歳
三	一八〇六	三九	三月三日、木下幸文・斧木・亜元・小泉重明・林宣義らと桃の節句を祝す○三月一五日、桜十番歌結の歌をよむ○四月一日、木下幸文・小泉重明・亜元と日野法界寺に参詣○五月五日、賀茂神社競馬二十五番歌結の歌をよむ○五月、拙庵禅師の碧巌録提唱を聴講す○六月のころより古今集研究を始む○八月大坂に下り九月伊丹に行く○一〇月、『都鄙五十番歌結』成る○一二月一九日、父小三次三三回忌を営む	一月二一日、妻の父滝川氏没、七〇歳○三月一一日、木下幸文入門○伴蒿蹊没、七四歳
四	一八〇七	四〇	三月二四日、上雲院の式の会に出席す○四月一〇日、東山双林寺にて四〇歳の賀会開かる○五月二四日、幸文の朝三亭で直好と三人で三〇首の題を分けてよむ○六月、百人一首を講じ五〇日余りで終る。その筆録が『百首異見』の稿となる○	清水貞固没す○伯父田中美高没、七六歳

年	西暦	年齢	事項	参考事項
			六月二三日、幸文市中に移居するを嘆く	
五	一八〇八	四一	二月一日、直好のすすめで古今集序の講義を始む○四月二八日、大坂に下り浪花桂園社などに逗留す○このころ木屋町に別宅を設く	東福寺拙庵没す○加藤千蔭没、七四歳
六	一八〇九	四二	正月を岡崎本宅で迎え、三日に木屋町別宅に出で、二月本宅に帰る。爾後これを例とす○二月一二日、早川紀成の『蝦夷日記』の読後感を書く○三月二八日、信教尼六〇歳の賀歌をよむ	上田秋成没、七六歳
七	一八一〇	四三	正月一九日、中絶していた古今講義を夏部より始む	内山真弓入門○桃沢夢宅没、七三歳
八	一八一一	四四	秋、『新学異見』成る（文化一二年刊）○一二月一一日、早川紀成らに旧派三公家から景樹排斥を閑院宮に訴えられた事件を報ず○一二月二一日、従六位上に叙せらる	このころ菅沼斐雄入門○村田春海没、六六歳
九	一八一二	四五	『百首異見』成る（文政六年刊）	
一〇	一八一三	四六	菅沼斐雄・熊谷直好を伴い大津に遊ぶ	このころ穂井田忠友入門
一一	一八一四	四七	一一月、誠拙禅師の梅花帖に歌を書く。このころ誠拙より在焉の居士号を受く	このころ三宅意誠入門○児玉孝志没す
一二	一八一五	四八	『新学異見』刊○二月、『四十六番歌結』成る○四月、誠拙禅師七〇歳の賀歌をよむ	奥村伯母没、八〇歳
一三	一八一六	四九	四月、伊勢神宮に参拝し、足代弘訓・宇治久守らと面会す	穂井田忠友入門○佐々木景

文化一四	一八一七	五〇	四月一〇日、五十歳賀会○六月二日、『五十四番歌結』成る○このころ『万葉集捃解』成る	欽、香川梅月堂養子となる
文政元	一八一八	五一	二月一四日、江戸に向け出発、三月一〇日、着府、一〇月二三日、江戸を離る、一一月名古屋着、一二月、帰京	
二	一八一九	五二	八月一九日、正六位下に叙せらる○夏、『柿本朝臣人麻呂歌師説』成る○八月、長女孝子(誠子)を芝寛寧に嫁がす○この年、江戸再下向を企てたが成らず○冬、妻包子重病に陥る	頼梅颸入門
三	一八二〇	五三	三月一二日、妻包子没、五三歳、聞名寺に葬る、追悼歌集『またぬ青葉』成る	誠拙没、七五歳○木下幸文の『亮々草紙』成る
四	一八二一	五四	香川梅月堂扶持米下給につき徳大寺家を通じて岩国藩に申請す	一〇月三日、香川景柄没、七七歳○一一月二日、木下幸文没、四三歳○佐々木景欽梅月堂を離縁となる○伏田清三郎(景嗣)梅月堂養子となる
五	一八二二	五五	梅月堂扶持に関し使者を岩国藩に送る○一〇月二日、養父景柄一周忌追悼歌をよむ	山本昌敷没、五八歳
六	一八二三	五六	二月一六日、『土佐日記創見』成る○三月二一日、景周(のち景恒)生まる○七月、『百首異見』刊○八月、再び使者を岩	富士谷御杖没、五六歳○贄川勝己没、八三歳○仏光寺宮真

年号	西暦	年齢	事蹟	参考事項
七	一八二四	五七	国藩に送る、成功せず 八月、このころより頼山陽と親交す○山本寿性尼八〇歳の賀歌をよむ○一〇月八日、小林為邦に「白菊の硯」を贈る	乗法親王没、五〇歳 大江広海『悪態異見』成る
八	一八二五	五八	春、陸奥の西田重房、信濃の倉科希言が入塾寄宿す○冬、重病にかかる、菅沼斐雄上京して熊谷直好と共に看護す	九月一七日、熊谷直好脱藩上京す○斧木没、五四歳○守田旁通入門
九	一八二六	五九	病気平癒し斐雄帰府す	熊谷直好『よみうたの論』成る
一〇	一八二七	六〇	頼山陽入門す、ただし杏坪の歌稿の添則を受けるため○桃花三年講始まる○四月一〇日、六〇歳還暦の賀会○前年の熊谷直好の岡山行の失敗を憤る	常楽寺恵岳没、六八歳○頼山陽入門○尾崎雅嘉没、七三歳
一一	一八二八	六一	一〇月、『桂園一枝』成る（文政一三年刊）	竹内享寿ら二〇人入門
一二	一八二九	六二	この夏も大病にかかり清水観音に祈願して平癒す	上杉清憲ら二八人入門○業合大枝『新学異見弁』刊
天保元	一八三〇	六三	春、『桂園一枝』刊	八田知紀ら一九人入門○宮下正岑『桂の曲枝』・信田稲麿『桂園難歌撰』・座田太氏『桂園難歌撰書入』・秋山光彪『桂園一枝評』・八田知紀『筆のさが評』成る

年号	西暦	年齢	事項	参考
天保二	一八三一	六四	このころ毎月一八日の月次歌会の歌のほか熊谷直好・高橋正澄・中川自休・松園坊清根・豊文秋らの月次歌会の歌をよむ	神方升子ら二二人入門
三	一八三二	六五	妻包子一三回忌記念『またぬ青葉』刊〇『土佐日記創見』刊〇『古今和歌集正義総論』成る	上林味卜ら二二人入門〇頼山陽没、五三歳
四	一八三三	六六	尾崎雅嘉『百人一首一夕話』の跋を書く	伊集院俊秀ら二五人入門〇中川自休『大ぬさ』成る〇玄如没、五六歳
五	一八三四	六七	九月二二日、梅月堂始祖宣阿百回忌記念『富士一覧記』刊	松金屋又三郎（田中満慶）ら三〇人入門〇菅沼斐雄没、四九歳
六	一八三五	六八	『古今和歌集正義』初帙・二帙刊〇『桂園一枝』重版	桜本坊快存ら三七人入門
七	一八三六	六九	八月、山科の安田義利に招かれ茸狩に遊ぶ	高橋景張ら三三人入門
八	一八三七	七〇	四月一〇日、円山端寮にて七〇歳古稀の賀会〇四月、江戸社中点取和歌に加評〇一一月一日、『桂園一枝』の講義を始む	三宅意誠没、五〇歳〇八田知紀『調の説』成る
九	一八三八	七一	四月一日、小川真澄・山本嘉之・熊谷直好・河村一成・景周・景枝を伴い東山に残りの花見をす〇八月、秋園古香近隣に移居す	光専寺義肇没、七三歳〇若林正旭入門
一〇	一八三九	七二	六月、京都臨淵社相撲番付成る、一二〇人登載〇娘のぶ子を荒川義喩に嫁す	

一一	一八四〇	七三	八月三〇日、不幸続きで借財返済金を門下より拠出〇一一月五日、娘楊子没、一六歳〇『桂園一枝』小型本刊	児山紀成没、六四歳
一二	一八四一	七四	六月一四日、特旨により従五位下に叙せられ、一〇月六日、肥後守に任ぜらる〇このころ束帯姿画像を画かす	中川自休没、六四歳
一三	一八四二	七五	滝原宗閑七〇歳賀の歌をよむ〇芝寛貞病気平癒のため千度満行の歌をよむ	亜元没、七〇歳〇熊谷直好『古今集正義序註追考』成る
一四	一八四三	七六	三月二七日、木屋町臨淵社において没す〇四月二日葬儀、聞名寺に葬らる〇五月一九日、追悼歌会催さる	内山真弓『歌学提要』成る〇内山真弓『東塢亭塾中聞書』成る〇熊谷直好『古今集正義総論補註』成る〇実兄林善太兵衛没、八二歳
嘉永　元	一八四八		春、吉田神社より桂園霊神の神号を授けらる（のち霊社にすすめらる）	
安政　六	一八五九		三月二七日、景樹一七回忌、平瀬儀超ら追悼歌を詠む	
明治　元	一八六八		景樹二五年祭、八田知紀ら追悼歌を詠む	
一六	一八八三		景樹四〇年祭、三条実美ら追悼歌を詠む	
二五	一八九二		景樹五〇年祭、松波資之ら追悼歌を詠む	
四〇	一九〇七		一〇月二三日、正五位を追贈さる	

主要参考文献

一　景樹著書

『百首異見』　五冊、文化九年成、文政六年刊

『土左日記創見』　五冊、文政六年成、天保三年刊（和文叢書巻之一、国文学註釈叢書第一巻所収）

『古今和歌集正義』　九冊、天保三年成、初帙・二帙天保六年刊、三帙嘉永二年刊

『新学異見』　一冊、文化八年成、文化十二年刊（日本歌学全書第十二巻、続日本歌学全書第四編、校註和歌叢書第七巻、和文和歌集下巻、日本哲学思想全書第十一巻所収）

『歌学提要』　内山真弓編、一冊、天保十四年成、嘉永三年刊（続日本歌学全書第四編、校註和歌叢書第七巻所収）

『随聞随記』　桂園遺稿下巻所収

『随所師説』　磯野直章編、続日本歌学全書第五編所収

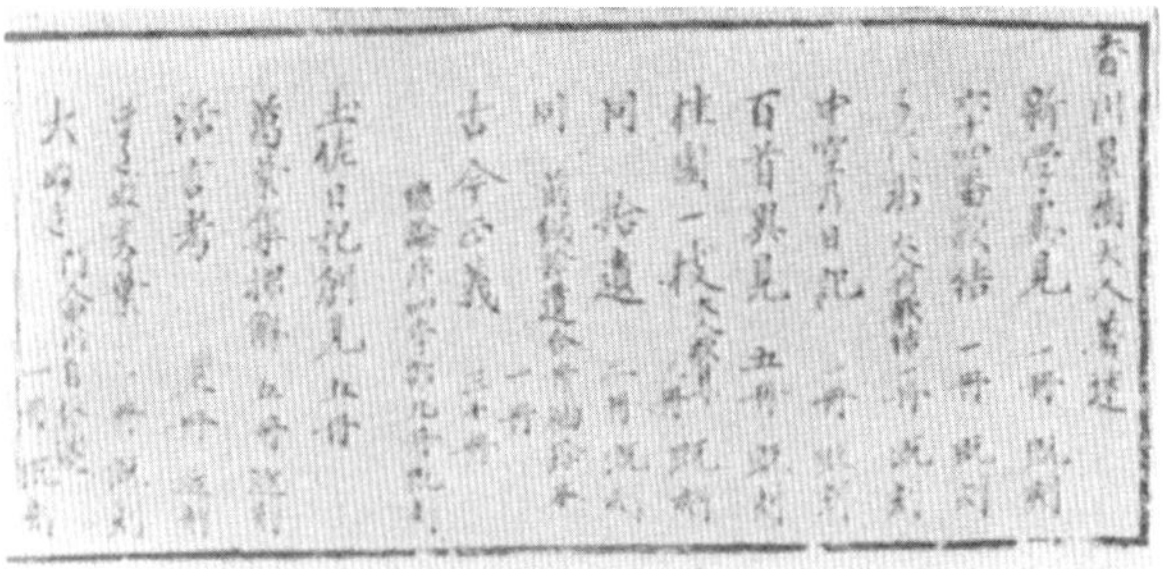

香川景樹著書目録（『桂園一枝拾遺』奥付）

『桂園一枝』三冊、文政十一年成、文政十三年刊（続日本歌学全書第四編、校註国歌大系第十八巻、和歌和文集下、校註和歌叢書、有朋堂文庫、岩波文庫所収）

『桂園一枝拾遺』二冊、天保年間成、嘉永三年刊（続日本歌学全書第四編、和歌和文集下、校註国歌大系第十八巻所収）

二 史料

『桂園遺稿』上・下　明治四〇年　五車楼

『桂園叢書』第一集・第二集・第三集　明治二五年—三〇年　有斐閣

『桂園秘稿』　昭和五年　からすき社

三 研究書

塩井雨江著『香川景樹』　明治三一年　大日本図書株式会社

久松潜一著『賀茂真淵・香川景樹』　昭和一三年　厚生閣

実方清著『香川景樹』　昭和一七年　三省堂

山本嘉将著『香川景樹論』　昭和一七年　育英書院

黒岩一郎著『香川景樹の研究』　昭和三二年　文教書院

山本嘉将「香川景樹考」（『近世和歌史論』所収）　昭和三三年　文教図書

黒岩一郎「香川景樹」（『日本歌人講座5近世の歌人』所収）　昭和三五年　弘文堂

兼清正徳著『桂園派歌人群の形成』　昭和四七年　史書刊行会

著者略歴

大正三年生れ
昭和十四年九州帝国大学国史学科卒業
山口県文書館長、豊田工業高等専門学校教授等を経て
現在　徳島文理大学教授

主要著書
熊谷直好伝　桂園派歌人群の形成　木下幸文伝の研究　桃沢夢宅伝の研究　澄月伝の研究　桂園派歌壇の結成

人物叢書　新装版

香川景樹

昭和四十八年　八月　八日　第一版第一刷発行
昭和六十三年　九月　一日　新装版第一刷発行

著　者　兼清正徳（かねきよまさのり）
編集者　日本歴史学会
代表者　児玉幸多
発行者　吉川圭三
発行所　株式会社　吉川弘文館
東京都文京区本郷七丁目二番八号
郵便番号一一三
電話〇三―八一三―九一五一〈代表〉
振替口座東京〇―二四四
印刷＝平文社　製本＝ナショナル製本

『人物叢書』(新装版)刊行のことば

人物叢書は、個人が埋没された歴史書が盛行した時代に、「歴史を動かすものは人間である。個人の伝記が明らかにされないで、歴史の叙述は完全であり得ない」という信念のもとに、専門学者に執筆を依頼し、日本歴史学会が編集し、吉川弘文館が刊行した一大伝記集である。

幸いに読書界の支持を得て、百冊刊行の折には菊池寛賞を授けられる栄誉に浴した。

しかし発行以来すでに四半世紀を経過し、長期品切れ本が増加し、読書界の要望にそい得ない状態にもなったので、この際既刊本の体裁を一新して再編成し、定期的に配本できるような方策をとることにした。既刊本は一八四冊であるが、まだ未刊である重要人物の伝記についても鋭意刊行を進める方針であり、その体裁も新形式をとることとした。

こうして刊行当初の精神に思いを致し、人物叢書を蘇らせようとするのが、今回の企図である。大方のご支援を得ることができれば幸せである。

昭和六十年五月

日本歴史学会

代表者　坂本太郎

〈オンデマンド版〉
香川景樹

人物叢書　新装版

2021年（令和3）10月1日　発行

著　者　兼清正徳（かねきよまさのり）
編集者　日本歴史学会
代表者　藤田　覚
発行者　吉川道郎
発行所　株式会社　吉川弘文館
〒113-0033　東京都文京区本郷7丁目2番8号
TEL　03-3813-9151〈代表〉
URL　http://www.yoshikawa-k.co.jp/
印刷・製本　大日本印刷株式会社

兼清正徳（1914～2018）

ISBN978-4-642-75131-5